Olja Knežević

GOSPOĐA BLACK

2015.

Ovo je djelo fikcija, plod mašte.
Svi su likovi izmišljeni, a sličnosti - slučajne.

Olja Knežević
GOSPOĐA BLACK

Edicija "Savremeni roman"
Urednik
Željko Ivanović

Izdavač
Daily Press - Podgorica

Za izdavača
Željko Ivanović

Oblikovanje korica

Priprema za štampu
Blažo Milić

Štampa
Golbi - Podgorica

Tiraž
1500 primjeraka

CIP - Каталогизација у публикацији
Централна народна бибилиотека Црне Горе, Цетиње

ISBN 978-86-7706-383-2
COBISS.CG-ID 28017168

Brodovima u lukama

Toga smo petka, u vrijeme ručka, nas pet-šest pos-koka pili jake, 'kolonijalne' čajeve i jeli raskvašene Limoncello biskvite u Poetry Cafeu u londonskom Covent Gardenu.

Poskoci: permanentno-povremeno zaposleni podstanari-doseljenici.

I, kako to obično biva među poskocima okupljenim u Poetry cafeima, neko od prisutnih počeo je govoriti o poeziji, razgovor se pretvorio u žučnu raspravu, rasplinuo, prešao okean, preko Eliota stigao do Emily Dickinson, njenih bijelih haljina, seksualne orijentacije, njene prerane smrti, njene sobe i stihova, precizno nasjeckanih - poput kriški svježe jabuke: '

The Soul selects her own Society - -
Then - shuts the door - - -
To Her divine Majority - - -
Present no more.[1]

1) *Duša sebi bira društvo*
 I zaključa brave svoje
 Preuzvišenoj većini
 Nedostupna tad postaje.
 Emili Dikinson

'To vam je, za mene, najuspjeliji opis ljubavi', rekla je Millie, jedna iz grupe. 'Sve je smiješno pri tome', dodala je, i - pogleda vlažnog i svečano podignutog prema niskom, u crno okrečenom plafonu Cafea - izgovorila, tiho, kao da moli: 'The Soul selects her own Society. Then - shuts the door.' Uzdahnula je i zatresla glavom, pa toboš natjerala sebe da se trgne iz kratkotrajne opijenosti.

'E, znam za takvu jednu ljubav', nastavila je svoj govor ta mlada žena, porijeklom iz moje zemlje. 'Znam priču gdje je duša sama odabrala svoje društvo i ostatku svijeta, klik, zaključala brave. Nažalost, ta se ljubav nije meni dogodila.'

Ali, okupljeno je društvo već prešlo na sljedeću temu: neko se selio i dijelio stari namještaj. Vrijeme posvećeno stihovima o ljubavi - isteklo je.

Samo sam ja i dalje od Millie htjela slušati priču o pravoj ljubavi. Od svih prisutnih najkraće sam živjela u Londonu, imala najviše slobodnog vremena, nije mi trebao namještaj, trebalo mi je materijala za pisanje. Millie je to shvatila.

'I sama sam sve to nedavno čula', rekla je, obraćajući se samo meni. 'Direktno od žene kojoj se to dogodilo. I ona je jedna naša što živi ovdje. Ta se do skoro nije družila ni sa kim od nas. Izbjegavala je bilo kakvu vezu s porijeklom. Poznata mi je i ta faza. Nisam ni ja od juče tu.'

Napravila je pauzu. Umočila Limoncello biskvit u čaj.

'A sada se druži s našima?' pitala sam.

'E, sad joj je muž u kolicima, imao je *strouk*. Kako mi ono kažemo? Da, kap ga je strefila, a mnogo je stariji od nje, neće se taj oporaviti. Nadovezaće se na to Alchajmer taman kad minu tegobe od strouka. Sad ona mužu mora vratiti uslugu, brinuti se o njemu, i zarađivati. Kćerka joj u Americi, to košta, a žena usamljena, vuku je korijeni, iako, naravno, i dalje tu živi i radi koristeći svoje englesko ime, Valle Black. Valle ti je neka zverka u ovim P.R. vodama, ono: galeristi, umjetnici, Princ Charles, fondovi, čudesa. I muž je bio jak u Sitiju, ali bogami čini mi se da je sada i on, sa svojom bolešću i bolničkom njegom, samo dodatni trošak. A gomilica para se istanjila. Tako da smo joj sad mi, zemljaci, i psiholozi i ventil i utjeha.'

'Da čujem,' rekla sam. 'Da čujem priču o Valle.'

I ta Millie ovdje koristi svoje, kako ona to kaže, 'englesko ime' - Millie Corrado. Pravo joj je ime Milena. Radi honorarno, kao turistički vodič za grupe koje dođu u posjetu Londonu. Ide i na londonske aerodrome i prevodi laži i/ili glupiranja naših ljudi koji ne znaju engleski a sletjeli su na Ostrvo. Imam osjećaj da malo sa strane sarađuje i sa ovdašnjim službama. Takvo joj je držanje: o svima bi sve da zna, a o sebi mnogo ne otkriva. Ne zamjeram joj. Treba platiti slobodu, preživjeti u Londonu.

Pričala mi je o Valle i njenoj ljubavi. Počela je s mnogo detalja, elana i entuzijazma, ali brzo joj je dosadilo; bila sam joj nedovoljna kao slušateljska publika. Uskoro je samo nabacivala informacije, poput djeteta što preko volje slaže kolaž za čas likovnog. Zijevala je, pogledivala okolo hoće li nam ko naručiti kakvo piće, nešto žešće od čaja. Nisam odustajala; postavljala sam joj pitanja. Već sam sklapala kostur za priču, kostur koji ću kasnije sama popuniti mesom, prokrviti, i - nadala sam se - natjerati da progovori.

I, eto. Ovo je knjiga o Valle Black; vjerovatno i o

Millie Corrado, i mnogim drugim ženama 'engleskih imena'. Možda ću i ja uskoro postati jedna od njih, postati Olly.

Priča je djelimično istinita: mašta i intuicija popunile su praznine između činjenica, koje su i same gotovo uvijek nepouzdane.

London, jun 2013.

Gideon Black svojoj je ženi objasnio zašto na večeru s glumcem treba da zakasne. Na večeru s takvim tipom jednostavno se mora stići barem pola sata kasnije od vremena rezervisanog za sto u uvijek prebukiranom restoranu, ili će izlazak i početi i završiti ružno, uz osjećaj da si platio da budeš prevaren i ponižen. Jer, zna se, Gideon će platiti večeru. Njegov prijatelj, taj glumac, navikao je iza sebe da ostavlja neplaćene račune, o kojima se onda pobrine mala vojska njegovih dobrostojećih, nenametljivih, obožavatelja.

Njih su dvoje, stoga, sporim korakom hodali centrom Londona, još se sporije ušetali u restoran, gdje im je mlada riđokosa domaćica, nevino se crveneći preko blijedosmeđih pjegica, saopštila da nikakva rezervacija za njih nije ni bila napravljena, a od njihovog prijatelja, glumca Richarda Dekker Scota, naravno, ni traga.

'Prokletstvo,' procijedila je Valle Black kroz škrti

osmijeh. 'Ne znamo pošteno ni zakasniti. Sramni smo predstavnici svog društvenog sloja.'

Prihvatili su ponudu domaćice da popiju piće na baru restorana dok ne stigne njihov prijatelj, ili 'to malo govno', kako ga je Gidi u trenu okarakterisao.

On i Valle naručili su Bellinije na baru koji je, kao i ostali djelovi restorana, zadržao arhi-francuski nehaj: izmučeno, tamno drvo, s tragovima prosutih pića i iluzija, višedecenijskog trošenja po rubovima.

'Predložio sam mu da ja napravim rezervaciju za večeras,' rekao je Gidi. 'Ali, ne, on će sve završiti. On ili *neko njegov*. *Dickhead* Dikki. Stalno se nadmeće, mada ga, kao, nije briga. Znam ja dobro njegova uvrnuta razmišljanja, poput: pravi muškarac ili dođe na vrijeme ili zakasni barem sat-dva. Bla-bla-bla, sranja, bez supstance.' Gideon je iz sebe ispucavao tipičnu gidijevsku simpatiju, a možda i ljubav na engleski način, uvijenu u uvrede, kao i obično, kada su u pitanju ili stari prijatelji, ili, ona - Valle Black - njegova mnogo mlađa supruga.

'U svakom slučaju, izbor restorana mu je za nulu,' rekla je Valle i pomilovala muža po zatiljku, za utjehu. 'Koga više briga za ovakve stolnjake, uštirkane tako da bi se njima mogla glava odrubiti? I ovi mračni separei za preljubu i šaputanja? Kad su zadnji put očišćeni kako treba, ko zna? Nego, u pitanju je tvoj najstariji prijatelj, inače ja ne bih ni izlazila iz kuće.'

Restoran je barem bio zgodno lociran, na uglu Motcombe ulice, do koje su svi mogli pješačiti. Gideon i Valle Black iz svoje džordžijanske petospratnice na Eaton Squareu; glumac i Iris, njegova nova djevojka, iz Barkley hotela, takođe nedaleko odatle.

Richard Dekker Scot, ili Dikki (samo za odabrani krug prijatelja) rođeni je Londonac koji odsijeda u hotelu kada posjećuje svoj rodni grad - prije je to bio hotel 'Dorchester', sada je uglavnom 'Barkley'; po sopstvenom priznanju, on 'mora imati mogućnost dozivanja i maltretiranja posluge *24/7*.'

'Da, da, stara moja,' nastavio je Gideon Black obraćajući se svojoj mladoj ženi. 'Dikki još uvijek misli da je zvijezda, da je dovoljno pojaviti se kad-tad, bez rezervacije naravno, i biće smješten za najbolji sto, ispod najboljeg osvjetljenja.'

Valle je, prije ove noći, samo dvaput vidjela Dikkija Scota, od čega drugi put nedavno, na premijeri Dikkijevog novog filma. Njen ga je muž poznavao već više od pola stoljeća, još iz internata Bedales - gdje se i danas šalju 'kreativna djeca dobrostojećih, liberalnh roditelja' - čitaj: razmažene i zapostavljene pubertetlije. U Bedalesu, Dikki i Gidi stalno su skupa crtali nekakve kadrove, planirali nakon srednje škole proputovati svijet, upijati detalje, postati filmski autori (*vs* puki režiseri). Ali je već ljeta nakon mature zgodni Dikki, preko svoje prve audicije, došao do prve uloge, ležerno, kao da je to godinama radio. Odmah je našao agenta. Dobio je ulogu nekakvog šegrta - ubice u jednom od ranih filmova o agentu 007. 'U najboljem Bondu ikada,' rekao je Gidi. *Dijamanti su vječni*, valjda. Uglavnom, nije to loše odigrao - Gidi je jedne noći napokon natjerao Valle da zajedno odgledaju par starih, elegantno napravljenih Bond-filmova. Nakon epizode u 'Bondu', Dikki je mudro odustao od prihvatanja sljedeće ponuđene mu uloge - još jednog mladog negativca, ovoga puta zločestog zavodnika u kostimiranoj drami - i otišao u Kaliforniju, da proživi i proputuje. *Da nakupi iskustva ispod kilta.*

Bez svog najboljeg prijatelja u Londonu, Gidi je shvatio da nema dovoljno vatre u stomaku za filmsku industriju, i okrenuo se ekonomiji, nakon toga finansijskom savjetovanju. Tako se to nekada zvalo. Sada se zove *investment banking.* Sljedeće ime te profesije biće *real-*produkcija, investiciono mecenaštvo, tvrdio je Gidi, a u show-biz uvijek će se ulagati, jer pokretne su slike najlakše probavljiva hrana za mozak. I tako će se on, na neki način, na kraju karijere, ipak uplesti u filmsku industriju.

Napokon, gotovo sat i po nakon vremena dogovorenog za susret, Richard Dekker Scott je stigao. U restoran je ušetao glumeći neku ulogu - nešto poput 'dovraga, imam previše godina za ovo, ali i dalje sjajno to odrađujem' - na ramenima toboš noseći i podnoseći teret čvrstog zagrljaja svoje najnovije djevojke, Iris - za glavu više od njega.

Uprkos djevojčinoj visini i upečatljivosti, Valle nju, prilikom prethodnog dogovorenog susreta, na premijeri Dikkijevog novog filma nije ni primijetila jer te je noći u mislima bila na nekom drugom mjestu, nedaleko od kina na Leicester trgu, ali ipak sasvim odsutna, i odmah nakon projekcije saopštila mužu da joj se u glavi opasno vrti od čitave te gungule i da mora odmah natrag kući.

Sada je spustila pogled do Irisinih cipela i pomislila da je njena izuzetna visina stvarna, nepotpomognuta štiklama.

Iris je bila u ravnim motociklističkim čizmama, iz kojih su, poput čvornovatog čokota loze, isklijavale njene vitke, preplanule noge, tek pri vrhu pokrivene šorcem zlaćane boje. Kosa mlade žene bila je zlatna kao i taj šorc, kao i sjaj na njenim usnama, kao i šminka na očima. Izgledala je poput zlatnom svjetlošću obasjanog proroka, jedna od bespolnih Isusa nove generacije. Valle pored nje izgleda poput antikviteta; poput neke oniže, delikatne, ali stare vazne - uzalud lijepo iscrtane, u vrijeme kada to više zaista nije bitna odlika nijednog eksponata: ta pomno isfenirana kosa, da se ubiju prirodne, sitne kovrdže, i ta decentna (pobogu!) šminka - previše truda uloženo u nepoželjni krajnji rezultat; jer Valle sada izgleda, istina, dobro, ali za jednu sredovječnu damu. Uzalud lijepo. Cijena je to braka sa mnogo starijim muškarcem. Oprezno s tim prokletim željama!

'Valle, *la principessa*,' povikao je glumac, oslobađajući se iz zagrljaja svoje ljubavnice. '*Un baccione za mene*, molim.' Svojim je italijanskim pozdravom, vjerovatno, sve prisutne htio podsjetiti kako se on još uvijek smatra vlasnikom vile u Forte dei Marmi, mada čak i Valle zna, Gidi joj je rekao, da mu je tu kuću u rastavi uzela prva žena, ona koja je već dvadesetak godina na samrti, a nikada neće umrijeti. Ili je, ipak, samo zaboravio odkud je Valle, pomislio da je Italijanka. 'Gidi, hijeno, mora da je ljekovito buditi se uz ovu tvoju privatnu Veneru.'

'Pa,' rekao je Gidi. 'Godine donose mudrost, stari moj. Znao sam ja šta mi treba. Vidim da i ti to znaš.'

'Ah, da, pobjegli ste s premijere i niste upoznali moju muzu. Ovo je Iris. Divno dijete.'

'Hvala,' rekla je Iris, nježno se zarumenivši.

O, zar je ova moderna proročica zaista zaljubljena u Dikkija?

Gideonova se cinična prognoza ostvarila: zbog Dikkija su dobili nečiji najbolji sto, prijatno osvjetljenje, i prvoklasnu uslugu.

* * *

'I onda ta Channing, moja bivša cimerka,' manekenka-i-buduća-glumica Iris veze bez stida, uvjerena u važnost svoje besjede, 'Chan dakle optuži *mene* da sam je ja nagovorila da direktoru agencije namjestimo intervju. Za neki, kao, reality show. Laže. A svi vjeruju njoj, jer je Amerikanka, imidž joj je *bo-ho*, otac neki kongresmen iz Kolorada, i Chan kao stalno ima neku jebenu 'misiju za spas planete', dok ja u Njujorku radim još uvijek praktično ilegalno, samo s turističkom vizom.'

Iris, dvadeset-tri-do-pet godina, solidna B-lista; ne samo u manekenstvu i filmskim vodama. Iris je pouzdana rezerva na spisku ljubavnica, na spisku gostiju, čak i na spisku djece u sosptvenoj porodici. U očima te djevojke, Valle nazire poveću kilometražu razočarenja.

'Oh, no. *Honey*?! O*w*,' jeca stari glumac. 'O*w*, my *God*!' Kao da nije već pedesetak puta čuo istu priču. Ali mora tako ako večeras hoće još jednu dozu freškog seksa. Ili nečeg nalik seksu. Baš kao i njen Gidi, i stari glumac izbjegava ozbiljnije teme da bi udovoljio svojoj mnogo mlađoj ljubavnici.

Iris priča i dalje, možda je psihički labilna, ili svježe našmrkana, jer brblja iako je niko ne sluša. Njen Dikki zvjera po restoranu dok odsutno izvikuje utrenirane reakcije, deklamacije, ili deklaracije, deklaracije ovisnosti o praznim pričama svoje trenutne djevojke. Iris izjavljuje kako joj je ta Channing sjebala reputaciju, stavila je na

14

crnu listu za Pariz-London-Milano; a za japanski je bum već bilo kasno.

'Crne liste za manekenke?' pita Gideon, i izvije svoje lijepe sijede obrve iznad okvira naočara za čitanje koje koristi i dok jede, kao da se uvijek plaši da bi mu neko namjerno uvalio parčiće stakla u biftek.

Valle stavlja ruku preko usta da sakrije oštri uzdah koji joj se otima. Odkud joj ova misao o parčićima stakla u hrani? Pijanstvo, ludilo, ili oboje? Dikki joj namigne, vjerovatno misleći da je šokirana Gidijevim sarkazmom, ili nečim sličnim, izgovorenim tu, za stolom.

Nju, međutim, njena misao na staklo u hrani vraća u početne godine londonskog života. Opet je takva postala: svježe preseljena provincijalka, uplašena od velikog grada. Te je prve godine u Londonu, na primjer, Gidiju tiho saopštila da ona ipak ne bi spavala u sobi koja gleda na ulicu jer šta ako neko noću počne bacati kamenje u prozore?

'Pobogu, pa zašto bi to neko uopšte radio?' pitao je Gidi začuđeno.

'Ne znam, mislila sam da bi ovako ogoljeni prozori mogli privući ludake,' odgovorila je tada, shvatajući da joj je najbolje ćutati o svojim balkanskim strahovima, barem dok ne prestane biti divljakuša.

'Da, Gidi, crne liste, da,' govori glumac svom starom prijatelju. '*Hello?* Planeta zove Gideona Blacka. Izađi iz pred-Thatcherkine ere, pridruži nam se u ovdje i sada. Svaka fabrika novca ima svoju crnu listu.'

Dikki ima američki naglasak, relaksiran nazalnošću nakon par kozmetičkih zahvata po licu - malo je napumpao usne, botoksirao obraščiće i čelo. Gringofreak, bezopasan i srećan, očigledno. Svaka se zainteresovana žena može na njega kladiti da će joj biti ugodno utočište - ako bude izabrana, jer Dikki i dalje bira.

Ovoga će se puta, zbog premijere filma a zatim i zbog Askota, Dikki u svom rodnom Londonu zadržati duže nego obično. Mlada Iris hoće na konjske trke, želi se kladiti; nije još upoznala tu vrstu uzbuđenja. A već ima preko dvadeset godina, *yeah?* Gidi se dugo smije Askotu, sve dok ne počne iskašljavati katran od jutarnjih cigareta.

'Još uvijek pušiš, stari,' kaže mu glumac. 'Gadno je to.'

'Manje gadno nego lizati dupe Askotu.'

'Možda. Ali vidiš, ja ću ove godine ostati tu i zbog *onog* teniskog turnira,' govori glumac i grokne.

Gidi se i tome nasmije, mada suzdržanije nego prije, da se kašalj opet ne probudi.

Iris se mršti na Wimbledon. Neko drugi već je vodio tamo, umirala je od dosade, kaže.

Valle ne može smisliti biftike i bifburgere po kojima je taj restoran poznat; pojela je malo zelene, preguste čorbe, preskočila meso, naručila samo složenac pečenog krompira s ruzmarinom. Čupkala je po krompiru i salati dok joj je Gidi dolivao vino u čašu. Kada je osjetila da će je vino uspavati, dala mu je znak očima prema baru restorana; spremna je za nešto žešće i kruće od vina, neku grappu, *crappu,* bilošto*ppu.* Usporenom otkucavanju njenog mozga potrebno je navijanje.

Iris samo brblja i jede, zapravo ždere. Apetit joj je usklađen s visinom, mada ne i sa indeksom suvonjavosti. I dalje priča o svom umišljenom uspjehu koji je nazvala *'per aspera ad motherfucking astra'.* Tu frazu ona neprirodno izgovara jer je, vjerovatno, pokupila od nekog *iz industrije.* Može li to iko za stolom stvarno slušati?

Zaboga, na čemu je ta Iris? Najmlađa je u restoranu, i najljepša, mogla bi ćutati i opet bi se sve vrtjelo oko nje - ali ona neprekidno brblja. I jede. Valle udahne, duboko, kroz nos, pa glasno izdahne. Čini joj se da njen uzdah na kratko zaustavlja vrijeme. Ipak, ne; u nju je uperen samo pogled njenog vjernog muža.

Ona bi probala te Irisine droge. Izdrogirala bi se sada na mrtvo ime. Bože, baš je popila. Od travarice joj se zavrti u glavi. Zažmuri, osmjehne se vrtešci golih muških tijela što luduju iza njenih spuštenih kapaka; otvara oči i vidi da je i Dikki sada posmatra. Jezikom otežalim od alkohola Valle sporo obliže usne. Dikki, radoznalo poput dječaka, nagne glavu na jednu stranu. Valle namjerno - namjerno? - usne ostavi polu-otvorenima, barem se nada da tek su *polu*-otvorene; diše duboko, iz dekoltea, osjeća bradavice kako se bude, nesputane grudnjakom. Buđenje, ponovno buđenje, ali zar zbog Dikkija? Ma on je samo slučajno tu, preko puta nje; njena je kriza već pustila korijenje.

Onda shvati da je glumac nešto pita. Da, pita je o njenom poslu. Čuo je, kaže, da se ubacila u P.R. biznis, pa svaka joj čast, uskoro će zarađivati više od svog starog muža-bankara. Valle se smije. Ona neće nikada zarađivati, ona radi za najmanju postojeću platu, ne zna ni gdje joj ode ta platica, daje je Nini, svojoj kćeri. Valle za sebe kaže da je pomoćnica, šegrt, pripravnica, posmatračica. Njen se muž ubacuje u razgovor, kaže da to nije tačno; njegova je žena samostalni P.R. ekspert u toj dobrotvornoj fondaciji; njegova Valle ima svoje projekte, ozbiljne projekte. Valle ispusti neki nepristojan zvuk u kojem je previše pljuvačke. Ona ne može više to podnijeti. Njen je projekat sajam cvijeća u Čelziju. Njena je klijentkinja tvrda stara vrtlarka. To je sve što ima.

'Kako?' pita je Gidi. 'A što se dogodilo sa onim umjetnikom?'

Da, stvarno - šta se tu dogodilo? Gidi glumi da ne zna. Sve on zna, pa kako ne bi znao? Stalno joj ljubi stope, posmatra je, osluškuje njene uzdahe, ne riječi, njene ga riječi ne interesuju, osluškuje ono što ona ne izgovara, i stoga mora znati da je između Valle i mladog umjetnika bilo nečega više od PR-a. Možda trenutno o tom odnosu zna više i od samih aktera koji mogu samo nagađati šta se s onim drugim dogodilo. Valle se mora suzdržavati da svog muža ne upita: 'Ti mi reci, je li ta *stvar* zauvijek završena?'

'Ništa se tu nije dogodilo,' kaže Valle prekidajući kratki zastoj u razgovoru. 'Što bi se dogodilo s umjetnikom? Taj je projekat jednostavno okončan, umro je.'

'Umjetnik je umro?' sablazni se Dikki, koji mora da je i u toj priči projektovao sebe.

'Ma, ne,' Gidi odgovara umjesto Valle. 'Navodno je projekat umro. Koliko sam čuo, umjetnik nema ni trideset. Precijenjeno derište. Nadjenuo je sebi ime Storm. Umislio je da će napraviti nešto poput genijalnih omota za albume Pink Floyda, koje je radio onaj *pravi* Storm!' Gidi napravi pauzu i teatralni pokret rukom, i glumac se s odobravanjem nasmije, razumijevajući taj njihov kratki generacijski igrokaz. Niko se nikada neće poput njih približiti Floydovcima i ljudima koji su sarađivali s njima. Valle zna već sve o tome.

'Pa, dobro,' njen muž nastavlja, uz duboke uzdahe koji je nerviraju. Nervira je i kako joj agresivno stavlja dezertkartu pod nos. 'Ako ti se više ne radi, to je sasvim u redu. Radila si, pokazala si da možeš, dokazala si to sebi. A kome bi se drugome ti morala dokazivati? Sada se možeš vratiti meni, ja te trebam.'

'Da, dragi.'

'Evo ti, biraj nešto slatko pa da idemo.'

'Ne, hvala, dragi,' Odlučila je pretjerano koristiti tepanje jer osjeća kako se Gidijevo raspoloženje mijenja - zbog glumčevog kašnjenja, zbog njenog tupavog pijanstva i prisjećanja na mladog Storma.

Valle odmahne rukom da ne želi slatko. Ali je dezertkarta bila i dalje preblizu nje, bliže nego što je procijenila, i njena je ruka zahvati tako snažno da karta odleti preko stola i padne na pod. Gidi pogleda u nju s prezrenjem. *Zaboga, daj se kontroliši. Ne pokazuj snažne emocije.*

Samo da se ovaj ton ne nastavi i ne dovede Gidijeve živce do ruba izdrživosti. Postojalo je nekoliko parova pred kojima je Valle navikla biti ponižavana od strane Gidija. Dikki i Iris nisu jedan od tih parova. Dikki tek ponovo uranja u nijanse drugog braka Gideona Blacka. Valle večeras nema snage za inicijaciju ovog para u stvarne odnose između nje i muža. Zato ignoriše Gidijev otvoreno prezrivi pogled.

Iris nonšalantno pokupi *Menu* s poda, kratko ga prouči, pa radosnog glasa naruči i tortu od limuna i čokoladni sufle.

Torta od limuna prva je servirana. Iris je pojede u dva zahvata kašikom. Zatim gleda prema kuhinji, čeka sufle. Valle zakoluta očima prema Dikkiju, u znak da mu djevojka ipak nije još dovoljno pripitomljena, izliječena od gladi, od siromaštva.

Dikki joj opet nešto govori, u očima mu zavjerenički sjaj, ali njegov glas ona ne čuje, samo vidi da glumac oblikuje riječi svojim usnama, zaboravljajući da su mu usne napunjene kolagenom, ili hijaluronom, ili čak guzičnim salom, i da više nisu pokretljive, izražajne, kao prije punjenja. To više nisu usne nego guzovi. On joj nešto priča svojim guzovima. Valle prasne u smijeh, i prevrne vinsku čašu u kojoj, srećom, i nije bilo mnogo vina. Malo i štucne. Gidi skida naočari, miluje je po ruci. Valle zna da bi je radije izgrebao. Dikki i dalje govori; konobar dotrči, uvjerava je da to nije nikakav problem, kao da je ona mislila da je malo vina na stolnjaku neki problem. 'To je dobar znak,' promrlja ona. 'Dobitak.' Glumac se smije.

'Dikki, hej, ti, Riiikiii-Dikkiii,' poviče Iris, i zapucketa prstima Dikkiju ispred lica. 'Ljubavi, pojedi ti moj sufle kad ga donesu, ja ne mogu više čekati, moram sada skoknuti do toaleta da se ispovraćam.'

'Nije valjda?' kaže Gidi, opet podigne obrve. Valle ispije punu čašu vode.

'O, da,' odgovara Iris. 'Mada, ako vi žurite, ja mogu samo povratiti kolač. Ionako, šta je ono bilo prije? Ah, da, salata, nula masti, skoro ništa šećera. Biftek mi je ok, ne širi me, ja sam opšta krvna grupa. Uf, ali francuska vekna i maslinovo ulje. Da. Brzo ću ja,' reče Iris i požuri u toalet.

'Račun, molim!' poviče glumac. 'Moj mali medenjak pomalo je opičen,' dodaje uz osmijeh i namigivanje. 'Ali... iskrena sorta, u suštini dobro dijete, a? Šta bih ja dao da mogu tako: pojedem sve što mi oko vidi, onda dva prsta u grlo i grrrr-grrrr. I, *ciao bella*, a? Ali ne mogu, imam prevelike krajnike. Blokiraju sve. Pored toliko jebenih operacija po licu, nisam se usudio dirnuti u grlo. Serem od straha zamišljajući da mi neko iz grla nešto čupa. Zanimaju me samo *filovanja*, okej? Čuj, stari, nisam siguran da ovdje primaju American express, stari, ti si naoružan kešom ako ustreba, hm? Gideon jebeni Black, moj najbolji prijatelj, bankar. Zapamtite, svima to govorim, samo bankari imaju stvarne pare. To je moja propusnica u cijelom svijetu, pa kome se ne sviđa neka duva. Umjetnici su precijenjeni. Samo su mudonje iz Sitija prave mudonje.'

'Dikki,' kaže Valle. 'Dikki...'

Želi mu reći da priča gluposti, da nije u tome štos, da bi pun pogodak bio ozbiljno u restoranu razgovarati, kao što dolikuje muškarcu njegovih godina i glumcu njegovog kalibra i roka trajanja. 'Ti i moj Gidi, vi ste...' pokuša nastaviti, ali nije sigurna kako ljubazno početi traktat o podjetinjavanju pod stare dane, tako pogrešnoj pojavi kod ozbiljnog čovjeka od kojeg gotovo svi očekuju mnogo više; mnogo bolju priču. Pred svojim novim, mladim ženama tipovi poput Dikkija mogu slobodno razgovarati o prošlom vijeku, prohujalim, preživjelim finansijskim i političkim krizama; čak i o bivšim suprugama koje su tako dugo i teško bolesne, ali bore se za život, grčevito, i to košta. Uostalom, svi glumci koji iole drže do sebe u zrelim godinama treba da postanu producenti filmova koji osuđuju kriminal, korupciju i -

'Da, lutko?' pita je glumac. 'Gidi i ja smo, šta?'

'Stari ste,' odmahne Valle rukom, opet nekako neljubazno, van kontrole. Nije to htjela reći, naravno. Htjela je elaborirati, ali nema ni volje, ni snage.

'Draga, molim te,' prosikće Gidi.

'Žao mi je,' brzo je rekla. 'Ti znaš što sam htjela reći.'

'Iskren da budem, ja ne znam,' hladno uzvraća glumac. 'Ali znam da meni ne bi smetalo da sa nama za stolom sjedi i neki mnogo mlađi muškarac. No, žene ipak slabije podnose konkurenciju. Vaša je borba za jednakost tako iscrpljujuća i duga, a još se niste oslobodile ni zavisti prema mlađoj za stolom. Zapamti, draga, fora je u tome da se potrošena mladost ne pretvori u prazninu.'

'Potrošena mladost?' prosikće Valle. 'Praznina?'

Gideon Black tada svojoj ženici šapne da tu neko ipak mora ostati normalan. 'A po svemu sudeći, to ću biti ja,' zaključuje.

Glasno objavi da će on platiti večeru, pa London je još uvijek njegov grad, i opet natakne naočari sebi na nos.

Gideon, dobri stari Gidi. Od nje je stariji preko trideset godina, a čita ga kao Lafontainove basne: lav ostaje lav; lisice su nepouzdane. *On* će jedini ostati normalan. Pa nek' mu bude; nije mu lako.

Večeras mu je, kad i njoj uostalom, sinulo pred očima - ili mu se smračilo? - da Valle Black, supruga koju su postojano, skupa gradili, nažalost nije - ni nakon svih skupih ulaganja - u stanju odglumiti normalnost dok ih smrt ne rastavi. Dao je sve od sebe da je podrži u njenom sjajnom, novom životu, ali je sa stolice u restoranu, pred kraj jedne večere, konačno u nepovrat otpuzala ona krasna gospođa Black, ona nekad nasmiješena sanjarka, sitnim životnim radostima zadovoljna, ili je barem tako izgledala dok je svoje lice mirno izlagala bledunjavim zrakama sunca u mediteranskom vrtu iza bijelih zidova njihove kuće na Belgraviji; neumorna popisivačica brojnih knjiga kućne biblioteke; u kuhinji, uvijek dotjerana miksačica zdravih sokova. Njegova žena, pobogu, sa svim bitnim odlikama normalnosti: pribrana, praktična i elegantna. Naizgled, barem. 'Naizgled' se broji. Gubitak samokontrole za izbjegavanje je.

Naravno, svugdje, pa i u Londonu, ljudi pucaju. Ipak, prihvatljive načine pucanja tu uglavnom krasi blesavost: trčati gola po West Endu, na primjer; padati i sliniti po podovima noćnih klubova; kenjati po internetu. Gideon bi joj sve to oprostio, jer sve to bolje je od tuge, zapravo nesreće. Ako nesreću ne možeš držati pod kontrolom - vrati se u svoju rupu.

Vratiti se u svoju rupu.

Valle privlači taj povratak u rupu; dok o tome razmišlja, toplina joj puni grudi. Gideon to osjeća. On je stalno proučava.

Čokoladni sufle splašnjava na stolu ispred Irisine prazne stolice. Naduvana poslastica ne čeka nikoga.

DREAMLAND

...Somewhere a telephone is ringing, but nobody's at home
"Hello Junkie - Sweetheart, listen now
This is your Captain calling:
Your Captain is dead. "
Keep on riding, Sir, open up the door
And shout it out - shout it out, shout it out - shout it out:
Lassie, come home. Lassie, come home.

Alphaville[2]

I baš kad sam ga, napokon, počela zaboravljati, vidjeh ga, kroz zimski sumrak, na magistrali. Mjesec i sunce

2) *Negdje zvoni telefon, ali niko ne podiže slušalicu.*
'Halo, ljubavi moja ovisnička,
zove te tvoj Kapetan,
onaj koji je mrtav.'
Vozite dalje, Gospodine, otvorite vrata,
i vičite, vičite, vičite, vičite:
'Lesi, vrati se kući! Lesi, vrati se kući!'
Alphaville

stajali su zajedno, ordenje za izdrživost na reveru neba. Iza zatvorenih kućnih vrata majke su budile zaspalu djecu: loš znak, zaspati u sumrak. A on, u mom retrovizoru, on je trčao preko brda, džogirao, kao i uvijek, bez muzike u ušima, pravcem prema moru.

Prije nego što sam ga ugledala, zbunila me melodija što je procurila iz radija u mom autu. Neka ciganska melodija, ili ruska, istovremeno tužna i snažna; možda ipak jevrejska; palestinska? Bilo je sitnog, vrelog pijeska u njoj. Kao da se napaćena duša, na notama umjesto nogu, poslednjim pjevom iskradala iz violine u kojoj je dugo čamila. Moj se duh neplanirano rastegao preko svijeta, i sve što vidjeh bila su stradanja, prokleta stradanja, sirotinji, i njihovoj samoukoj, šeretskoj violini, najmanje strana.

Ugledala sam ga u retrovizoru, trčao je za svoj užitak, a ne za mnom, uz oštro brdo ulovljeno u čeličnu mrežu. Njegove snažne noge, pune usne, na glavi kapa sa zaklonom za oči. Usporila sam. Nasmiješio se. Niko drugi na ovom svijetu nije mogao imati taj ožiljak u obliku basključa, pokraj lijevog kuta usana. Zašto bi dva čovjeka iz iste generacije, ili približno istih godina, u jednoj tako maloj zemlji, imala isti ožiljak, na istom mjestu? Kakva bi to nevjerovatna koincidencija bila?

Na more sam krenula s planom u glavi, s odlukom; ta me odluka tjerala da dodam gas, vozim sve luđe i luđe, kroz brda, pokušavajući iz misli da odagnam jabuku koju mi je on dao prije jedne decenije, nakon što je na kratko posjetio svoju majku i ostavio joj malo para, dok sam ga ja čekala u kolima, ispred njene kuće.

'Naljutila mi se majka,' rekao je tada, pružajući mi

jabuku, 'što te nisam pozvao na ručak kod nje. Ona uvijek sprema gozbu, kao za svatove. Pa se ljuti kad joj ne dođem, pravim joj društvo i jedem s njom. Obećao sam joj da ćemo svratiti na ručak kad drugi put prođemo ovuda.' Onda je namjestio glas ljute majke, zamlatarao rukama. '*Kad će to bit?Kad ćeš opet proć ovuda?*' krištao je.

Prasnula sam u smijeh, zagrizla sočnu crvenu jabuku.

'Rekao sam joj da ćemo brzo doći.'

Nikada više nismo došli.

Zapravo smo baš toga dana, dana od majke i jabuke, išli na ručak u Rijeku Crnojevića, u mali, skroviti restoran, gdje smo bili česti gosti. Pokupio bi me oko podneva, ispred susjedne zgrade, mene i moju torbu s gomilom školskih knjiga u njoj. Vanredno sam završavala srednju školu. Bila sam upala u svoj svijet, prestala redovno pohađati nastavu, roditelji su se trudili da shvate, pisali lažna opravdanja razrednoj.

Nas smo dvoje odmah napuštali grad, jurili prema divljoj konobi, zastajali uz put da se ljubimo po seoskim putevima. Jeli smo dimljenu ukljevu i krapa, umakali domaći hljeb u teško maslinovo ulje s bijelim lukom, pili nekultivisana vina, švercovanu votku, trijeznili se preslobodno vodeći ljubav pod vedrim nebom, pa se vozili dalje, na more, gdje je on u Starom gradu imao jedan stan, u koji smo se zatvarali sve do osam uveče, da bih u devet bila nazad kući, s neotvorenim knjigama u torbi.

Na jednoj se krivini sjetih da se tu skretalo za selo gdje mu je živjela majka. Stomak mi je bio potpuno prazan. Vrtjelo mi se u glavi. To je taj sljedeći put, pomislih. Skrenuh desno, naglo, ne dajući žmigavac.

* * *

'Vi mene ne znate,' rekla sam njegovoj majci kada mi je otvorila vrata. 'Ali ja sam jednom bila ovdje, ispred kuće, s vašim sinom, davno, prije skoro deset godina. Proljeće devedeset treće. Donio mi je jabuku od vas, tako crvenu da mi sjećanje na nju još uvijek bode oči.'

'Uđi, srećo,' rekla je žena u crnini koja je oko vrata nosila debeli lanac, ispleten od tri vrste zlata, sa kojega je visio privjezak u obliku pume. *Cartier za mamu.*

Ušla sam u malu, toplu kuću, kao u srž zimske bajke. Dnevnom sobom, kuhinjom i trpezarijom dominirala je stara peć na drva.

'Evo tu ti je on odrastao,' rekla je njegova majka.

'Jeste,' potvrdila sam.

'A nije mogao dočekat da ode odavde. Prohodao je sa devet mjeseci. Rekla sam sebi, ovaj će daleko dogurat. Jesi ti gladna, srce moje?'

'Jesam.'

'Neka si, svaka čast. Imam đuveče, zamutila sam priganice. Ajde, sjedni, raskomoti se.'

Đuveče je bilo suvo, zagorelo od podgrijavanja; primijetila je to pa se izvinjavala.

'Ma super je,' rekla sam joj. 'Ja obožavam kad riža ima koricu.'

Drugovi su ga prozvali Ziko, pričala je, jer je zabijao golove odakle god je zamislio, sa kakvog god terena, asfalt, zemlja, bljuzgavica, inje. Koljena su mu uvijek bila u modricama.

Otišle smo u njegovu sobu. Tamo je bilo hladno; nezagrijavano od ko zna kada. Na polici iznad njegovog kreveta bila je samo jedna knjiga, 'Najveće svjetske katastrofe.' Kako su sastavljači mogli znati da je gradacija katastrofa bila finalizirana? Možda su to bile knjige u nastavcima, ali Ziko je imao samo jednu. Oko te knjige - poređane figurice koje su izgledale dragocjeno, napravljene od zlata i dragog kamenja. Delfin, medvjed, jaguar, pas, prazni okviri za fotografije, i jedna balerina. Imala sam želju nešto od toga da ukradem, odnesem sa sobom, možda baš tu balerinu.

Njegova se majka stalno pridržavala za svoj zlatni lanac oko vrata, kao da je taj lanac vukao kroz život, ili čuvao da se ne raspara. Sjele smo na njegov krevet. Uzdahnula je. 'A gdje si ti krenula noćas?' pitala me.

'I ja sam napustila ovu zemlju,' rekla sam. 'Vratila sam se samo za brata, da i njega izvučem odavde.'

'Je li? A roditelje, imaš li?'

Samo sam uzdahnula, slijegnula ramenima. Nisam joj odgovorila. Ostavljala sam majku, i ja, kao i Ziko. I oca. Odvodila sam im sina jer nisu znali što bi s njim. Mislila sam, sve ću nas spasiti, tim jednim potezom.

'Veliš, što mene to briga, a?' nastavila je Zikova majka. 'Imaš pravo. Nemoj mi samo još reć' da ne pušiš.'

'Pušim ponekad.'

'Da zapalimo po jedan. Ali ne u njegovoj sobi. Ovđe se ne puši. Ubio bi nas.'

Izašla je iz sobe prije mene, poravnavši prije toga čaršav na mjestu gdje je sjedjela. Ja sam ostala i malo gledala kroz prozor. Pogled je bio stisnut vijencem mračnih planina, naravno, baš kao i čitavo to selo. Nikada prije nisam vidjela tako mračnu noć.

'Hej,' prošaputala sam u mrak. 'Manijače. Dolaziš li ti ovamo, ili ne?'

Napolju, iz mraka, ogoljene grane jabuke njihale su se u ritmu moga pitanja, kao da mi se rugaju, imitirajući me. *Do-la-ziš-li-i-li-neee?*

Zgrabila sam balerinu sa police, strpala je u džep od jakne i pobjegla iz Zikove sobe da se pridružim njegovoj majci koja je pušila pored stare peći u kuhinji, umanjujući se sa svakim dimom, kao da je ta cigareta pušila nju.

Dok je pržila prigance, pričala sam joj kako sam se ja osjećala u njegovom prisustvu. Osjećala sam da mi kosa raste, da mi se ćelije umnožavaju. I pričala sam joj kako bih ga, predveče, gledala dok spava, u stanu u Starom gradu. Poslije dimljenih ukljeva, luka, vina, ljubavi, on bi, dok spava, mirisao na med. Kako mu je to uspijevalo, pitala sam se dok bi on ravnomjerno disao, sa rukama opuštenim uz tijelo, prepušten snu potpuno, ciljano, da ugrabi što više, dok traje.

'Dojila sam ga tri godine,' rekla je njegova majka. 'Morala sam kod sestre moje da ga ostavim neđelju dana, da se oboje odviknemo.'

Njena se mala kuća sve brže i primjetnije hladila kako je noć odmicala. Poslednji dnevnik počinjao je na TV-u u sobi do kuhinje. Kroz dim od prženja, prolomi se slabašno cviljenje. Stresoh se i zamalo ne skočih sa stolice - evo ga, tu je - ali bila je to samo zadnja iskra iz drveta koje je sagorijevalo u starom šporetu. Zikova je majka to znala, otvorila je prozorčić na šporetu, nahranila ga drvima, kao da joj je kućni ljubimac.

'Dolazi li Vam on ponekad?' pitala sam je.

'Nikada,' poslagala je priganice na ovalni tanjir, kao za svadbe dugačak, ili za pokajanja, izvadila džem od šipuraka, kajmak i sir, i sjela je pored mene. 'A baš sam usamljena. Evo skoro deset godina kako se pitam kome on to dolazi, ako ne majci. Kome je to potreban više nego meni?' Pomilovala me po ruci. 'Zauvijek odlaziš, kažeš. Šta fali tebi? Ništa ti ne fali. Eto te ka' glumica. Neće iz moje kuće niko više izlazit pa ić' do đavola. Shvatićeš me, dobro si ti dijete. Ostani kod mene večeras. Spavaj u njegovoj sobi. Niko tamo nije spavao, osim njega.'

'Ali ne idem do đavola,' rekla sam. 'Ili, možda i idem. Ko će ga znati? Važno je da imam dobre namjere. Kao i svi.'

'Kasno je za svaku vožnju. Kud ćeš po ovoj tmuši? Bolje prespavaj kod nas.' Nije se ispravila.

'Ostaću ovdje, pored peći,' rekla sam. 'Hladno je tamo,' - odmahnuh rukom prema Zikovoj sobi. Hladno je kao u grobu, htjela sam reći, ali nisam.

London, Valle Black

Na njenoj vizit karti piše: *Valle Black, P.R. Event Management & Trends*. Nekada, ne tako davno, ni sama nije vjerovala da takva titula može postojati, osim u filmovima, gdje bi sve te kitnjaste funkcije bilo zgodno nagurati u krupni kadar natpisa na karti, time prekratiti objašnjenja koja oduzimaju vrijeme. A sada, evo, i ona je dio tog popularno nazvanog PREM plemena. P.R. & Event Management, pa još i nekakva trendsetterica.

PREMica je tek nešto manje od godinu dana. Do tada je, samo par mjeseci, bila obična sekretarica, odnosno personalna asistentica, svojoj šefici koja održava jedan ogranak fondacije Princa od Walesa. Taj se ogranak bavi odbjeglim, ranjivim tinejdžerima, samohranim majkama, bankrotiranim očevima na rubu samoubistva. Za takve se članove populacije organizuju radionice, doškolovavanja, privremeni smještaj, sitni poslovi.

Bilo joj je sasvim dovoljno biti sekretarica, i bolje bi

bilo da je to i ostala. Zapravo sve što je stvarno htjela raditi u životu, osim čitanja i sjedjenja u bašti iza kuće, bilo je služiti goste po londonskim restoranima. I za to je bila nespremna. Nespretna. Bez sumnje, u svakoj bi smjeni barem jednom gostu prosula nešto u krilo. Mogla je onda biti hostesa, dočekivati goste; ili kurirka, raznositi po gradu tuđe tajne, nade i probleme. U periodu prije ovog zaposlenja, kada je tonula u mrak svoje sobe i biblioteke, kada je osjećala da je taj mrak jede, ali nije se imala snage otrgnuti iz tamnog zagrljaja, zamišljala je da će jednom, nakon nekog ljeta, naći takav neki posao i spasiti se.

Njen je mrak nije obujmio iznenada. Dugo joj se spremao, sačekivao je iza ćoškova grada. Mislila je da je to zbog usamljenosti. Odbijala je prihvatiti da je to bila depresija; bez objašnjenja je odbijala svaku vrstu pomoći. Ako bi nešto i promrmljala, bila bi to molba da je puste da se odmori od svih. Samo je ležala i čitala, previše je čitala, opsesivno-kompulzivno je čitala. Završila bi roman, biografiju, zbirku eseja, poezije, bilo kakvu knjigu, pa halapljivo počinjala čitati sljedeću, od golog straha da bi joj prethodna mogla nedostajati. Od silnog ležanja danju, noću nije mogla zaspati. Počela je piti Gideonove hipnotike, *ali po pola tablete*, tješila je sebe i gricnula bi jednu od 10 mg na pola. Ni tada ne bi zaspala, ali joj je 5 miligrama hipnotika rovarilo po mozgu opasnim, ledenim mislima: da li skočiti s vrha nekog solitera ili sebi iščupati kosu s glave? Tako luda dočekivala je jutra i napokon malo odspavala. Kroz kuću se vukla uvijena u tamno-smeđi frotirski bademantil koji su joj spremačice morale otimati da bi joj ga oprale. Jela je tost i paštetu. Smrdjela je, zube nije prala danima; nije mijenjala gaćice, mislila je da će joj se u kupatilu, u kadi, nešto strašno desiti, i nikada više odatle živa neće izaći. Kosa joj se zamrsila toliko da je pola nje morala ošišati, i ošišala je, sama, plačući zbog pogleda na svoj ružni, beživotni odraz u ogledalu. Neko je čuo njene jecaje koji su prerastali u ječanje, pa u vrištanje. Zvali su Gideona. Njen je muž sišao iz svojih odaja, nogom odvalio vrata, dugo je grlio, mogla je osjetiti miris nagomilanih godina na njemu. 'Reci mi šta želiš?' pitao je. 'Reci mi šta hoćeš, kako da pomognem?'

Rekla je da bi radila, ali proste posliće, bez pretjerane upotrebe mozga, uz koje bi, recimo, mogla lutati gradom, zaštićena u maloj kabini vozača; ili smještati ljude za stolove restorana, dok joj misli plove po dalekim prostranstvima. 'Ja nemam ambicije,' ponavljala je. 'Ja nemam talente, inicijativu. Hirovita sam u ulozi majke.'

'Ti si najdivnija, najljepša žena na svijetu,' govorio joj je Gidi, ne shvatajući da je time ubija. Nije voljela njegove komplimente; za nju, oni su predstavljali samo neka njegova unaprijed neispunjena očekivanja.

Valle je niskog rasta, raskošne kose, raskošnih grudi, ima svoj oprobani stil u oblačenju - cigaret-suknje, dobre cipele; zna hodati na veoma visokim štiklama, u sandalama za koje ima prekrasna stopala, uske gležnjeve; sve su joj kosti sitne, uzan struk. Tačno je znala što Gidi misli o njenim umišljenim karijerama konobarice, kurirke ili hostese: 'Moja ženica, savršen ukras na partijima, a hoće raznostiti poštu i otezati vene po restoranima - nema šanse da ću to dopustiti.'

Brže-bolje gurnuo je u ovu fondaciju kod njegove

prijateljice Laureen. Tu se vodila kao stalno zaposlena, puno radno vrijeme, godišnje zbrajanje sati, što je značilo da je mogla preskočiti loše dane, a pružiti više kada se bolje osjećala. Drugim riječima: tu je bila pod finom, dobroćudnom vrstom kontrole. Ali je Laureen, ta njena šefica, zavoljela baš nju, i to iz dva pomalo uvredljivog razloga. Više od svih stručnih kvalifikacija što su ih imale Valline koleginice iz fondacije, Laureen je impresionirala Vallina titula gospođe Gideon Black, i njena sposobnost ćutanja i slušanja tuđih žalopojki, kao na primjer žalopojki njene usamljene, u ljubavi nesrećne šefice koja joj je ubrzo ponudila napredovanje i odabir sopstvenih projekata. Valle je prihvatila ponudu, zato jer odbiti neku ponudu naprosto nije bio njen stil. Laureen je odmah za nju naručila tu novu, smiješnu vizit kartu, rekla joj da pronađe neku interesantnu osobu koja će tinejdžerima održati par predavanja i radionica.

Njen je prvi projekat bio Storm, mladi umjetnik u usponu. Svi u Londonu pričali su o Stormu. Svi su htjeli komadić Storma. Valle je njegove radove otkrila na generalnoj probi otvaranja izložbe u Tate galeriji na koju su je odveli Gidi i Nikoleta - istinski trendsetteri u njihovoj maloj porodici. Čim bi dobio kakvu interesantnu pozivnicu, Gidi je oduševljeno dijelio sa ženom i kćerkom. Volio ih je svuda voditi sa sobom. Napustio bi svoj radni sto, istuširao se, obuzdao svoje pjenaste sijede zulufe briljantinom, i obukao se prigodno za provod, kako samo on zna: za pretpremijerno otvaranje izložbe mladog Storma, nosio je Jacob Cohen džins koji mu i dalje dobro stoji, bež sako s kožnim zakrpama na laktovima, narandžastu maramu oko vrata, italijanske cipele. Predložio bi, kao i uvijek, da sa njima ide čak i Vallin ludi brat, Dragan. Valle je rijetko pristajala na to. Ona brata uglavnom ignoriše. Dovela ga je u London, očistila, postavila na noge, a on opet staru pjesmu: po čitav dan leži u krevetu dok drugi brinu o njemu. Pa ko ga ne bi ignorisao? Gideon ga ne ignoriše; ni Nikoleta-Nina, Vallina i Gideonova osamnaestogodišnja kćerka - koja, inače, ignoriše svakoga starijeg od dvadesetak godina. Dapače, Nina svog ludog ujaka obožava, zove ga ujka-*Dragon*; a Gidi ima tu čudnu crtu da se druži s totalnim gubitnicima i pomaže im dok ga ne potope. Kada ga potope, on krivi Valle. Govori joj da ga ona godinama uvaljuje u govna i neka sada roni za njim i vadi ga. Ona je baksuz, kaže joj. Privlači negativne tipove. Najbolje joj je da ostane doma, samo s njim i kćerkom. I to je Gideonovo pravo lice, njegovo uvjerenje; ali, jeste, pronašao joj je posao kada je vidio da njegovu slatku ženicu preplavljuju gorčina i mrak.

Storm, dakle. Nakon te izložbe u Tate galeriji, njen je intimni utisak o mladom Stormu bio da je on sirovina neobuzdanog talenta, kao da je njen zemljak, zemljak Toškovića ili Đurića; talenat i mentalitet koji ne mare za ograničenja, pristojnost: potez rukom, ujutru, uz kafu, i, eto remek-djela, tek tako, nedovršeno, a već savršenog moralnog sklada, savršene priče. Ruka je alatka one skrivene, ljudskije strane Velikog Kreatora. Smiješno-strašni koncepti. Ali ko bi znao za Uroša Toškovića? Pa i za Dada Đurića? Niko iz njenog novog života. Bilo bi interesantno pominjati Uroševo ime okolo, sijati sjeme za novi kult, ali nema Valle života za to, zapravo baš i nije nikakva trendsetterica. Zato, kada je pitaju, ona drugima saopštava svoje rezervno mišljenje: Storm je kao drskiji Leonardo, genijalan crtač, s naučno-tehničkim detaljima u umjetnosti. U medijima ga svi samo hvale, olakšavaju mu put prema upražnjenom mjestu originalnog heroja nacionalne savremene, konceptualne umjetnosti. Počeće ga rušiti kad im se prohtije, kada anti-reklama bude isplativija od reklame, ali za sada je rušenje daleko, za sada pišu kako ovaj rođeni Londonac može sebi priuštiti različite teme i stilove za istu izložbu, što mu ne smeta da takozvane 'pukotine' drži pod kontrolom; da je vratio srce u umjetnost, zlatno srce koje je teško naći; zlatno srce zlatne koke.

Klasika na dopustu, pisali su. *Nedisciplina s uzvišenim ciljem. Znanost i spiritualnost. Crtež i boja.*

Stormovi su radovi u njoj probudili nadu u nešto, nešto nedefinisano, da, ali nada je bila tu, meškoljila joj se u grudima. Zar nije buđenje života u grudima posmatrača svrha umjetnosti? Pa ona je oduvijek bila povezana s umjetnošću. Nekada je bila talentovana balerina. I ne samo talentovana; bila je i vrijedna. Dok je plesala vidjela je slike, stvarala je plešući. Uradila je desetak koreografija, kao veoma mlada. Ona čudna raspuštenica, Slovenka, njena nekadašnja profesorica baleta, Valline je koreografije nazvala 'šokantno avangardnim, zrelim kreacijama.' Ali, kako to obično biva, ta se povezanost s umjetnošću kod prve tinejdžerske krize učaurila, pa osušila; mladost je potrošena na brutalnije načine izlaska iz krize. Kroz Storma, kroz njegove radove, ta joj se mladalačka povezanost s umjetnošću vratila. Odlučila ga je kontaktirati, zamoliti za volontersku pomoć fondaciji. Prstima otežalim od treme ukucala je broj Stromovog galeriste. Na pomen Laureeninog i Gideonovog imena, galerista je odmah ugovorio sastanak.

Vallin i Stormov prvi zakazani sastanak dogodio se u zapadnom Londonu, u hotelu '4 cvijeta' gdje je Stormov galerista mladom umjetniku obezbijedio - plaćao - apartman koji će koristiti za odnose s javnošću. Dogovorili su susret u holu hotela. Valle se morala malo napiti prije toga. Nije bilo lako sresti i pokušati očarati istinsku zvijezdu u usponu, uz to prvog pravog klijenta nakon decenijske nezaposlenosti. Prije izlaska iz kuće popila je neku žesticu, da joj se poljuljano samopouzdanje vrati na '12 sati, podne', kako je Gidi nazivao stanje svijesti vraćene u ležište uz pomoć samo jedne do dvije čašice nekog kratkog pića.

Storm je ustao od stola pokraj kamina kada se ona pojavila - bio je u farmericama i običnoj, crnoj majici, visok, smeđokos, čupav, guste kose koju kao da je sam šišao krojačkim makazama, a i to samo povremeno. I obrve su mu bile čupave, oči svijetlo smeđe, ten duboko maslinast, usne krupne i tamne. Mora da je u krvi nosio dio Bliskog istoka. Nos mu je bio krupan, neobičan, od nekoliko oblika, kao da je više puta bio lomljen pa je nanovo srastao, svaki put po drugačijem kalupu. Zastao joj je dah, probio je znoj. Na brzinu zaključi da je Storm možda najljepši muškarac kojeg je ikada vidjela. Samoj je sebi čestitala na izboru osobe u koju se platonski zaljubila i prije nego što ga je upoznala. Kosmička povezanost duša? Ma, besmislice - prekorila je sebe. Samo je bila usamljena; i pripita.

Mladi je umjetnik skoro duplo viši od nje, a ona, vjerovatno, skoro duplo starija od njega. Valjda se jedno potrlo drugim, i Storm se odmah, i prije nego što su stigli naručiti piće, pokazao kao gotovo djetinje razgovorljiv sagovornik. Požalio se da mu smeta što će se njegovi radovi nakon Tate-a šetati Londonom, iz jedne pop-up galerije u drugu, a on mrzi taj pop-up trend, kada samo privilegovana klika tobožnjih ljubitelja umjetnosti zna na kojoj će adresi biti izlaganje.

'Mada,' rekao je, 'to me vjerovatno više ne bi trebalo zanimati. Ionako radim na novom projektu.'

Što se tiče starijih radova, rekao je kako jedva čeka da ih se London i Britanija zasite, da se presele u Njujork. Zato što je mlad, londonski galeristi misle da voli onu lažnu skromnost tako tipičnu za ovaj grad; da se glumi poremećaj vjerovanja u sebe. A te pop-up galerije - koji je to amaterizam! Ne, ne i ne. On voli sjaj velikog otvaranja, dobro organizovanog, glamuroznog, sa skupim šampanjcem, dotjeranim ženama, dobrodržećim muškarcima. Amerikanci nisu oboljeli od lažne skromnosti. I neka nisu. Koji je vrag ovim Londoncima? *Low-profile my ass,* dok god ti od cijena londonskog života uši otpadaju.

'Možeš sve to staviti u intervju,' rekao joj je, i tek mu je onda Valle uspjela objasniti da ona nije novinarka, nego PREMica u fondaciji koja pomaže tinejdžere iz ranjivih porodica, i da ga je došla i htjela ugrabiti da takvim tinejdžerima održi par predavanja i radionica, volonterski, što bi moglo biti propraćeno u medijima. Times, Guardian, Mail, FT weekend, *glossies,* samo neka joj kaže što ga zanima. 'To je moj posao,' dodala je.

Storm je odjednom zaćutao, nijemo je posmatrao, baš kada je ona trebala njegovu govorljivost, njegovu reakciju. Poželjela mu se ispričati. Ipak je on Englez, poput njenog Gideona, a manje iskusan od Gidija. Sigurno ga plaše malene žene, starije od njega, a ne zna kako ih odbiti da ih ne povrijedi. Najedanput je osjetila koliko treba svog Gidija. Gdje je to ona krenula bez njega? I još kompletno našminkana, oprana, namirisana, spremna na zaljubljivanje u svog idola. Pa ona je bez svog Gidija niko i ništa, obična vječita djevojčica zakržljalih krila. Svaki put kada izleti iz gnijezda, upadne u drače. Gidija ne plaše žene nijedne dobi; sve su mu lijepe, predivne. Udvaraju mu se žene, i dalje, jer njen Gidi miriše na novac. A zna se i lijepo dotjerati, ima stila. Gideon Black ne odbija nijednu udvaračicu. On im udovolji razgovorom, nahrani im samopuzdanje, a da ih nikada ni ne dodirne. Pravi džentlmen.

'Ma, nema veze, drugi put,' rekla je tada Stormu, pružila mu ruku za pozdrav. 'Možda nisi za ovo zainteresovan sada. Zauzet si, razumijem -'

Storm je primio njen dlan u svoj, rekao joj: 'Samo malo,' i ona je čekala. 'Odakle si?' upitao je.

'Iz Kolumbije,' slagala je.

Zašto? Ni sama to nije znala; ali bila je to njena često izgovarana laž. Ljudi su joj govorili da izgleda kao da je iz neke latinoameričke zemlje. Tako je počela govoriti da je iz Kolumbije. Gidi je tu njenu laž zvao malim hirom. Njen mali hir! Namjerno je to pominjao kad bi osjetio da ga izbjagava. 'Da, samo ti bježi od mene. Zaključaj se u svom kupatilu sa svojim malim hirovima poput laži da si Kolumbijka. Jadnice.' Htio je zaustaviti na tom 'hiru', da ta sitnica bude njen jedini izlet u ludilo. S time se još mogao nositi.

Ona je samo htjela pojednostaviti, zapravo potpuno izbjeći objašnjavanje odakle je, gdje je taj njen Montenegro, je li to dio Brazila, ili i dalje dio Srbije, a da - to je nekad bila Jugoslavija, i tako dalje - sve u svemu: zamorno. Odgovorila bi da je iz Kolumbije, i svi bi zaćutali. Mada, taj je odgovor davala ljudima za koje je znala da će njen odnos s njima ostati površan. A Storm? S njim je planirala provoditi dane; s njim je planirala čitav jedan projekat. Zašto ga je slagala?

'Ma, stvarno?' pitao je. 'Iz kog dijela Kolumbije?'

Zašto baš sada i baš on, i to pitanje? Njen prvi interesantni klijent odmah će otkriti da ona laže, i to bolesno, bez potrebe. Srećom (srećom?), na to je pitanje imala spreman odgovor. 'Iz jednog malog grada u Kordobi,' rekla je. Imala je u rukavu i ime grada - Purisima. Jedne je davne zime Gidi odveo u Kolumbiju u posjetu nekom klijentu koji je imao silne hektare zemlje u Purisimi - iskoristila bi to u slučaju da umjetnik ode još jedno pitanje dalje, nakon čega bi spustila rampu za dodatna pitanja.

'La Kordobinjina!' uzviknuo je Storm. 'Mora da si me zato odmah podsjetila na majku.'

Oh, shit, pomisli Valle.

'Moja je majka bila s obale, iz pokrajne Atlantiko,' nastavio je. 'Galapa, Atlantiko. Znaš, jel? E, pa to je mamin rodni gradić. Podsjetila si me baš na onu njenu verziju koju želim zauvijek pamtiti. Dok je bila tako svježa, živa, dok je nosila pečat svog *negra ladina* porijekla, svoju nemirnu, izmiješanu krv, neukrotivu grivu, dok je, brinući o nama, govorila 'To je moj posao'. Često je to govorila, akcentom koji je podsjećao na tvoj. Onda je dugo bolovala, umrla je mlada.'

'Žao mi je.' I stvarno joj je bilo žao, najviše zbog svoje glupe, djetinjaste laži. Za razliku od nje, mladi je umjetnik bio potpuno iskren.

'Da,' rekao je. 'Nadam se da ovo moje poređenje -' zagledao se u nju dok su joj obrazi goreli.

'Ni najmanje,' rekla je i spustila pogled. 'Naprotiv. Hvala. Nego, ne mogu mnogo o tome. Moja je priča komplikovana. Komplikovanija od priče tvoje majke, vjeruj mi.'

Nije je zapeklo njegovo poređenje s majkom. Mislila je samo kako što prije da promijeni temu i ne bude uhvaćena u laži. Uostalom, i on je nju na nekog podsjećao. Njegovi radovi na nešto su podsjećali, na nešto daleko, ali još uvijek živo. Zašto bi podsjećanja pekla? Samo da sada ne počne pričati španski s njom. Ali nije, hvala Bogu. Gracias a Dios.

Naručili su sendviče s dimljenim lososom i šampanjac uz jelo.

DREAMLAND

'I think last night, you were driving circles around me...'
Greg Laswell *Your Ghost*[3]

Ziko je došao po mene u autu bez krova. Odnosno, valjda spuštenog krova. Kroz prozor od kuhinje vidjela sam njegovo uvijek osunčano lice. Ludak prezgodni, s rejbankama na očima.

'Ćao, tata, ćao, mama!'

Iz kuće sam opet izlazila sa školskom torbom punom knjiga - ovoga sam puta kao išla kod drugarice da učimo za pismeni iz matematike, dva dana i dvije noći, čitav vikend, bez prestanka. Otac me osmotrio od glave do pete, očima stisnutim ispod namreškanih obrva. Htio mi je dati do znanja da on može, kad god hoće, prodrijeti do istine. Jadan tata, nije mi bio dorastao. Bila sam u običnoj haljini do koljena, nalik tamnoplavoj školskoj kecelji, i patikama.

---

3) *Mislim da si sinoć vozio krugove oko mene* - Greg Laswell, *Tvoj duh*

'Ćao, vidimo se u nedjelju veče!' rekla sam.

Ništa oni, ni rukom da odmahnu. Čekali su valjda da sve to prođe, te laži, rat i droga, droga, droga - kradljivica njihovoga sina.

Odmah kod ulaza, ispod nadstrešnice, skinula sam haljinu, ostala u teksas suknjici i super-uzanom topu, a patike sam zamijenila sandalama na tanku štiklu koje sam izvukla s dna torbe sa knjigama. Komšinica s prizemlja opet je, kao, širila ili kupila veš s balkona. Ta je žena sigurno imala korpu veša uvijek pri ruci, veša koji se više nije koristio ni za šta drugo, osim za tobožnje vješanje ili skidanje sa žice kadgod je trebalo propratiti neko dešavanje ispred zgrade. Uhvatila me na djelu, dok sam se presvlačila, pa još patike i glupu plavu haljetinu gurala na dno torbe. Ljubazno smo se javile jedna drugoj. Daj bože, pomislih, da odmah ne ode kod mojih i ne kaže im da se ispred ulaza presvlačim u sumnjivu vrstu robe. Moja laž trebalo je da izgura dva dana, a nakon toga neka i saznaju da se presvlačim; samo još ovaj put, pa ću onda okajavati grijehe, zaklela sam se Bogu i sebi.

Ziko je pogledao u mom pravcu. Rukom sam mu dala znak da autom sklizne do ćoška, odakle me roditelji nisu mogli vidjeti s prozora. Iza ugla od susjedne zgrade, uskočila sam u njegov kabriolet, koljenima na sjedište, i ostala tako, polusjednuta na koljenima, dok je on polako vozio prema izlazu iz grada. Ljubili smo se svo vrijeme, on sa rejbankama na očima, dok se dan gušio u plavičastom dimu, ali ne dimu izmaglice i zime; bio je to više dim iz zajedničkog nam kotla, kao da je plamen ludila podgrijavao zemlju. Možda je opet bio februar mjesec; možda jun, ko će ga znati? Meni je, u to vrijeme, stalno bilo toplo.

Ziko mi je opet nešto poklonio. Parfem, *Loulou* se zvao, s cvijećem na kutiji. Hvala, rekla sam, i stavila sam neraspakovanu kutiju parfema na zadnje sjedište.

'Ti nikada ništa od mene ne tražiš,' rekao je. 'Ti samo hoćeš da si sa mnom. Je l' da?'

Ljubila sam ga.

'Možda bi ti roditelji i brat za mene rekli da nisam dovoljno dobar za tebe, ali, 'ajde reci, kakav sam, kakav sam prema tebi?'

'Super si,' rekla sam.

Ta moja drugarica, kod koje nisam otišla na dvodnevno učenje, a koja je bila upućena u sve, rekla mi je, 'Znaš, Valentina, on je presladak, neobičan je, stvarno, ali nije ti on nikakav pjesnik i čuvar svetih tajni, i šta ti ja znam što si sve ti umislila. On ti je dosta problematičan stariji momak.'

Ja sam ćutala, kao da sam znala da se mudrost uzalud riječima prenosi na one koji je još nisu dosegli učeći na sopstvenim greškama, kao da sam znala da je najbolje ćutati i pustiti da vrijeme učini svoje; ali, nisam to mogla znati, i zapravo sam ćutala zato jer mi ništa nije bilo važno tada, osim njega. Imala sam sedamnaest godina. Ziko, 'problematični stariji momak', imao je dvadeset pet.

Na putu do Cetinja, već smo dva puta vodili ljubav. Onda treći put u nečijem stanu u cetinjskoj novogradnji, malo izvan grada. Večerali smo kod njegove snahe i brata od strica, pa izašli u grad. Tamo su svi bili liberali i pozdravljali se po ulici palcem i kažiprstom namještenima u slovo L. Poneko bi ispružio svih pet prstiju, to je značilo da je taj bio pripadnik ultra-crnogorske stranke, koju je osnovao brat Slavka Perovića.

Ziko je stalno uzdisao. 'Au, moja Vaki, samo da znaš kako će se sve ovo brzo rasturit,' govorio je. 'E, biće mi žao. Dobra je atmosfera ovako, ludnica je. Ali vidjećeš. Samo da nam se baci koja marka u vidokrug. Te dva prsta, te pet, a u svakoga srce ovolicno, ka' u goluba. Svi čekamo svoju kosku. Siročad smo ti mi, od oca Oboda i majke Košute, mali smo, nikakvi. Što ću ja tebi, ljubavi?'

U prvom kafiću toliko me je pipkao, da su mi zamalo grudi ispale iz minijaturnog topa. Pred svima me ljubio u 'samo njegov mladež,' ovaj u obliku malog poljupca koji imam baš među grudima. Sjećam se osjećaja da mi obraze liže plamen strasti, da mi neprestano gore. Zamolila sam ga da mi naručuje viski-kolu, ali u piću nisam osjećala alkohol; sada mislim da me je lagao za viski, naručivao mi je samo koka-kolu. Pridružili su nam se njegovi drugovi sa svojim djevojkama. Bila sam ljubomorna na te lijepe cure, starije od mene, obučene u skupu odjeću, koje su vješto glumile dosadu, kao da bi radije bile u milanskoj Skali, nego u tom usranom cetinjskom kafiću, ali, eto, lojalne su svojim mladim ratnicima koji ne daju Šešelju ni Arkanu da osvoje Crnu Goru. Sada znam da su neke od njih imale tek po četrnaest-petnaest godina; a neke preko trideset. Meni su sve izgledale isto, kao svjetski komadi.

Svi zajedno otišli smo u noćni klub. Tamo je udarao Snap.

Rhythm is a dancer.
I'm serious as cancer when I say rhythm is a dancer.
Serious as cancer, smijala sam se.

Neki su momci igrali, ali Ziko nije. On je samo stajao na sred podijuma i gledao u mene. Tada me je najviše volio, mislila sam, a mislila sam i da je to dovoljno, da je to prava stvar, ta luda privlačnost, dok ja igram a on samo stoji, gleda me, tako lijep, da je izgledalo da i on igra, koliko je prelijepo znao stajati u mjestu.

Dr. Alban. It's my life, take it or leave it, set me free . . .

'Žene u Italiji stalno pitaju za njega,' govorili su mi njegovi drugovi u uho, preko muzike. 'Pitaju 'Gdje je Bello, dov'e il Bello?' Mi im govorimo 'Zaljubio se, oće da se ženi,' a one 'No, nooo.' Mi onda, 'Si, si, inamorato, si, fidanzata, si,' a one plaču, da ih vidiš samo, mlade, stare, sve pla-ču. Sprdnja.'

Ziko se smješkao, svima govorio 'Mia fidanzata, mia ballerina. Vidi je, čista.'

Čista. Valjda je htio reći - trijezna. Znači, nije bilo viskija u mojoj koli, sigurno, ali, svejedno, rasturala sam se od igranja. Od kofeina i hormona.

Nešto bi se desilo, svake noći, u tom noćnom klubu. Poslije ponoći, naišla bi loša energija, kao veliki zapjenušani val. Drugi bi se parovi žestoko posvađali, djevojke su bijesno sazuvale svoje cipele, udarale momke štiklama po glavi, pljuvali su se međusobno, odlazili napolje iz kluba, vraćali, vukli za kosu. Mi se nikada nismo posvađali, Ziko i ja. Nekad bih mu pokušala nešto reći, glasno, preko muzike, a on bi mi šapnuo, 'Šš, ne podiži glas, ljubavi, ne podnosim ti ja to.'

Pred zoru smo se vratili u onaj stan u novogradnji. Bio je to jednosoban stan, opremljen samo najnužnijim namještajem. Bila sam toliko umorna da mi uopšte nije bilo stalo na čemu ću spavati; ionako mi nije bilo potrebno mnogo prostora, mogla sam se i u rernu uvući ako treba.

Vodili smo ljubav, još jednom, na kauču presvučenom grubom, čupavom sintetikom. Ja sam bila gore. Tako smo i zaspali, moje tijelo preko njegovog, pa se budili, smijali se sebi i mojim gaćicama i njegovom pištolju koji su takođe bili nerazdvojan par, jedno preko drugog na svakom noćnom stočiću, u svakom prostoru u kojem smo se nas dvoje voljeli. Onda smo opet zaspali. Konačno smo se probudili oko jedan popodne, išli u *La Scalinu*, kotorsku konobu na ručak. Očistio mi je sve škampe da ne bih upropastila taj jedini top koji sam ponijela na 'učenje'. Pili smo koka-kolu. Odvezli smo se do bečićke plaže. Šetali smo po plaži, ma nije moglo biti ljeto, ne sjećam se da smo plivali, ali ubija me sada što ne mogu odrediti ni koje je godišnje doba bilo, a kamo li mjesec. Ziko je bio tako miran. Šetao je pognute glave; ponekad bi me pogledao i ja bih ga poljubila. Sagnuo bi se da uzme kamen ili uglačano staklo s pijeska. Vidim i sada njegove ruke; nokte već kao izbijeljene morskom solju. Septembar, oktobar?

Vratili smo se na Cetinje, u taj nečiji ružni stan, meni najljepši.

Spremila sam se za ponovni izlazak uveče. Ista roba, samo tuširanje i svježi sloj šminke. Kada sam izlazila iz kupatila, ulovih Zika kako žurno već odlazi i zatvara vrata za sobom.

'Hej!' povikala sam. 'Gdje žuriš, frajeru? Ne raskida se sa mnom tako lako,' pokušala sam se našaliti.

'Ljubavi,' rekao je, iz hodnika zgrade. 'Ostani kući večeras.'

'Kakvoj kući?' pitala sam i potrčala prema vratima. Ziko ih je zatvorio i brže-bolje zaključao za sobom. Udarala sam šakama po njima. Čula sam kako se sjurio niz stepenice. Potrčala sam na balkon. I vrata od balkona bila su zaključana. Zašto? Mogla sam razbiti staklo, skočiti, ali zašto, čemu sve to? Ništa mi nije bilo jasno. Otišla sam do prozora koji je takođe bilo nemoguće otvoriti. Sve je pozaključavao. Ne bih se bacala kroz prozor, osim ako ne osjetim miris plina, ili na vrata uđe četa momaka da me siluju. Ali zašto bi mi Ziko to napravio? On me je volio, zar nije? Lupala sam po prozoru dok je ulazio u svoj auto sa spuštenim krovom. Pogledao je gore, prema meni.

'Šta je ovo?' pitala sam grimasom lica i rukama savijenim u laktovima, ispruženim dlanovima, jer on nije mogao čuti moj glas. 'Zašto?'

Slegnuo je ramenima, namrštio se kao da mu je žao i da će zaplakati. Nije zaplakao; ušao je u auto i odvezao se, ostavljajući me samu u zaključanom stanu.

Ja sam plakala. Provjerila sam gdje je bio telefon, radi li. Radio je. Nisam nikoga zvala, šta da kažem roditeljima, ili onoj drugarici? Čekala sam neki rasplet situacije. Uključila sam TV. To je on samo raskidao sa mnom na jedan čudan način, cetinjski način možda, vjerovatno će kasnije ili sjutra ujutro neko od njegovih drugova doći po mene da me vozi kući. U ladici ispod TV-a pronašla sam gomilu pornografskih časopisa. Teški porno, seks u dupe, veliki crnci, orgijanja, vezivanja. Prvo sam se plašila, onda sam se dirala. Tražila sam hranu, cigarete, alkohol, našla sam samo štapiće i Eurokrem, pa sam to večerala, i zaspala.

Probudio me u neko doba, dok me prevrtao da uđe u mene. Otvorila sam oči i u mraku razaznala njegovo tijelo kako se nadvija nad mojim, u tamnom luku sjene na zidu, poput pantere. 'Lud si,' promrmljala sam.

'Jesi li gledala porniće?' šaputao je. 'Šta hoćeš da ti radim? Hoćeš li da te rasturim? Da ti pocijepam guzu? Reci mi, ljubavi.'

Hoću. Neću. Nisam znala šta je trebalo reći. Bila sam samo dijete, bio je rat oko nas; htjela sam da me moj momak voli, da nekome budem posebna.

Zabijao je prste u mene, ljubio me je, štipao. Iz čista mira, naglo je ustao, skočio sa čupavog kauča i počeo nekako bjesniti po stanu. Kažem 'nekako' jer pravio je bijesne pokrete, ali nije vikao. Udarao je šakama i glavom u zid.

'Jebem mu mater,' siktao je, sebi u bradu.

Onda je opet skočio na mene. Bilo mi ga je žao. Izgledalo je da bi se rado iskalio na meni, zbog nečega, a ja sam mu to htjela dopustiti, mada me je plašio. Ipak, vjerovala sam mu, vjerovala sam da neće preći tamo neku, najnižu granicu. Nismo se nikada pazili. Stalno je svršavao u meni, ja sam htjela njegovo dijete, sve sam htjela sa njim, ali nisam ostajala trudna.

Sjeo je na čupavi kauč, udarao nogama i šakama u drveni sto. Išao je da pije vode. Psovao je u kuhinji, opet sam čula siktanje psovki. Ne znam koliko je dugo sve to trajalo. U jednom je trenutku ipak došao kod mene, bacio se na kauč i zaspao.

Ujutru je imao izraslu bradu i podočnjake dok me je vozio kući. Ali, bio je opet mekan.

U kolima je non-stop premotavao pjesmu 'Volio te il'

ne volio, ljubio te il' ne ljubio, svejedno je, tebi svejedno
je, i pogledivao me pritom.

Nemoguće da ove stihove upućuje meni, mislila sam.
'Ja te volim,' rekla sam mu.

'Šta ću ja tebi, a Vaki?' pitao je. 'Ja sam leš koji hoda.'

'Ej.'

'Ej ti, ljubavi. Toliko dugo već ja sam leš koji hoda da
sam se malo i zaljubio u smrt. I dođe mi tebe tamo da
odvedem sa sobom. Ne valja to, kapiraš?'

Nisam kapirala. Lupeta, mislila sam. A možda me voli
- nadala sam se. Samo to mi je bilo važno.

Poslije toga nisam ga vidjela neko vrijeme. Možda je
prošlo čak i mjesec dana. Sjećam se da sam zvala njeg-
ovu majku, ona je stalno odgovarala isto, da će mu preni-
jeti poruku. 'A nije tu bogomi,' ponavljala je. 'Nikad mi
on ne govori đe ide.' Bilo me sramota što toliko zovem,
pa sam joj počela spuštati slušalicu, ili mijenjati glas i
predstavljati se kao neka druga cura. Ali odgovor je uvi-
jek bio isti, bez obzira na 'pozivačicu.' 'Bogomi nije tu,
prinijeću mu da ste zvali.'

Raspitivala sam se; niko ga nije vidio nigdje po maloj
zemlji; ni na Cetinju, ni u Starom gradu, ni Kotoru, Baru,
a u Titograd sigurno nije dolazio, barem ne u svom autu
sa spuštenim krovom, ja bih ga morala spaziti, moje se
oči nisu skidale sa ceste.

STORM 1

'(now the ears of my ears are awake and
now the eyes of my eyes are opened)'

ee cummings
'Thank you God for this most amazing' [4]

Stormova prava londonska adresa nije taj apartman C3 na trećem spratu butik hotela na Pikadiliju. Njegova prava adresa na koju je mladalački ponosan u nekom je blokovskom naselju jugozapadnog Londona, gdje je odrastao i u kojemu i sada živi, u mirnijim periodima, van izložbi, intervjua i prezentacija. U tom skromnom državnom stanu sa njim živi i njegov najmlađi brat, Jerome, tinejdžer, koji je ime dobio po Jeromu Davidu Salingeru, piscu kojeg je njihova majka otkrila tek malo prije nego što je dobila tog trećeg sina. Čitala je *Lovca*, ali i *Perfektan dan za banana-ribe* - tu je zbirku valjda naj-

---

4) *'sada su uši mojih ušiju budne*
   i oči mojih očiju otovrene su'
   ee cummings, bože, hvala ti na najdivnijem

manje deset puta pročitala. Da je dobila djevojčicu, što je i ganjala, nazvala bi je Franny, ili Zooey, svejedno. Ali rodio se još jedan dječak - Jerome.

Pravi J.D. Selinger, izgleda, svakome ko se poveže sa njim nosi tugu. Malome je Jeromu 'veliki brat' Storm osnovni staratelj još od dječakove sedme godine, od kad su im i majka i otac umrli, u roku od deset mjeseci.

'Kancer, loš život,' škrto je objasnio Storm na početku drugog susreta i razgovora u holu hotela, opet uz međuobrok - male sendviče od lososa - i šampanjac.

Storm pominje i najstarijeg brata, Ewana; ali taj ima vremena samo za sebe i svoju karijeru 'Ewe' - tranvestit pjevačice po Soho klubovima.

Stormovo je pravo ime Stanley Ormond. Majka je sinovima dala engleska imena, kao iz nekog njemu nesh-vatljivog doseljeničkog inata. A on, od kad zna za sebe, mrzi to Stanley. Svoje je najranije izložene radove potpi-sivao je sa St. Orm. Tako je postao Storm.

'To je moja biografija,' kaže mladi umjetnik svojoj neobično ćutljivoj PREMici, dok ponovo sjede u holu hotela '4 cvijeta'. 'Mislim da je tvoja mnogo interesant-nija,' dodaje i, uz slatki, razoružavajući osmijeh muškarca koji će sve preživjeti, pregurati svakakva sranja i ostati dječak u duši, izvije svoje čupave obrve. 'Kolumbija, kažeš. Ja istražio, a ono Montenegrina. Zvuči kao da je isto a nije. Jugoslavija, rat, genocid.'

'Da, priča o pravoj zemlji mog porijekla ima previše repova, puteva i stranputica,' kaže Valle. 'Iako, u mom *Montenegru* nije bilo rata i genocida.'

'Hm. Da. Jer vi ste ostali uz Srbiju, je l' tako?'

'Otkud znaš? Oprosti, ali, premlad si da bi to znao.'

56

'Kažem, istražio sam sve to zbog tebe. Kad smo se dogovorili da ćemo se ponovo vidjeti. Odmah sam znao da nisi iz Kolumbije. Oprostio sam ti tu laž. Imam poseban razlog to da ti oprostim, naročito ako se tako predstavljaš iz ljubavi prema Kolunmbiji, jer bi voljela da si odatle. I onda... Nisam te mogao dočekati prost, neobrađen, poput... šta ja znam - mokrog kista? Ali, hoću reći, prvo me zagolicalo to što kriješ odakle si. Jednostavno sam morao ući u rudnik, kopati.' Napravi rukama gestu kopanja lopatom.

Smiju se. Njegove su joj riječi prenijele posebnu energiju; zadrhtala je. Najgore je kada i sasvim običan razgovor iskri posebnom energijom; i kada se poslije te posebne energije i zajedničkog smijeha istovremeno stane i pogleda se jedno drugom pravo u oči, bez riječi, bez namjere da se vrati unatrag, naprotiv: sa željom da se ide dublje u bliskost. Valle se u takvim trenucima ne snalazi baš najbolje. Ne samo zato što je u braku. Uostalom, prethodni se takav trenutak zbio prije dvadesetak godina. Počnu joj se tresti prsti na rukama, osuši joj se gornja usna. Bilo bi lakše da je preko puta nje neki stariji, umorniji, manje privlačan, manje interesantan muškarac. Svjesna je da želi Storma, od prvog trena. I prije prvog trena - od kad ga je vidjela u Sunday Timesu ona mašta o takvom ljubavniku. Maštanje je bezazleno, ona to dobro zna - jer ona mašta od kada se udala. Neće se folirati pred samom sobom. Nikada nije fizički poželjela Gidija. Uvijek je imala rezervu na klupi, to jest u glavi: oca jedne od Nininih prijateljica iz osnovne škole, bivšeg sportistu, sada sportskog komentatora na BBC-ju; jednog od Gidijevih vozača, Tomasza iz Mađarske; par mlađih ljekara... Ali ni sa jednim nije ovako intimno sjedjela, samo muškarac i ona i posebna energija između njih, ovako, kao sa Stormom. On je bio njeno otkriće; ostali su joj se našli na putu ili ih je upoznala preko Nine i Gidija. Storm kao da joj se predao od prvog trena; fokusirao samo na nju, istražio je. Ostatak je svijeta blijedio pri tome. Sada sjede u tišini. Ona mora otkopčati jedno dugme na košulji - kakav kliše, ali tako je, inače će to dugme samo otići. To je od lososa, šampanjca. Dugme će pući i upašće u čašu sa šampanjcem, kakve je sreće, i smijeh će ih još više zbližiti - u svakom je slučaju gotova, već se sve na njoj vidi. Otkopčala je dugme. Storm ne krije da mu je taj potez raj za oči. Zagleda se u njen dekolte, grickajući svoju punu, kao oteknutu donju usnu krupnim, bijelim prednjim zubom. Sve je kod njega veliko, napeto. Valle uzdahne.

'Polaskana sam što si tako tešku i široku temu istražio zbog mene,' kaže mu.

'Polaskana si,' on se neprekidno osmjehuje. 'Učinio bih i mnogo više za tebe.' U engleskom jeziku nema persiranja, ali njegovo obraćanje njoj ima ton prebrzog prelaska na 'ti,' preskakanja uobičajenih formalnosti kod upoznavanja. 'Uostalom, oduševila me tvoja zemlja. Saznao sam da je Pikaso od vašeg Tita dobio mušku crnogorsku nošnju. Navodno se samo u njoj osjećao dovoljno muževnim, pa je to nosio na svim važnijim okupljanjima. I taj je vaš Tito bio dobar lik. *Cojones*, a? Od našeg sam prethodnog susreta svašta naučio o tim tvojim zemljama. Sve luđe od luđeg. A jeste malo poput Kolumbije, da.'

'Hvala . . . Valjda, hvala,' nasmije se Valle. 'Čudni prostori. Ipak, pričajmo sada o tebi. Od koga dolazi taj dar?

Šta je radila mama?'

'Mama je šila,' kaže Storm. 'Šila je kod ovih krvopija što popravljaju i prepravljaju robu, a plaćaju skoro ništa. I za robne kuće je šila, prepravljala. Za John Lewis. Tako smo dobili stan, zbog njenog ugovora u John Lewisu. Otac je radio u izdavaštvu.' Storm se nasmije. 'Štampar. Slovoslagač. Rudar, sam je govorio. Svi smo mi rudari, mi iz radničke klase. On je bio tih, nezadovoljan, umro je u sebi mnogo prije nego što ga je pojeo taj rak kostiju. Onda i mamu. Ona je krila ranu na dojci dok je otac umirao. Ni ja se ne volim sjećati svojih ranijih godina. Ali, otkrio sam, poslije njihovih smrti, otkrio sam od koga nasljeđe. Šta misliš?'

'Od mame, naravno. Šivenje je umjetnost. Instalacija. Koncept. Izvedba.'

'Ne. To bi svi pomislili. Ali, tata je. Našao sam njegove crteže u krevetu, u dijelu kreveta od ugaonih garnitura gdje se pospremala posteljina. Doslovno sam se onesvijestio od ljepote tih crteža. Tako se on izražavao, kroz crtanje. Ali i to je krio. Pa morao ga je rak pojesti. Baš ga je pojeo.'

Storm spusti glavu i počne njihati prekrštanom nogom. Valle se nagne prema njemu, uzme njegovu ruku među svoje male dlanove. I miluje ga. On podigne pogled. Povuče njenu ruku prema svojim usnama i poljubi je. 'Zaslužujem još jedan poljubac,' kaže.

I Valle će se nagnuti prema njemu i poljubiti ga u obraz. Miris svježine njegovog lica vratiće je u stvarnost. Pa on je gotovo dječak, prerano sazreo zbog porodične situacije, ali još uvijek tako mlad.

'Ja te baš podsjećam na majku, zar ne?'

'Da. Ali to mi nije nikakva prepreka za privlačnost. Osjećam uzajamnu privlačnost. Osjećaš i ti. Moćno je to. Nevjerovatno, nisam to nikad prije osjetio. Moram zadržati taj osjećaj. To je osjećaj koji sve pretvara u igru,' Storm priča smireno, postavlja ruke pred svoje lice, ispruži prste i umiri ih u toj poziciji. Kao da kadrira. Ili se predaje. Gleda u Valline oči. 'Tako da . . . pristajem na sve što mi ponudiš. Zgaziću sve što nam se nađe na putu. Trebaš mi da završim ovu novu izložbu.'

'I ti meni trebaš,' kaže mu Valle. 'Zbog posla, da. A mnogo je stvari vodilo i poslu i susretu s tobom.'

Nazdrave jedno drugom, ispiju šampanjac. Je li svako ko ide na neki posao imao avanturu? Sigurna je da jesu svi zaposleni imali ljubavnih afera na poslu, iako jadne domaćice ganja kliše da traže avanturu kao bijeg iz rutine. Ne, domaćice samo maštaju, njihovo je samopouzdanje urušeno, one ne vjeruju da se ikome mogu svidjeti, pa ništa i ne pokušavaju. Rutina ubija; posao uzbuđuje.

Storm, kao da joj čita misli, pita je nešto poput zar nije ljepše raditi nego odmarati doma.

'Odnedavno radim,' kaže mu. 'Bila sam i previše doma. Da, ljepše je.'

'Zamišljam kako te onaj tvoj *posh* muž držao ljubomorno uz sebe, svih tih godina braka, jer vidio sam, imaš odraslu kćerku. Sve ti je pružao, svojoj maloj prelijepoj Crnogorki, svuda te vodio, samo da budeš uz njega, da ga obasjavaš. *Wow*,' Storm napravi rukama polukrug, poput duge. 'A vidim i ovo,' nastavlja i zatvara oči glumeći vidovnjaka. 'Mm, uvijek si se pitala čemu to, i bila poslušna, ali tužna. U stvari,' nasmije se, poput dječaka, i otvori oči, 'u stvari, draga Valle, ti si, prebacujući se s jednog de luxe, *superb*, sedam-zvjezdica bazena na drugi, ti si se stalno pitala ima li negdje tu neki posao za tebe, neka recepcija, restoran, nek idu u dupe Villeroy-Bo-*shit* tanjiri i šoljice i privatni dolasci frizerki, maserki i kozmetičarki, zašto ti nisi jedna od njih, zašto ni za šta ne dobijaš ček sa svojim imenom, zašto nemaš svoj posao, pare i dio dana za fizičku udaljenost od kuće i muža? Ajde, reci, zar nisam u pravu? Koja priča, čovječe - zvjerala si okolo tražeći posao, da utučeš po svome dobar komad dana, dok si naizgled uživala u *de luxe* životu. Sjajno, to se da i naslikati.'

Valle se nada da joj neće krenuti suze. 'Čekala sam da mi kćerka odraste,' kaže.

'Ma, daj . . .'

'Dobar komad dana?' pita Valle, i sebe i Storma, trgnuvši se. Onda se nasmiješi. 'I dana i noći,' kaže.

'Dragocjena osobo,' odgovori joj Storm. 'Naišla si mi u pravi čas.'

STORM 2

'i like my body when it is with your
body. It is so quite new a thing.
Muscles better and nerves more.
i like your body.
...and possibly i like the thrill
of under me you so quite new,'

ee cummings *I Like My Body*[5]

Projekat 'Storm' oduševio je Laureen, njenu šeficu. 'Fokusiraj se na tog mladića,' rekla joj je Laureen, ne bez vragolastog osmijeha.

'Hoću, šefice,' odgovorila je Valle. 'Nije to težak zadatak.'

---

[5] *'volim svoje tijelo kad je s tvojim*
tijelom. To je potpuno nova stvar.
volim tvoje tijelo.
...i moguće je da volim uzbuđenje
što ispod mene ti si nešto sasvim novo.'
ee cummings, Volim svoje tijelo...

'Mogu misliti', reče Laureen. 'Taj mali ima SELL faktor u radovima. *Sex, love, laughter.* Nije ni čudo što se ludo prodaje. I ono, sve što uz to ide, marketing, paraziti, cure, sav taj *buzz*.' Digla je čašu nekog pića uvis, nazdravljajući.

Laureen uvijek ima pri ruci spremnu čašu s pićem, za nazdraviti bilo čemu. Odlučila je tako na svoj pedeseti rođendan: da se neće više rvati s negativnostima koje život nanosi; samo će nazdravljati dobrim stvarima i dobrim osobama.

Laureen se nije nikada udala. O braku je imala romantičnu predodžbu, valjda zbog njenih roditelja koji su te godine proslavljali pedeset-petu godišnjicu nepoljuljanog partnerstva u svemu. Valle joj je jednom, na džin-tonik druženju poslije posla, u nekom neugrijanom pub-u, gdje nisu sa sebe skidale rukavice i šalove - ali su, tvrdila je Laureen, 'muški posjetioci tu bili prvoklasni' - objasnila da je brak uglavnom osjećaj obaveze prema drugome.

'Pa ja bih baš to', rekla je Laureen. 'Često osjetim da sam previše razmažena slobodnjačkim životom.'

'To sada misliš', uzvratila je Valle. 'Lako ti je sada tako misliti. Brak je osjećaj obaveze s gorčinom u ustima', dodala je, iako je znala da Laureen voli Gidija kao brata. Ali je Valle isto to mogla i Gidiju priznati, kao i on njoj. Jer, zapravo to i jeste brak. Zbrajanje, koliko je ko odgovornosti potrošio na onog drugog, a koliko na djecu. Valle je podizana da poštuje onoga koji u kuću donosi platu, i svoju je odgovornost i poštovanje, kao i gorčinu zbog te obaveze, samo prenijela s oca na Gidija. Taj joj je osnov za brak bio idealan u trenutku njenog vjenčavanja. Ne bi se smjela buniti, ogovarati Gidija njegovoj staroj poznanici. Ali Laureen je otvorena za tu priču. Laureen je uopšte otvorena osoba. Ili je možda samo stalno pripita?

'Ti sada imaš svoju platu,' rekla joj je.

Valle se nasmijala. 'Kada ti muž zarađuje više od 200.000 funti godišnje, ti nemaš nikakva prava na donošenje bilo kakvih odluka. Cjelokupnu istoriju ženskih pokreta i borbi za prava žena možeš baciti u mulj Temze. A ti znaš da Gidi zarađuje, odnosno sada troši, više, mnogo više od toga.'

'Znam da je zarađivao i trošio,' reče Laureen i nazdravi. 'Nadam se da nije potrošio. Nego, reci mi, iskreno - ostaće među nama: da ti zarađuješ te pare, koliko bi od toga davala mužu da troši? I kako bi se ponašala?'

Valle prvo pomisli da ne bi ništa nikome dala. Život je takvom napravio. Ipak, nije baš tako. Davala bi, ali minimum, koliko se mora. Vječiti bi je strah od siromaštva i u tom slučaju nagrizao. Gidiju je bilo lakše biti dobar i darežljiv. Kod njega su sada pare naslijeđene od nekoliko generacija; strah od siromaštva prosijan je kroz sito barem jednog vijeka.

'Platila bih sve moguće škole za Nikoletu,' napokon kaže šefici. 'Ali živjela bih u nekom od državnih kvartova. I naređivala bih Gidiju šta da mi kuva. Mada, u ovoj fazi života, on bi baš to i htio.'

Laureen se smijala. Izgledala je utješena tim razgovorom. Shvatila je da nije promašila život jer se *do sada* nije udala. 'Do sada,' sama je tako rekla. 'Nikad nije kasno. I dalje bih se voljela udati, i možda brzo razvesti. Samo da probam. Udala bih se za nekog udovca s problematičnom djecom. To je projekat za koji sam sada spremna.'

'Da?' kratko je prokomentarisala Valle, nadmeno u sebi zaključujući kako te žene bez djece o nekim stvarima jedostavno *ne mogu imati pojma*; i oko tih stvari ne treba s njima raspravljati.

'Da, draga,' nastavila je Laureen. 'Ovako ja mislim: udate žene, one koje su se udale u neko, recimo, normalno vrijeme - njih brak ubija, ali nas, sredovječne a nikad udavane, brak bi čak malo oživio. Naravno, moj drugi brzi brak bio bi s mnogo mlađim muškarcem,' namignula joj je Laureen i Valle je opet pomislila da se i to njeno namigivanje odnosilo na Storma.

Znala da ne može samo na Storma računati. Mladi je umjetnik čekao Ameriku, žudio je za uspjehom pre ko okeana. Zato je za svoj rezervni, B-projekat, od svih Gidijevih kontakata, ona lijeno izabrala onaj najlakši, njoj lako ostvariv iako ne-privlačan: postariju uzgajivačicu cvijeća, voća i povrća koja je na svakom cvjetnom festivalu u Čelziju dobijala nagrade za svoje kalemljene ruže. Gospođa Challis ponosna je vlasnica patenta za *Challis Rose*, bijelu ružu rumenog odsjaja po rubovima svojih pomalo hortenzijanskih latica koje se u slojevima prema središtu cvijeta skoro neprimjetno smanjuju da bi centar ostao poput rumenog pupoljka. Još jedan SELL faktor. Da nije lično upoznala uzgajateljicu cvijeta, Valle bi ovaj hibrid smatrala remek-djelom nekog seksom nabijenog vrtlarskog uma. Ovako, vidjela je da se radi o pravoj engleskoj zaljubljenici u baštovanstvo. Gospođu Challis uspjela je nagovoriti da kod sebe zaposli nekoliko tinejdžera, samohranih majki i bankrotiranih očeva, honorarno, naravno, pred svaki sajam. Ako bi se fokusirali, mogli su kod nje mnogo toga o njenom zanatu naučiti jer je stara vrtlarka bila vrijedna radnica i uporna mentorica. Većina ih je, zbog nje, čak i istinski zavoljela vrtlarstvo.

Valle se na svoja dva projekta bacila žarom doskorašnje depresivne domaćice. Vremena i slobode imala je koliko god je to htjela, godina 2013-ta dobro je počela: spremao se sajam u maju i, prije toga, Stormova slikarska radionica za vrijeme uskršnjeg školskog raspusta.

Početkom februara drmnula je nesanica, kao i uvijek kada bi postala uzbuđena, previše budna tokom dana. Bila je to greška u njenoj psihologiji. Plašila se perioda zadovoljstva. Nije vjerovala svjetlosti. Nije vjerovala da periodi izloženosti svjetlu mogu potrajati, ne za nju. Vjerovala je samo sumraku, anonimnosti. Počela bi čekati tragediju; izgubila bi san. Nije htjela piti hipnotike, pa skoro da nije spavala. Noću, u krevetu, osjećala se poput vilinog konjica koji lebdi iznad mirne površine jezera, kao iznad sna, i samo se ponekad krhko spusti da dotakne, malo uzburka, tu površinu, ali nikada ne zaroni, jer da zaroni jednom ne bi više nikada izronio. Da, stari dobri počeci strahovima izazvane nesanice.

Počeci nisu nagovještavali opasnost. Zato su zapravo i bili opasni. Valle je o svom problemu ćutala i brzo skliznula u magličasto ludilo nesanice. Nije poznavala nijednu ženu sa sličnim problemom. Zato je zanemarila činjenicu da to jeste problem - ta čežnja koja je sve jače dozivala, pozivala na noćna lutanja uz vodu. Počela se odazivati tim pozivima. Šetala je, svake noći sve duže i dalje. Malo bi odspavala kad bi se vratila kući. Mislila je da je to dobar znak, da duge noćne šetnje pomažu.

Jedne je noći povjerovala da će Storm, taj mladi,

čupavi i visoki umjetnik - vitez u Vallinoj glavi - ubiti njene strahove, slutnje i fantome. Pljunuće po njima, ugaziti ih stopalima kao da gasi malu vatru na livadi. Imao je takvo držanje, lica nadmoćno nasmiješenog u odnosu na strah. I bio je sasvim nov u njenom životu, dakle još uvijek savršen. Bila je već došetala blizu njegove umjetnošću plaćane rezidencije na Pikadiliju. Zašto sada ne bi ušetala u taj hotelčić i otišla do apartmana? Njenu je čežnju za šetnjom u trenu zamijenila čežnja za nijemim, strasnim i dugotrajnim poljupcima s mladićem. Da. Nakon ljubljenja, kakvo odavno nije iskusila, otrčala bi od njega, a zajednički bi projekat nastavila kao da se ništa nije dogodilo.

Ušetala je u hotel. Još uvijek nije bila sigurna hoće li se popeti do njegove sobe. Prošla je pored recepcije, poput duha. Ušla je u lift. U liftu je donijela odluku da će samo osluškivati iza vrata apartmana C3. Ali kada se već našla pred vratima, pokucala je. Nakon mnogo godina braka, pa još i koju godinu preko, osjetila je u stomaku grčeve od mješavine uzbuđenja i straha. Ti su joj grčevi pokrenuli ruku, kojom je ponovo pokucala, energičnije nego prvi put. Storm je otvorio. Bio je samo u donjim gaćama. Situacija je sve to posložila. Ziko joj je to prvi davno rekao, i bio je u pravu, da situacija, a ne nikakav muškarac, najbolje razoruža ženu. Storm je primio kod sebe te noći, kao da je samo na nju čekao. Mogao je biti vani. Mogao je biti s nekom djevojkom, s više djevojaka, u apartmanu hotela. Mogao je raditi na novom materijalu. Ali bio je sam u krevetu, čitao je Easton Ellisa, 'Glamoramu'. Bio je pripremljen za seksualna iznenađenja. Sve se poklopilo.

Ona nikada prije nije fizički prevarila Gidija. Plakalo joj se, no ipak onom vrstom plača što se dodiruje sa željom, što želju čini jačom, stvarnijom. Storm joj se otvoreno divio, a baš joj je to bilo potrebno; novo, neproračunato divljenje. Osjećala je da će joj on pomoći da nešto prebrodi, možda krizu koja je plašila jer slutila je da će se produbiti ako je neko snažan ne bude držao uz sebe.

Opet joj je, u prisustvu nekog muškarca, kosa bujala poput grive, zatezala joj se koža. Storm je bio nježan, isprva, onda na granici vulgarnosti. Sve je bilo mlado, čvrsto, čisto: usne, leđa, noge. Prsti, jezik, penis. Ljubio je, zaranjao u nju, grizao. Ništa nije govorio. Prijalo joj je to. Mislila je da će se rasparati od želje.

Gidi je stalno, od njenog prvog dana londonskog života, od nje nešto tražio *zauzvrat*: da se polagano skida, izaziva ga; da obuje određene cipele, da mu priča šta osjeća dok joj je njegov farmaceutsko stvrdnuti ud unutra; i, pored svega toga, opet bi mu omekšao, pa je onda tražio da mu ga 'dopuši', 'dodrka', stalno ti prefiksi za koje je njen muž mislio da su duhoviti, a nju su živcirali, ubijali su joj maštu kojom se probala spasiti od neželjenog seksa. Gidijevim prstima nije dala unutra - on nije shvatao zašto, a ona je primijetila na njima uvijek prisutan, tanak sloj masti, poput ušne smole, koju su nataložile godine, dugogodišnje pušenje, ili ne - možda samo godine; a možda su ipak kakve gljivice, pa će ih i ona dobiti, unutra. O, Bože sačuvaj. U svakom slučaju, Gidijeva je starost najbrže prelazila na nju u tim trenucima intime, trenucima koje njen muž nipošto nije htio izgubiti, ma kako lažni bili.

Stormu je odmah sve dopustila. Dopustila mu je da on odredi dokle će ići. Ušao je duboko u nju, osjetila je nesvjesticu, vrelinu žarača od koje se zamalo upiškila po njegovom krevetu. Stegnula se da do toga ne bi došlo i Storm je brzo svršio, i to u njoj, ne pitajući je li mu dozvoljeno. Srećom, imala je spiralu za koju ni Gidi nije znao. Gidi je htio još djece s njom, ali ona nije. Storm je nastavio, po njoj je kopao svojim krupnim prstima, skoro do njenog vrhunca, onda je opet napunio svojim seksom.

Kući se vratila taksijem. Ušunjala se u svoju veliku kuću kojom su u taj čas, suvereno i bez nervoze, vladali samo mrak i tišina. Sledećeg je dana sve bilo u redu. Nije bilo ni grižnje savjesti, čak ni peckanja ili bolova pri mokrenju, znakova da je novi ljubavnik njenoj unturašnjosti stranac koji razbija bazu i nosi infekcije. Ništa od toga. Samo skriveno uzbuđenje, toplo prisjećanje; za velikim trpezarijskim stolom - nekontrolisani osmijesi niotkuda.

Počela je veoma često, noću, dok je njen Gidi, valjda, mislio da ona spava, ići kod Storma u '4 cvijeta'. Nije se plašila. Radilo je neko ludilo kod nje, poput tempirane bombe; tempirane petarde, više - sebe je smatrala prilično bezopasnom. Vjerovala je da je i Gidi takvom smatra. Uradila je *to* - i dalje se sama sebi čudeći, čak podsmjehujući - nekoliko puta i poslije dobrotvornih prijema koje je obilazila skupa s mužem. Gideon se nadao da će po povratku kući napokon voditi ljubav sa svojom ženicom, do tog trena divno raspoloženom. Ali čim bi za sobom zatvorili masivna ulazna vrata, Valle bi se požalila na umor, nervozu, odvukla se do svoje sobe i tamo zaključala, tuširala, čekala da vrijeme prođe, da se zvukovi po kući utišaju, da Gidi prestane hodati od kuhinje i biblioteke do svoje spavaće sobe. Pokušala bi zaspati, ne otići Stormu. Nekoliko je puta uspjela ne otići, ostati u krevetu, u bademantilu, ili potpuno obučena, ali budna do svitanja, do suza bijesna i nesrećna. Pitala se, tada, zašto nije otišla svom ljubavniku. Ko bi je mogao osuditi? Možda je odlazak Stormu njena terapija? Jer, posle Storma, spavala je poput anđela: kratko ali slatko, i s osmijehom, valjda, jer s osmijehom se budila.

Uprkos njegovoj mladosti, njegovoj anti-frizuri, Storm nije bio luckast, ni naivan, i nije više u njoj vidio svoju majku iz najboljih dana. Valle mu je postala crpka za ideje, za novi materijal. Uhvatila ga je kako je posmatra, kao okom kamere: tragao je po njenom licu i tijelu, tragao za ožiljcima života koji on još nije stigao proživjeti, i snimao ih.

A ona? Ona će samo nakratko prošetati tom stranom noći, odlučila je, i svaki bi put, s nelagodom u utrobi, završila u Stormovom hotelskom apartmanu. Uvijek je ona bila ta koja je zvala njega, zapravo recepciju hotela, pa tražila da je spoje s njegovim apartmanom. Kad god se javio na telefon rekao bi joj da dođe. Ponekad se ne bi javio, i ona je znala da tada nije sam, patila je tih noći, šetala bi svoju patnju na olovim nogama, zgrčenih šaka i stomaka, boreći se za dah, pitajući se je li moguće da je ljubomorna, možda zaljubljena, da je od njega očekivala posvećenost. Patila je, da patila je za njegovim nježnim dodirima i grubostima - taj je momak osjećao kad joj je šta bilo potrebno. Vratila bi se kući, čitala, pred jutro zaspala. Bilo joj je drago da nema broj njegovog mobitela. Nije joj ga ponudio, a ona ga nije tražila. Bilo je sram; plašila se. Da je imala taj broj, postala bi opsesivna, zvala bi, pisala, čekala odgovore, preko mreža pratila njegove aktivnosti.

Pitala ga je o drugim djevojkama. Rekao je da nema ozbiljnu vezu, da se ponekad ne javi na telefon apartmana samo zato što slika noću, da ne izlazi, skoro nikada. Nije mu vjerovala. Gotovo je idealan mlad muškarac: gdjegod da kroči, jedna za drugom, izmjenjuju se mogućnosti izbora. Ali kakve je to imalo veze je li mu ona vjerovala ili ne? Jače je od svega ostalog bilo uzbuđenje što je s njim, u apartmanu tog hotela, mogla biti slobodna, gola. Oznojena i vlažna. I dalje je bila tiha, i ne bi se moglo reći da je bila *radosna*, ali je, nakon mnogo vremena, ponovo bila slobodna, oznojena, potpuno razodjevena, gola golcijata, nepostiđena timc, i podmlađena.

'Ti si moja najslađa ljubavnica,' govorio joj je Storm.

Mislio je na mirise i ukuse njene kože i intime, ne na njen karakter.

On nije upoznao pravu Valle. Vjerovatno je doživljavao kao ženu razmaženu životom uz muža poput Gidija, ženu koja je ovo radila i prije, imala mlađe ljubavnike, koja tačno zna šta hoće. Prihvatio je njenu prvobitnu konstataciju da se ne voli sjećati svojih crnogorskih godina, i nije je o njima pitao.

Valle je od svog ljubavnika sakrivala svoj glas iz utrobe, svoj pravi jezik - držala je tu distancu. Bila je poput usplahirene sitne životinje što se našla na sredini ove ravnice od grada; zaslijepljena svjetlima, stajala je na tački spajanja različitih faktora: uzbuđenja, straha, mladosti, starosti, životarenja i ludila. Trebalo je odabrati jedan od puteva. Divno je odabrati put sebičnosti - uzbuđenja, mladosti - ali ne čeka li je na kraju tog puta samo otužno, smrdljivo ludilo?

Storm je nju prozvao 'Black Valley', ili 'Lilly of the Valle'.

Ona je i dalje jednako iskreno voljela njegove radove. Nisu je prestali dirati duboko, ni dok je neke od njih imala privilegiju posmatrati u nastajanju. Kao da je odrastala uz njih. Storm je novi materijal počeo radom na minijaturama-prikazima tinejdžerskog uzburkanog života strpanog u staklene kocke. Igrao se rukama, maštom i riječima. Te minijature nazvao je 'Storms in a teacup' - oluje u šolji čaja.

Rekla mu je za Toškovića, Đurića, Stanića, da je on, dok crta, podsjeća na majstore-njene-zemljake, ima taj neiscrpni dar crteža, perspektive, odvajanja bitnog od nebitnog običnom linijom. Citirao joj je nekog svog mentora. 'Crtež je samo linija koja je krenula u šetnju', rekao je. *'No big deal'.*

Zajedno su onda gledali Uroševe i Dadove crteže na internetu. Storm ih nije komentarisao. Rekla mu je i da je on mladi, drskiji Leonardo. To je poređenje Storm živahnije prihvatio, rekavši da je od Leonarda ukrao cilj umjetnosti: ljudima približiti filozofiju, znanost i neprihvatanje dogmi kroz kreacije lako probavljive ljepote. Knjige to više ne mogu, rekao je; knjige su prespore za to. Sada priprema izložbu pod nazivom 'Mozak tinejdžera'. Spoj nauke i umjetnosti, nadao se čak možda i filozofije, a suština je haos, sumnja, uz dozu voajerizma. 'Baš kao kod Da Vinčija, samo što je on sve to prvi počeo i nedostižan je. Šta drugo mogu osim da kradem od njega? Zato, da, kradem od Leonarda, ali i on je krao. Geniji kradu. Leonardo je izlazio među ljude s papirima i olovkom u džepu, uvijek spreman da skicira. Ja tako kradem od svog malog brata,' rekao je. 'I od tebe ću krasti.'

'Surov si,' rekla mu je.

'Jesam, to mi pomaže u životu,' odgovorio je, kradući od nje i tada, upisujući, sada već otvoreno, u svoj Kodak foto-aparat trenutke nemira s njenog lica i tijela. 'I dobro mi stoji. Surov jesam, ali nikada nasilan. To je dobra kombinacija za umjetnika, za muškarca. Možeš od mene tražiti i raditi što poželiš. Uvijek ću ti reći istinu.' Položio je aparat na sto i vratio se u krevet, legao pored nje. 'Ali ti ništa ne tražiš, ne pitaš,' rekao je. 'Hoćeš još?' Pomilovao je unutrašnjost njenih butina. 'Izgleda mi kao da hoćeš. Jesi li uvijek takva bila?'

'Hoću. Hoću još,' rekla je.

On joj je sve jače stiskao butine, do štipanja, kao da je htio čuti njen vrisak. Valle je uvijek bila tiha dok je vodila ljubav. Htjela je biti drugačija, strastvena, ekspresivna, ali išlo je to protiv njene prirode; jednostavno je uživala, dišući duboko, oblizivala je svoje usne jezikom, ponekad izbacila iz sebe stidljivi jecaj, poluprogutani. Storm je držao za bokove dok je navlačio na sebe, kao nasukanu, opet i opet na njegov penis, rajski rt. Oboje su tako najviše uživali. Volio je njene kruškolike grudi, i mladež među njima, gledao je često u njega dok su vodili ljubav, i u njene sise kako se vrte u krug - 'poput poludjelih satova,' govorio je, dok je ona uživala.

U apartmanu je bilo prevruće pa prozore nikada nisu potpuno zatvarali. Londonski su vjetrovi tanke zastore na prozorima bacakali kako su i duvali - bez ikakvog reda, u svim pravcima. Storma je to podsjećalo na majku i oca, na pravi dom - onaj u kojem su živjeli svi, tri brata i roditelji - koliko god jadan i glupav bio taj dom. Na prozorima tog doma imali su ovakve, sivkaste aluminijske zastore, žaluzine - majka ih je tako zvala, i tim im je nazivom davala na važnosti. Sada su žaluzine moderne, ali tada to nisu bile; tada su krasile samo sirotinjske stanove.

Valle i Storm vodili su ljubav uz zvukove grada: bijesno šuštanje pljuska, grmljavinu, vatromete, ambulantna kola, policiju, muziku s koncerata u Green Parku. Sve oko njih bilo je vlažno, posteljina mokra iznad slojeva starijih, osušenih jebanja i svršavanja. Njegovu su posteljinu sobarice ostavljale nepromijenjenom i po nekoliko dana. Valle je bila uvjerena da su to radile jer ih je zabavljao, uzbuđivao miris znoja i sperme mladog umjetnika. Iz njegovih se pora na nju cijedila ta stormovska surovost bez nasilja. Naručivali su debele, masne Domino pizze poslije seksa. Ili između dva seksa. Pizze i pivo. Ugojila se, stomak joj je otekao, i butine. Ništa joj to nije smetalo. I sama je u ogledalu mogla vidjeti da se proljepšala, iznutra. Laureen joj je to odmah rekla. 'Nešto se s tobom dešava,' i namignula joj je.

Gidi joj je u danima prezira znao reći da ima neugodan zadah iz usta, na metal, na aceton, da sigurno ima neku bakteriju u stomaku, da ne bude lijena, slao je doktorima na ispitivanje, da provjeri od čega je bolesna, pa kad joj ništa ne bi pronašli, opet je nju mrzio jer je morao platiti sva ta testiranja i preglede. Znala je da je želio poniziti u trenucima svoje slabosti, morao se na nekom iskaliti, a ona je uvijek bila pri ruci. Ali boljelo je to. I bilo je lako uvjeriti je da je i ona ostarila, da joj je zadah bolestan a vagina ili suva ili čudnog mirisa. Sa Stormom, nestali su svi ti strahovi i brige oko mirisa, ukusa i dodira. Nestala je i kostobolja, i škljockanje pršljenova dok se nespretno ustaje iz sjedećeg stava. Sada je mogla letjeti, trčati uz stepenice, piti pivo i ne smrdjeti nikome. Ponekad bi ušmrknula liniju-dvije kokaina. Probala je i nekakve tabletice sa Stormom, on ih je sve zvao *acid*, mada nikad nisu izgledale isto - ponekad su to bili sitni zamotuljci praha u celofanu; tako joj se barem činilo.

'Vrhunski kvalitet,' govorio joj je za svoju drogu koju mu je navodno nabavljao jedan dobar prijatelj, proslavljeni mladi muzičar. Storm nikada nije izgovorio ime tog svog poznatog prijatelja. Kvalitet ili ne - od kokaina bi osjetila nagovještaj povratka samopouzdanja, raspričala bi se, sve kapirala, hvatala u letu, razumjela povod, uzrok, predviđala posljedice - ali prekratko je to trajalo za njen ukus, a onda je slijedio njoj teško podnošljiv pad raspoloženja, baš kada se moralo već ići doma, što je dodatno kvarilo kratkotrajni uzlet od 'grumena čiste koke.' Nije to bilo za nju. Dvije noći zaredom nije mogla ni tren zaspati od dvije linije. A taj acid, ništa to na nju nije djelovalo, mada, varala je ona s tim tableticama - varala koga? - samo bi gricnula dio, ostatak bacila ispod kreveta.

Storm je pozivao na bijeg sa njim. Mislila je da to droga iz njega zove, ali ponovio je to nekoliko puta. 'Uzeo bih te za ruku,' rekao je, 'i odveo daleko da živimo bajku, dok traje.' Milovala ga je dok bi joj to govorio; mislila je da je u tim trenucima trebao majku, nekakvu zrelu nježnost.

Nije svom ljubavniku u potpunosti vjerovala umom, samo tijelom, koje mu je otvarala sve više, previše, cijepala se od užitka.

Jedne je noći, pred zoru, od uzbuđenja potpuno izgubila glavu i kontrolu; kao da je poletjela, a krevet je ostao negdje ispod nje; i povikala je nešto, i postidjela se sebe.

'Tiše, tiše,' prošaputao je Storm. Umjesto njega vidjela je samo mrak.

'Šta ćeš to ukrasti od mene?' upitala je mrak. To je izgleda nju mučilo. Ipak ga se plašila.

'Ukrašću tvoje ime. Ukrašću ove trenutke nadimanja sokova u tijelu zrele žene.'

'Za to ti služim?' pitala je. 'Kako to misliš ukrašćeš moje ime?'

'Izložba će se zvati 'Lilly of the Valle.' V-a-ll-e, bez 'y,' kao tvoje ime,' iskreno joj je odgovorio. 'Ili 'Black Valley.' Tako nekako.'

'Nemoj, nemoj mi to uraditi.'

'Naravno,' Storm se kratko nasmijao. Stalno bi se tako iznebuha nasmijao; iznerviralo je to ovoga puta. Šta mu je značilo to 'Naravno'? Šta je stajalo iza njegovog smijeha? Nekim je ljudima smijeh bio kao tik. Nikada nije vjerovala takvim ljudima. 'Moram krasti tvoje tijelo,' rekao je. 'Ja sam, iznad svega, hladnokrvni, prvoklasni lopov.'

Opet se sjetila Zika. Jednom joj je isto tako rekao za sebe da nije dovoljno dobar za nju, da će je ostaviti samu, nezaštićenu. 'I, da znaš ovo,' rekao je Ziko, 'uvijek vjeruj muškarcima kad ti priznaju svoje loše strane. Nema tu romanitke. Vjeruj im na riječ kad za sebe kažu nešto loše.'

* * *

Mali je Stromov brat, Jerome, pred veliki uskršnji školski raspust, sa školom otputovao u Francusku, u 'jebeni Arpeche', rekao je Storm namrštivši nos. 'Smrznuće se tamo, i umrijeti od gladi i dosade. Što ih ne odvedu u Pariz, smjeste u hostel, nego vuku djecu u Arpeche i muče ih spavanjem u šatorima? Gluposti.'

Valle se zaljubljivala u njega, svakoga dana u nešto novo. Sada joj je bila nova i neodoljiva ova briga velikog brata za mlađeg, nezaštićenog, neotpornog tinejdžera. Pa Storm je paničario gore od svake balkanske majke!

'Ti si tog malog razmazio', smijala se Valle. 'Čak ni mi našu Ninu nismo tako razmazili.'

'Stvarno?' pitao je Storm. 'Daj da upoznamo Ninu s Jeromom, možda bude dobar uticaj.'

'Pa, sad, toliko dobra baš i nije.'

Uglavnom, Jeromovo je odsustvo značilo promjenu mjesta sastajanja - čitavu su sedmicu mogli boraviti u Pimlicu kraj rijeke, u ružnom i opakom kaunsil naselju, ali gdje se Strom očigledno bolje osjećao jer ipak je to bio njegov dom. Kupio je pravo na nadogradnju stana na terasi zgrade i tu je smjestio svoj veliki radni prostor pun svjetlosti preko gotovo cijelog dana. Svjetlost jeste bila londonska vrsta svjetlosti, rijetkih izliva plavetnila i sunca, ali Londonci-umjetnici na to su od malena naviknuti; plavetnilo i sunce južnijih krajeva njima u početku predstavlja smetnju. Valle ga je gledala dok radi; u njenom je prisustvu radio na izmjenama detalja, dubinski je mogao raditi samo dok je bio potpuno sam. Ali detalje bi, kako joj je govorio 'odjedanput vidio njenim okom, uz pomoć njenog prisustva.' Osjetila se korisnom. Storm je glavne radove obavljao 'rano ujutru, odnosno kasno noću, kako se uzme - od prve kafe u 4 i po do kasnog doručka.' Valle u to vrijeme nije bila s njim. Kada su se počeli sastajati u Pimlicu, Valle mu je dolazila po danu, uglavila bi Storma u svoj dnevni raspored kupovanja hrane za ručak i večeru svojoj porodici. Čudno, ali prijalo joj je to dnevno sastajanje. Uz to što bi je noću vjerovatno bilo strah tog kvarta, sastajanje po danu bilo je opuštenije i trajalo je taman koliko treba. Mislila je da će i Gidi odahnuti; bila je uvjerena da je njemu bilo lakše naslutiti njenu prevaru dok se odigravala noću. I dalje Valle noćima nije dobro spavala. Ponekad bi prošetala, sve češće samo čitala ili pisala. Tek je kasnije shvatila da je ono što je pisala bio retroaktivni dnevnik njene mladosti iz zemlje koju je u tim spisima nazivala 'Dreamland.'

Uostalom, Storm joj je i sam nagovijestio njegov radni ritam, i ona je razumjela: nakon tog kasnog doručka, on je bio slobodan za ljubav, sve dok popodne ne bi opet malo dremnuo. Valle bi stigla, kao po dogovoru, iako dogovora nikada nije bilo - pa ona ni njegov broj telefona nije imala, imala je samo broj hotela '4 cvijeta' i broj Stormovog galeriste - i donijela bi mu drugu kafu iz obližnje poslastičarnice za nju simboličnog naziva 'Love,' gdje bi kupila i peciva punjena marcipanom za koja je znala da ih njen mladi ljubavnik voli. On je jeo sve što bi mu donijela. A onda i nju. 'Najslađa si od svih,' ponavljao je. Valle se smijala.

'Nikad ne postavljaš ljubomorna pitanja,' rekao joj je jednom Storm. 'To istovremeno volim i mrzim kod tebe. Kako to da me nikad ne zapitkuješ?'

'Udate žene ne smaraju ljubomorom,' rekla je.

'Nije tačno,' rekao je Storm. 'Udate najčešće najviše ispituju. Ne u početku, ali kad se jednom naljute, kao da propadaju u neki ambis. Tada počnu svaku sitnicu smatrati velikom izdajom. Unakrsna ispitivanja, torture, ucjene. Ni sam ne znam koja je logika ali tako ti je to.'

'Možda ću i ja takva postati.'

'Ne vjerujem. Čak te ne interesuje ni odkud mi ova zapažanja.'

'Iz iskustva, odkud bi bila?'

Valle nije htjela razbiti čaroliju njenog imidža u njegovim očima. Istina je bila da za pitanja o ostalim ženama u životu mladog umjetnika, za pitanja o stepenu njihove slatkoće, ona jednostavno nije imala vremena. Pomislila je kako je čudno i tužno to što na onoga u braku prevarenog partnera niko nije ljubomoran. Izgleda da brak više nema nikakvu težinu, osim duševne. Ona je svom mladom ljubavniku bila zahvalna što je uopšte podigao iz mrtvih, dao joj eliksir radosti. Patiće kada se sve to okonča; mora se okončati, jednom, samo je pitanje - kako? Vjerovatno će ona njemu dosaditi, i to bi bilo najbolje rješenje. Mnogo bolje od nekakvog skandala. Do tada - suvišna je pitanja brzo sagorijevala u sebi prije nego što bi se u potpunosti i formirala.

Poslije ljubavi, Storm je vodio u svoj dobro osvijetljeni studio, zasmijavao je, nagovarao na razne stvari, na skidanje, dodirivanje, na glumljenje bijesa, i - fotografisao bi je, tu i tamo. Ona se nije plašila. Nije mu vjerovala do te mjere da mu priča o sebi. Ali neka je slika, mislila je - možda bude na njegovim platnima neki detalj nje, pa šta? Napokon i za nju jedna mala vrsta besmrtnosti.

Razgovarali su i o Stormovoj radionici za manje privilegovane članove surovog londonskog društva - ideje zbog koje su se njih dvoje i upoznali. Valle je sama sebi zvučala neiskreno kada je nazvala londonsko društvo 'surovim'. Ona je bila srećna tih dana; i već dugo vremena udata za bogatog čovjeka. Sada je još i imala posao koji joj je lako odagnao grižnju savjesti zbog svega toga; a uz taj je posao dobila i divnog mladog ljubavnika. Kako izgovoriti 'surovo londonsko društvo' a ne osjetiti se poput stare folirantkinje, snoba trulog srca?

Ipak, tako podmlađena ovom ljubavlju, odmahnula bi rukom na samokritiku i gurala dalje, obučena drugačije nego prije Storma: sada je nosila poderane farmerice, patike, kožne jakne, majice toliko otvorene da gotovo i nisu pokrivale grudi, košulje previše otkopčane, bez brushaltera, ponekad bi Stormu došla i bez gaćica; uvijek bez šminke.

Gidi je primijetio, morao je primijetiti. Ništa nije izgovorio, ali govorilo je njegovo ponašanje. Ulazio je u njenu sobu i zvjerao okolo, tražeći nešto, nešto, *nešto*; Valle je znala da ni sam nije znao što traži, znala je taj osjećaj traženja potvrde, dokaza, okidača. Ali sve su tajne bile u njoj, u njenom stomaku, grudima, među njenim nogama. I u Stormovom foto-aparatu. Ne pronalazeći ništa, Gidi bi se počeo žaliti na zdravstveno stanje, da barem neki osjećaj izazove kod svoje žene. Valle je probala namjestiti tužno i brižno lice, ali njen osmijeh radosti nije se dao kontrolisati. Gidi bi, iz čiste zlobe i nemoći, ispraznio svoj nos tu, u njenoj sobi, pravo sebi u dlan i onda bi pogledom od nje zahtijevao da mu pronađe maramicu gdje bi obrisao slinu i ostavio je u njenoj sobi, zapravo u *njegovoj* sobi, sve je bilo *samo njegovo* u toj kućerini, zar ne?

* * *

Jedne su martovske noći Valle i Storm izašli, ili, barem, pokušali izaći iz svojih skrovišta, svojih potkrovlja. Bližio se zakazani, po medijima već najavljeni datum za Stormove radionice. Valle je to iskoristila kao izgovor za 'poslovni' izlazak. U dnevnoj je sobi, ispred upaljenog TV-a i raspirjanog kamina, Gidiju promrmljala da ima večeru sa Stormovim galeristom, da je mladi umjetnik uobražen i da treba dogovoriti strategiju da se pogura i pristojno obavi saradnju s fondom. Gidi je odmahnuo rukom. 'Pa, je li ti u redu da izađem večeras, bez tebe?' pitala je uz osmijeh.

'Bolje bi bilo da sam ti ikada branio,' odgovorio je Gidi.

Valle mu se čak i zahvalila. Ma, sve on zna i pušta da me prođe - mislila je. Poljubila ga je na odlasku. Gidi je mirisao na alkohol. I ostajao sam kući. Sam s bocom viskija, kaminom i TV-om. Tužni kliše starosti. Nina je izlazila negdje svake noći. Ne uvijek do kasno, u stvari, ko zna? Valle baš i nije pratila kretanja svoje kćerke. Ko je ona da sumnjiči i prati? Bi joj žao muža. Nedovoljno žao. Izletjela je iz kuće i odmah na cesti zaboravila sve te opterećujuće misli. Kako je dobro izaći uveče iz kuće; ne samo lutati bez cilja, kao nju što zna uhvatiti kad ima nesanicu - nego, stvarno izaći, u provod, u život. Noću, London je onaj London zbog kojeg ljudi sanjaju o preseljenju u taj grad. Svjetlosti velegrada i te fraze. Novac se kotrlja ulicama. Lijepe žene, lijepi muškarci, bez primitivizma, istrenirani, dovedeni u red da naškode samo sebi ako se napiju ili uzmu kakvu drogu. Poštovaće i dalje privatni prostor ostalih. Centar svijeta. Sloboda, sloboda. Širina. I taksi, naravno, taj preskupi taksi. Od Eaton Squarea do ružnog naselja u Pimlicu nema ni dva kilometra, a taksi je već 15 funti, i svi očekuju napojnicu. Ispred naselja čekao je Storm. Nije htio voziti svog Mini Morrisa jer je planirao piti i, ko zna - sigurno uzeti jednu od njegovih tabletica ili ušmrkati se. Što se nje tiče - Valle je već bila pijana od samog izlaska u noć sa svojim mladim ljubavnikom. Već su se u taksiju počeli ljubiti, dirati. 'Prelijepa si,' šaputao je Storm. 'Divno mirišeš. Goriš.'

'Da, da,' ponavljala je. 'Volim te,' rekla mu je.

'I ja tebe volim, znaš li to?'

'Znam,' rekla je, mada je znala da to samo situacija odrađuje svoje.

Taksista ih je kroz noćnu gužvu velegrada sporo vozio do odredišta - nekakvog Art kluba gdje je Storm bio član, kao i Gidi, kao i ona, samo što to do sada nju nije interesovalo. I sada joj se taj izlazak u *Art klub* činio predvidivim, ali nije joj se dalo predlagati nešto drugo. Prijalo joj je ovo sporo probijanje taksija kroz noć, uz poljupce pune strasti i laži o ljubavi - u poređenju s tim blijedilo je sjedenje i naručivanje jela i pića bilo gdje, naročito u nekom Art klubu gdje će svi poznavati njenog ljubavnika, prilaziti im za sto, rukovati se s Valle, saznavati njeno ime, odmah ga zaboravljati, istina, ali magija ove intimne vožnje taksijem biće prekinuta.

'Ne ide ti se u Art klub?' pitao je Storm. Njegovi su senzori umjetnika uvijek bili u stanju pripravnosti.

'Ne. Ostaje mi se u ovom taksiju s tobom.'

'Lijepa moja, pa mi ništa ne moramo raditi.'

'Ne moramo.'

'Onda, da se provozamo taksijem kroz grad, i vratimo kod mene?' predložio je Storm.

'Savršen plan. London je najljepši noću, kroz prozor auta, uz ovakve poljupce.'

Storm se nagnuo prema taksisti, rekao mu da su se predomislili; nek ih vozi do Camdena, pa onda izmijenjenim putanjom natrag, u Pimlico. Onda je opet zagrlio Valle.

'Da, Kolumbijko moja, lažna, vlažna,' prošaputao je. 'Samo bi se ljubila.'

Valle se smijala. 'Još mi nisi zaboravio tu glupu laž?' pitala je.

'Nije glupa. Čak sam pomislio da je namjerna. Mislio sam da si se raspitivala i čula da često idem u Kolumbiju. To mi je, prije ovog nenormalnog skoka u karijeri, bio kao drugi dom. Pola godine Londona, pola godine Kolumbije. Kartahena.'

'Zašto?'

'Pa rekao sam ti još prije. Ne sjećaš se? Tamo mi je majčina rodbina. Imam s njima neke projekte.'

'Zar nisi rekao da ti je mama iz Atlantika? Galapa, Atlantiko, sjećam se da si rekao.'

'Gle ti nju, kako ona pamti imena gradića svoje lažne rodne grude,' Storm se nasmije. 'Pa da, iz Galape je, ali Kartahena je ljepša. Preselio sam ih tamo. Rodbinu i projekte.'

'Kakve projekte?'

'Umjetničke, kakve inače?' nasmiješio se. 'Nikad nisi bila zavodljivija,' brzo je promijenio temu. 'Tako te želim.

Svršićeš za mene jednom sada, u ovom taksiju.' I krenuo je rukom ispod njene haljine. Raširila je noge, pustila njegove prste u sebe. U retrovizoru taksiste vidjela je vozačeve isprva osuđujuće, zatim pohlepne poglede. Nije je bilo briga. Ludilo joj je teklo venama: imala je mladog ljubavnika, umjetnika u vrtoglavom usponu, povremenog saradnika nekog kolumbijskog kartela, što ga je činilo još privlačnijim, a koji je uzimao u londonskom taksiju zabijajući joj svoje krupne prste u njenu vrelinu, zbog čega će ona kasniji žaliti, možda plakati. Što bi je onda pekao prezrivi ili pohotni pogled taksiste?

U Pimlicu, taksi ih je ostavio ispred naselja. Storm je prvi izašao, otvorio vrata s Valline strane dok je ona plaćala taksi - skoro 60 funti. Storm je bez riječi pustio da plati. Pomislila je da plaća ovaj izlazak Gidijevim parama; Storm to dobro zna; on nije imao namjeru ništa platiti; ona ovu vožnju ne može poslovno pravdati kod Laureen, a večeru je barem mogla; nije važno, neće valjda sada tako razmišljati. Ali jeste, razmišljala je baš tako, da je bivala iskorišćavana. Mada, dobrovoljno. Zapravo, smetalo joj je što je iskorišćavan bio Gidi, a ne ona. Storm je iz džepa izvadio paketić s bijelim grumenjem unutra. 'Čisto kao mlijeko,' rekao je, zagrlivši je, dok su ulazili u naselje i hodali prema njegovoj zgradi. 'Vidjećeš.'

'Je li to taj tvoj kolumbijski projekat?' pitala je.

'Nemoj mi sad postati onaj najgori stereotip uskogrude domaćice,' uzvratio je Storm. 'Rekao sam ti da u Kartahenu idem zbog sjećanja na majku, zbog boja, zbog posebne svjetlosti, inspiracije. Otvorio sam jednu školu slikanja. Ne idem u Medelin i Kali da češljam kokainske prasice.'

Valle se osjeti kao da je razrezao nožem preko grla. Htjela je reći *okej, oprosti,* ali nije uspjela ništa izgovoriti. U tom je trenu pored njih prozviždao motor, koji se zaustavio i parkirao tik do Stormovog nebo-plavog Mini Morrisa, blizu ulaza u Stromovu zgradu.

'Koji šupak,' procijedio je Storm. 'Namjerno parkira pored mog auta.'

'Ko je to?' pitala je Valle šapatom.

'Umišljeni tajni agent od komšije,' rekao je Storm. 'Meni je više kao Kluzo. Budalast je. Pričaću ću ti kad uđemo u stan.'

Motociklista je sišao s motora, skinuo kacigu, protrljao dlanom kratku kosu i okrenuo im svoj profil.

Valle izgubi dah, uhvati se za grlo. On. Opet ga vidi. Opet on. Njegov oblik glave, profil, njegov stav, njegovo kompaktno lijepo tijelo; ima li ožiljak u kutu usne, ima li? Mora to vidjeti. Ali, prije nego što je uspjela viknuti njegov stari nadimak, Storm je brzo uvuče u ulaz, dok mu je ona šaputala: 'Ja ga znam, ja znam tog čovjeka, reci mi njegovo ime.'

Gore, u stanu, Storm upali svjetla i začuđeno gleda u Valle koja se trese, cijelim tijelom.

'Šta ti je?' pita je. 'Nisi još ništa ni uzela, otkud panika?'

'Ja ga znam. Tvog komšiju.'

'Opusti se, djevojko,' kaže Storm, prilično hladno. Zatim, kao da je shvatio da je treba umiriti, napokon joj priđe i zagrli je, privine k sebi. 'Čuj, uplašena si, uzbuđena, prvi smo put kao izašli skupa, svako ti se lice čini poznatim. To je samo neka budala iz kvarta, Toby, opsjednut je sa mnom, stalno hoće da me, kao, ulovi u nečemu. Ljubomoran, valjda, što smo obojica iz ovog usranog naselja, samo ja sam uspio, a on je i dalje neki kretenski propalica, vozika se tim motorom po gradu, mislim da ništa ne radi osim što neprestano mijenja filtere i ulje na motoru, kao da prelazi po 5000 milja dnevno, nikog osim tog motora i nema, a stariji je i od tebe. Mislim, stvarno je stariji. Nebitni gubitnik, živi od socijalne pomoći, hej, sad ću ti ja nasložiti malo ovog grumenja i votkice.'

Valle sjedne na sofu. 'Može votka s nekim sokom,' zamolila je. 'Ne znam za to bijelo, plašim se.'

'Vjeruj, to će ti samo dati fokus. Hirurzi to uzimaju prije operacija, piloti prije leta. I to baš ovaj što ja imam. Najbolji.'

Uzela je sve, i votku i koku. Njen se fokus samo još više usmjerio na motociklistu. Nekoliko je puta odlazila do prozora sobe da vidi je li još uvijek pored napolju, pored motora. Nije bio. Storm je napokon uzeo za ruku. 'Idemo u atelje,' rekao je. 'Tamo se uvijek bolje osjećaš.' Pristala je. U potkrovlju, u ateljeu, Storm je odmah zgrabio svoj foto-aparat i počeo je slikati. 'Nemoj,' bunila se.

'Što da ne?' pitao je.

Nije znala zašto ne. 'Bijesna sam,' rekla je. 'Zbunjena, uplašena, luda. Vidiš da sam luda?'

'Neprocjenjivo,' rekao je. 'Neprocjenjivo dobro izgledaš večeras, upravo zbog svega što si nabrojala.'

I nastavio je škljocati tim svojim aparatom, kao puškom. Čini joj se da je napravio stotine fotografija te noći. Ona je hodala po ateljeu kao po kavezu; zatim je sjela na pod, počela se svlačiti, dirati sebe, tražiti još 'mlijeka', plakati, pričati gluposti iz svoje mladosti, pjevati. Storm je morao obući i odvesti kući svojim Mini Morrisom. Dao joj je jednu tabletu za smirenje da izgricka pred njim. Otključao je ulazna vrata kuće ključem koji mu je dala. Ugurao je unutra. Nekako je stigla do svog kreveta. Prije nego što je zaspala, mučile su je panične misli i naopaka sjećanja.

* * *

Ujutru se odmah sjetila da je opet vidjela Zika. Ovoga puta nije vidjela ožiljak; uz to, osoba za koju misli da je Ziko ima uredan, mada, reklo bi se, tužan londonski život, i zove se Toby, ali sve ostalo, sve što je uspjela vidjeti, bilo je identično s onim što bi Ziko mogao biti da je ipak preživio napad. Zašto joj se prikazuje ta utvara koja je podsjeti na njega? Jesu li u pitanju neraščišćeni računi iz prošlosti? Gluposti, rekla je sebi. Mora potisnuti gluposti.

Sa Stormom više nije razgovarala o 'Tobiju', njegovom opsesivnom komšiji. Nisu pominjali ni 'grumenje', ni fotografisanje. Njih su se dvoje još jednom vidjeli prije početka Stormovih predavanja i radionice, i to opet u hotelu '4 cvijeta', jer mali se brat vratio iz Arpecha. Taj je susret bio dnevni, i, ako se izuzme klasično, kratko vođenje ljubavi, skoro potpuno nevin i poslovan. Storm je bio svjež, raspoložen za rad; ona baš i ne. Voljela ga je tog prijepodneva; previše ga je voljela. Nije mogla podnijeti slutnju da ga gubi. Netipično za nju, razmišljala je kako ga zadržati predstojećom radionicom i zaključila je da mora organizovati još barem pet sličnih okupljanja, po Velikoj Britaniji, a onda otputovati s njim u Njujork, Čikago, i sve dalje, do zapadne obale. Do Kolumbije.

Možda ostati s njim tamo, u nekom selu, nekom kartelu, dok je on potpuno ne odbaci; dok joj otvoreno ne kaže 'Stara budalo, ostavi me na miru,' ili nešto slično. Navukla se na njega. Navukla se na život; na živost. Storm se spremao za radionicu, pokazivao joj proces rada na instalaciji vezanoj za izložbu 'Mozak tinejdžera'. Izlivao je staklenu bazu veličine, otprilike, 100x50, na nju namontirao već spremljenu scenu šokiranog mozga i prekida vlažnih snova tinejdžera, naglo probuđenog iz dubokog sna. 'Oni su tada dugo vremena ni na nebu ni na zemlji. Teško im je u mozgu, baš u mozgu. Gledaj, ja to vidim poput fluorescentno obojene pješčane oluje s kišnim oblacima. Svega tu ima,' i nasmijao se, Storm. Ona ga je htjela grliti i ljubiti. Ali je on bio zenesen stvaranjem, i još privlačniji. 'Ovo im nosim na predavanja. Objasniću im proces, koliko tu ima posla, i pred njima ću zatvoriti staklenu kutiju. To bi im trebalo biti interesantno. Da i oni učestvuju, da ne budu samo posmatrači. Šta kažeš?'

'Kažem da, ljubavi,' rekla je. Osjećala je ljubav, ali nije bila sigurna za koga, za šta. Za Storma? Za fantomskog komšiju s motorom? Za nadu da je Ziko ipak živ, da bi ga mogla još jednom zagrliti? Ljubav je zakon, gospodar, opasnost, rađanje i umiranje. Baš me briga, rekla je sebi.

* * *

Radionica je prebukirana. Sve su stolice zauzete još od jutra, kada su se otključala vrata amfiteatra jednog odjela UCL-a na Blumsberiju. Mnogi su zainteresovani, mlađi i stariji, ostali stajati, oslonjeni na zidove, ili su sjeli na pod ispred pozornice kojom Storm suvereno vlada, mada glumi da je zbunjen i običan mladi muškarac. Ali, nije običan, on sija s te bine, htio-ne-htio, jednostavno je rođen da bude zvijezda. Valle s pomiješanim ponosom i tugom primjećuje da je među posjetiocima veliki, baš veliki broj mladih žena koje uopšte ne izgledaju kao da su dio 'ranjive' populacije 'surovog londonskog društva'. Naprotiv, te žene prekrasno izgledaju: moderno, zdravo, uređeno, voljeno, obožavano. Londonske pacovke uvijek pronađu put do besplatnih 'hip' događanja u gradu. Kose su im duge i njegovane, privlačno razbarušene londonskim vjetrom i radošću života; ili skupo ošišane na frizure koje obećavaju žestok seks gdje je sve dozvoljeno. Valle mrzi sebe što je opet obuzdala njene divlje, sitne kovrdže. Izgleda poput tetke tim curama; poput one jedne tetke koja je na porodičnim okupljanjima uvijek najpunija zluradosti i gorčine. Niko ne može naslutiti ove Valline osjećaje i misli. Ona se smiješi osmijehom prepunim zadovoljstva, jer, naravno, jedan dio nje, onaj bistriji dio, zna da je uspjeh radionice velikim dijelom - njen uspjeh; da će i Storm to znati, i voljeće je zbog toga. Londonske će pacovke već večeras cijelim gradom, zemljom, planetom raširiti priču o 'potpuno nerealno, sur-realno perfektnoj art-radionici nabijenoj nekom erotikom i duhom zajedništva, gdje tek zapravo upoznaš sve aspekte ovog grada, zbližiš se s ljudima koje inače *niiikaaada* ne bi srela, i zaokružiš sebe s tim genijalnim, seksi umjetnikom, aaahhh...Moraš probati, zarazno je, opasno, tako dobro'. Sve će se one poželjeti uključiti u Fondaciju, volonterski, i Valle će im to dopustiti, Laureen će ih već nekako iskoristiti, a obje će znati da sve će to kratko trajati; djevojke će izgubiti interes čim vide da ni tu, kao niti igdje drugo, nije sve samo 'zabava, ludilo, zaraza', već ima dozlaboga dosadnih sati i dana, mjeseci, kada se ništa zabavno ne događa, kada je volontiranje samo hodanje po blatu poplavljenih područja, ili prikupljanje para za novu posteljinu i zimsku garderobu žrtvama obiteljskog nasilja. Tada će sve te cure otići, otputovati na svoje Barbadose, a Valle i Laureen opet će probati uloviti Storma ili nekog sličnog njemu da baci novu čaroliju na grad i gradske pacove.

Do tada - Storm je na pozornici, nikada samo njen, Vallin, uvijek svačiji, ili svoj. Krupnim prstima zaglađuje svoju anti-frizuru dok smireno priča, tonom koji nikome ne bi trebalo da se učini duhovitim - ali svi u publici ipak se smiju glasno i često - o svojoj naravi lopova dok stvara, o tome da svaki umjetnik ima lopovsku crtu u sebi, sadističku, mazohističku i lopovsku, jer tjeraju normalne, fine ljude na svašta, samo da bi ih orobili i iskopirali.

Valle ne osjeća tajnu vezu između njih. Kao da ga i ona vidi prvi put.

'Pa, ko je još takav, koji dio društva,' pita se Storm, 'a da nije usko-umjetnička kolonija?' Napravi pauzu, gleda po publici, ni u kog posebno. 'Dobro je,' kaže, 'nema ovdje takvih. Mislim na tinejdžere, naravno.'

'Ima nas!' čuju se povici iz publike.

'Onda mi oprostite, ali svi vi u tim godinama obične ste male, sebične guzice lopovske. Tjerate fine, normalne ljude u jad, histeriju, beznađe. Neki od vas zauvijek će ostati takvi, a nadam se da mnogi ipak neće, inače smo nagrabusili i više nego do sada. Što se to događa u mozgu tinejdžera?' zapitao se.

Niko iz publike nije se usudio ponuditi odgovor. Stormu to nije ni trebalo. Nastavio je svoj nastup. Uvijek sve počne od pitanja, rekao je, od ideje, inspiracije, ali nastavi se istraživanjima, naučno zasnovanim. Inspiracije, ideje, ludi koncepti, originalnost - sve se to treba obuzdati; prvo, pohvatati iz vazduha, sabiti u kao neku lampu, poput onog duha, ostaviti tu da bubri, a onda, kroz lijevak, kroz otvor, uzimati male doze i podvrgavati ih ispitivanjima, istraživanjima, statistikama, sistematizaciji. U slučaju ovog koncepta za sledeću izložbu, i uz puka slova na papiru, grafikone, prikaze mozgova i promjene kod ostalih organa, Stormu je pri ruci bio i živi primjerak - njegov mlađi brat, Jerome, koji danas nije prisutan, koji bi se prije ubio nego došao pokloniti se autoritetu starijeg brata. Starijeg brata koji ga je podigao. Storm je naglo prešao na tužne stranice svog života. Publika je grupno zadržala dah, i, vjerovatno, suze. Baš ih je bacio na *roller-coaster*, a to svima treba kad se zasjedne ili se čak stoji ili neudobno kleči po zagušljivim amfiteatrima. Pričao je o svom ocu, i opet je upotrijebio onaj teški izraz da mu je rak oglodao kosti; onda o majci, njenoj ljepoti, vedrom duhu, pjevanju zvonkim glasom koji je odjekivao među zidovima stana u kaunsil naselju, pa i dalje, među sivim ružnim zgradama uvučenih balkona. Ona je pustila da je rak pobijedi, a njen srednji sin i danas se pita - zašto? I je li i to jedna vrsta sebičnosti, kada lijepa zrela žena odluči umrijeti takoreći pjevajući, jer će tako njena zrela ljepota duže ostati upamćena? Valle je spustila pogled. Nikada u njoj nije prestao vidjeti majku. Zato je onoliko slikao. Bi li se ona borila protiv raka? Bi. Ne bi. Ne zna. Sada misli da bi živjela baš kao što živi od kada je upoznala Storma:

odjebala bi spavanje i nadoknađivala propušteno.

'Tako sam odlučio povezati ta dva stanja,' rekao je Storm s pozornice. 'Te dvije interesantne faze. Mozak tinejdžera koji ne povezuje da je *ovo* što mu se trenutno događa samo centrifugiranje, i mozak žene u najboljim godinama, natopljen sokovima zrelosti i spoznaje života, a još uvijek dovoljno mlad da se u njemu ukrštaju iskustvo i čežnja za, napokon, ljepotom same vlasnice.' Tada su im se pogledi sreli. Samo kratko, ali je Valle umislila da su svi prisutni morali to primijetiti. Varala se, naravno. Svako je primjećivao samo umjetnika na pozornici, zvijezdu programa. Dobro, onda će ona iz svog ugla - i ona je bila jedna od onih što su stajali, oslonjeni na zid - posmatrati druge. Igraće se. Pogađaće s kojom će mladom londonskom pacovkom Storm otići i započeti krađu za izložbu nakon ove. Tema bi mogla biti nešto kao 'Slučajni uzorak i njegov razvoj do samouništenja.' Ili je to predug naslov za umjetnost? Više je za naučnu studiju.

'Svi smo mi robovi svojih tijela,' pričao je Storm. 'Jer, bića smo napunjena tom limfom, valjda, koja u nama bubri bez prekida, nekad jače nekad slabije, ali nikad tako snažno, tako, *znakovito*, kao kod ove dvije skupine. Svi se moramo prazniti da nas bubrenje limfe ne potopi. Pitanje je, na koje se načine praznimo. I dok tinejdžeri otkrivaju varljivo stalne, a tako kratkotrajne, i njima odurne promjene kod sebe, koje odrasli ljudi oko njih smatraju draženima, dotle ove divne, sazrele žene napokon počnu voljeti sebe, mada znaju da su promjene koje otkrivaju poput lavine. Kako se intenziteti tih spoznaja, zaključaka, odražavaju na mozak, odnosno, u očima, u pogledima, u gestama? To sam probao uhvatiti, na platnima, ili u staklenim kutijama. Staklo - lomljivost, ranjivost, prozirnost, a opet zaklon, privatni prostor.'

Valle se pitala je li ona jedina u publici koja ga razumije? Izgledalo je kao da i svi drugi upijaju njegove riječi. Trudili su se razumjeti, barem. Storm je izvadio svoj poludovršeni eksponat: staklenu podlogu s maketom tinejdžerskog mozga nasilno probuđenog iz 'hormonalnog sna'. U to je uperio reflektor i dao znak da se pogase ostala svjetla. Izgledalo je poput zaleđenog trenutka životinjskog porođaja. Publikom se raširiše glasni uzdasi. 'Hajde ovo zajedno da završimo', rekao je Storm negdje iz mraka, s pozornice. 'Ko je dovoljno hrabar da se popne ovamo i sa mnom napravi prvi sledeći potez?'

Neke su se ruke podigle u vis.

'Ništa vam ja ne vidim', rekao je Storm. 'Samo mi priđite.'

Odmah se formirao pristojni engleski red. 'Priđite, priđite, hajde jednim *handstormingom* ovaj eksponat da dovedemo do savršenog primjera za uspješnost nasumičnog timskog rada. Kreativno oslobađanje. Koliko smo puta čuli tu frazu? Hajde to da isprobamo.'

'Genijalan si!' povikao je neko, neki muški glas, i mnogo se pomiješanih glasova složilo s tim. 'Jesi, jesi, jesi.'

'Hand-*storming*, o, Bože, kakav sjajan izraz!'

Valle se povukla, odvojila od gužve, kroz polumrak odšunjala do izlaza iz amfiteatra. Htjela je otići, trkom, pobjeći odatle, zavući se u svoju sobu i dobro se isplakati. Uopšte nije znala šta je spopalo. Ona je bila ta koja je jedina morala ostati do kraja radionice, performansa - kako li nazvati to Stormovo šepurenje? Da, uplašila se kada je spoznala njegovu moć, koja, činilo se, u ovoj fazi nije imala granica - on je prosto proždirao sve pred sobom. A ona je, opet, bez Gidija, bila niko i ništa.

Prišla mu je, nakon završetka radionice, i čestitala mu. 'Idemo svi na neko piće,' rekao je, okružen s pet-šest djevojaka. Nije se obratio samo njoj; ona je bila tek neko čudno lice u toj gomili. 'Idemo tu, u studentski bar, na četvrtom je spratu, šta kažete?' Djevojke su prihvatile, i još desetak mladića, koji su se jednostavno zaputili prema liftu, da što prije stignu u bar i zauzmu pozicije. Valle je odbila, kratkim odmahivanjem glave, stisnutih usana. Rekla je da bi njih dvoje trebalo da porazgovaraju o izjavama za medije. 'Što bi se gubilo vrijeme na to?' pitao je Storm. 'Zar nije najvažnije što su ovi ljudi zadovoljni? Sročićeš ti nešto. Ja sam žedan kao đavo. Razgovor o izjavama za medije - to mi je totalno prošli vijek.' Zaista je bio surov. Zar ga njegove rane traume - gubitak roditelja, starateljstvo nad malim bratom i finansijsko pomaganje plus trpljenje sebičnog starijeg brata - nisu nimalo smekšale? Nisu, naravno, naprotiv: podebljale su mu oklop. Srećnik. Nju su njene rane traume potrošile, ugazile. Prvi put kada su se našli zajedno u gomili, ona mu je postala mnogo manje interesantna od slobodnih studentkinja i proljetnjih avantura s njima; dovoljno je pokrao od nje.

Okrenula im je leđa, bez riječi, i otišla je. U stomaku i grudima, osjetila je vatru od bijesa i poniženja. Iza leđa čula ga je da još uvijek drži predavanje; čula je zvonki smijeh mladih djevojaka. Vatra je postala pepeo, sparušen, mrtav; nije znala šta je gore od to dvoje. Valjda uvijek idu u paru, vatra i pepeo.

Nakon te noći, Valle se samo još jednom vidjela sa Stormom; seks je bio oštar, onaj što zapeče stomak i izazove vrtoglavicu - poput prvog gutljaja rakije. Kao da su jedno drugo kažnjavali zbog uspjeha radionice, uspjeha koji je njihova veza teško podnijela. Odmah poslije seksa, Storm je promrljao nešto oko toga da neko vrijeme mora spavati u naselju, s 'malim bratom', jer je 'mali' opet bolestan, stalno ga napadaju viroze - vjerovatno se osjeća zapostavljenim.' Valle je poslušno klimnula glavom, obukla se bez riječi i isto tako, u oblaku tišine, otišla iz Stormovog apartmana.

Njihova je afera - ionako uvijek samo osjenčena, nikada iscrtana do kraja - izblijedila pod londonskim virozama i proljetnjim alergijama. Valle je isprva osjetila olakšanje. Sama je sebi čak čestitala na brzini kojom je spoznala iluziju, prihvatila istinu. Njena se 'Storm' terapija takođe preobratila u virozu. Nije joj se dopalo kada je pomenuo krađu njenog imena i tijela. Njenog tijela, nadušenog od brze hrane za koju je bila prestara. Prisjetila se njegovih upijajućih pogleda, fotografisanja. 'Uz dozu voajerizma', rekao je. Naknadno se uplašila. Ipak, svjetovi su između njih. Iz svog je mobitela izbrisala broj hotela, jedinu zapisanu konekciju među njima. Dovoljno joj je dao, taman koliko je trebala; sada je bilo idealno prestati, dok se još bezrazložno zna osmjehivati za trpezarijskim stolom u velikoj kući.

Ali. Nije je to tako lako pustilo. Lako je izgledalo samo u prva dva-tri dana, dok je još bilo vruće. Onda se temperatura organizma spustila, prošla je vrućica, ona groznica odmah nakon napuštenosti, i njeno je srce počelo treperiti, uzdisala je, stiskala ruke u šake dok joj se nokti ne bi zarili duboko u meso dlanova. Gdje je njen adrenalin? Nije mogla na miru sjediti, ni kući ni u kancelariji, pa je bespotrebno tumarala po gradskim radnjama. Nije imala živaca ni kupovati, čekati u redu da plati. Bivalo joj je vruće, pa hladno. Tresla se od zime, od hladnog znoja. Puls joj je bio na stotki, disanje plitko, vazduha malo. Znala je da bi suze pomogle, ali mogla je samo škrto zaplakati, srca stegnutog od bijesa i nemoći da bilo šta preduzme i vrati vrijeme sa Stormom, drugačije ga odradi. Glupačo, govorila je sebi. I, Šta sada?, pitala je sebe, jer ispred nje kao da se pružala samo duga, prazna cesta, i na toj cesti ničeg što bi se moglo s radošću u srcu iščekivati da naleti, projuri, ili stane, odveze te nekuda. Utrnula je. Znala je da se to skida sa Storma, s njegovog dodira, glasa, mirisa. Lijepo joj je bilo, sve što je prošla s njim - iako uvijek u istoj hotelskoj sobi, u polusvijetlu noći - osjećala se da je ispunio, kao da su u svakom minutu proživjeli po jedan dan, i u svakom milimetru neku novu lokaciju. Navukla se. Nedostajao njegov zagrljaj, seks. On je nju probudio, baš kad joj je buđenje trebalo, i oboje su u tome uživali. Zatim, naglo - i kao da je htio prepustiti je nečem važnijem - povukao se. Ništa od njihovog bijega, od bajke.

'Ithaka gave you the marvelous journey/ Without her you would not have set out/ She has nothing left to give you now.'

Vjerovatno je to sada nudio nekoj novoj ženi, inspiraciji. Pa on je bio samo obični mladi muškarac, velikog talenta doduše, velikog talenta u više oblasti, zbog čega ga je bilo teško zaboraviti - ali u suštini, jedan emocionalno površan londonski mladić, odrastao u državnom kvartu. I niti je on još sasvim izašao iz tog kvarta, niti kvart iz njega. Sigurno valja drogu zbog uzbuđenja, ne više zbog novca; ali to je u njemu, taj ulični kriminal, brza zarada, glad, pokvarenost. A nije ni toliko lijep. Jeste. Nije. Baš jeste, prelijep je. Nije, odvratan je, zao.

Ma, istrpjeće ona to. Noću se ionako bolje bilo voljeti s cestom, tješila se; bilo je bolje biti uhvaćena u šizofreniji nego u preljubu bez smisla, kojemu je rok istekao.

Njen je san bio nepovratno poremećen, i poželjela je, toliko puta, ali nije se više usudila, otići u '4 cvijeta', Stormu. Žudila je za njim iznutra, iako joj se razum dovodio u trezvenije stanje; nije znala da će fizička ovisnost tako dugo trajati. Nije mu nikada otišla, iako je imala savršen izgovor - njih su dvoje planirali zakazati tačan datum i plan Stormovih budućih predavanja i radionica za odbjegle tinejdžere. On joj je mogao reći da ne želi više učestvovati u tome; ali ona ga je mogla kontaktirati, otići, pitati. Zašto produžavati agoniju, oživljavati umrlo? Umjesto harizmatičnog mladog umjetnika i uranjanja u njegov životni san koji se upravo ostvarivao, ona najranjivijim tinejdžerima sada samo može ponuditi dosadnu saradnju s gospođom Challis i njenom kompanijom za uzgoj cvijeća, voća i povrća. I sve to jer se upustila u intimnu vezu s klijentom. Osjećala se krivom, neodgovornom, nevrijednom ičijeg povjerenja. Njen je bezrazložni osmijeh izblijedio. Pred oči su joj počele iskakati scene iz prošlosti. Njena majka, njena nesrećna majka, dok ili postavlja ili posprema trpezarijski sto, za kojim će, kada ga konačno prebriše i suvom krpom, raširiti masni papir za krojenje haljinica djevojčicama iz komšiluka. Nikada nije rekla Stormu da je i njena mama šila - uvijek pogrbljena, uvijek jednom rukom masirajući kvrgu deformisanog vratnog pršljena.

Počela joj je nedostajati i takva majka, i otac koji samo što ne eksplodira mržnjom prema svemu što nosi makar i mrvicu veselja u sebi; i onih nekoliko prijateljica, s kojima je odavno prekinula vezu. Nikog tu nije imala ko je poznavao malu Valentinu, osim brata, dobrovoljnog zatočenika bolnice i sadašnjosti, koji je surovije od nje pokidao konce s domom.

London, jesen 2013

'Nagazi gas, prijatelju,' Valle poželi vrisnuti prema taksisti koji je vozi kući, i koji zakoči ispred svakog žutog svjetla na semaforu. Ulice su prazne i vlažne, a taksista usporava čak i ispred pješačkih prelaza na kojima bi mogao pregaziti samo pokoju plastičnu kesu.

Vallin se stomak grči. Mrzi sebe, taksistu, svoju prokletu nesanicu. Njeno se stanje pogoršava. Ona ne vidi izlaz iz nametnute joj jurnjave prema starosti bez lijepih sjećanja.

'Posljedica poremećenog kortizona,' rekao je doktor, 'od amigdale koja misli da je stalno u opasnosti.'

'Zašto amigdala misli da je u opasnosti?' pitala je.

'To treba da otkrijemo. Postoji okidač. Možda i zna te šta je okidač, ali još ne želite *znati*, ne na nivou probuđene svijesti. To može biti neki stari strah, smetnja, pretskazanje da će se nešto ružno opet desiti. Najgore je ako zaista ne znate šta je. Zatomljeno je. Ako to otkrijemo - izliječeni ste.'

Ona ne misli da je 'bolesna'. Za sada ne osjeća umor preko dana. Odgovorno obavlja svoj posao.

Ali će umor doći, uvjerava je doktor, veliki umor, pad imuniteta, napadi panike i depresija. Preporučio je kognitivnu terapiju uz anti-depresive. Naravno, dao joj je ime poznatog londonskog psihijatra u Harley Streetu, još jednog Gideonovog prijatelja. Odbila je. Onda joj je predložio nešto novo: prisustvo uma, *mindfulness*, tako je to nazvao, takođe uz anti-depresive, ali mnogo manju dozu. I za to je imao vrsnog terapeuta, kolegu. Čak je i to odbila, iako je sasvim bezazleno zvučalo. Htjela je odživjeti ovu fazu, ne prespavati je. Nije mislila da je to depresija; ona poznaje sebe; to je nezadovoljstvo, nemir, nelagoda; proći će, a ona će izvući još funtu iskustva. Doktor se kiselo nasmiješio i nešto zapisao na parčetu papira koje ona nikada neće pročitati. Vjerovatno: 'Pacijentkinja odbija pomoć, uz fatalističku teoriju svojstvenu njenom porijeklu.'

Znao je da mu više neće doći. Barem ne zbog toga. Umjesto pozdrava rekao joj je neka sama pronađe svoju terapiju. Njemu, dodao je, ona najviše liči na ovisnicu koja prolazi krizu. Postoje razne vrste ovisnosti; i kriza. I razne vrste samopomoći; ponekad je to nešto tako jednostavno poput pisanja dnevnika: 'Sada sam dobro - što je uzrok? Sada sam loše - što je uzrok? Takva vrsta dnevnika. Možda nešto kreativnije, ko zna? Možda otkrijete skrivene talente?'

Samo neka ustraje u borbi; ako osjeti da tone - on je i dalje tu. Snažno se rukovao s njom. Naravno da je tu, Gideonov stari prijatelj, njihov obiteljski ljekar. Kako sa njim otvoreno razgovarati? Sa bilo kim? Svako s kim tu stupi u kontakt na neki je način još odavno povezan s njenim mužem.

Samo Storm to nije bio. Storm je bio njen. Storm, kojeg je Gidi prezirao jer je, po njegovom mišljenju, taj nebitni, prolazno-moderni umjetnik smišljeno ukrao ime famoznog Storma Thorgersona, ilustratora omota za albume Pink Floyda. Roger, Richard, pa čak i nesrećni Syd - Gidijevi idoli, samo godinu-dvije stariji od njega, ali vječno mladi, kao i on, pripadnici tih neuništivih generacija koje su išle do kraja, i još drmaju. I onda neki balavac sebe prozove Storm - pa je još i on umjetnik! Ma nemoj. Pa, eto - imala je i ona svog Stroma, ali nije ga branila pred Gidijem; nije ga pominjala nikome.

U dugim ljetnjim sumracima nebo je napokon bilo vedro, da, ali vedro i ravnodušno, a ona sićušna, zaboravljena pod visokim svodom danju, i dalekim zvijezdama noću. Teže joj je padalo takvo vedro nebo od onog zimskog i sumornog. Dok je ležala u krevetu i zurila u to nebo, osjećala je da bi joj bilo lako ubiti se. Nebo joj nije bilo granica, ali ne u onom ambicioznom smislu; ona jedostavno nije pripadala ispod tog neba. Mogla je nestati. Počela je piti alkohol, džin ili votka tonike, i prije ručka. Noću je izlazila, soba i kuća gušile su je. Nije htjela opet one hipnotike. Zato je bježala vani, uvijek u trenerci i Uggs čizmama, i nikada joj nije bilo vruće u tome. Vani je uvijek bilo barem malo oštrog povjetarca. Izlazila je iz kuće još uvijek pripita, bez telefona, samo sa svojim muzikom, sa slušalicama na ušima. G-dur; adaggio mix; uplakane žice violina i violončela; Divlji vjetar, Oči bez lica, Bijelo vjenčanje. Ženski kontra-alto-vi. Pjevala je na glas, uz svoju muziku, otpuštala tako stare tišine koje su u međuvremenu postale fosilni ostaci nataloženi po štitnjači. Odšetala bi od Belgravie do Pimlica, uz rijeku, pa kroz puste, male ulice iza Galerija, sve do Trafalgar Squarea. Šuškajući su se drvoredi podavali vjetru s rijeke. Mimoišla bi se s tek ponekim vlasnikom kakvog psa. Nije se plašila, neka se oni nje plaše. Ona je čula samo svoju muziku, pogleda uprtog u pločnike, brojila im je pjege od zgaženih žvakaćih guma. Kada bi se odmakla od rijeke, i upala u kakav mračni okrajak od ceste, pouzdano bez CCTV-ja, isključila bi muziku, bacala u mrak grane ili štogod bi našla na cesti, bacala bi sve daleko od sebe. Nakon nekog vremena, odnekud bi zaurlao alarm, i ona bi otrčala prema uličnim svjetlima.

Odlazila je u pabove, tamo se trijeznila uz sodu s limunom, zurila u TV, u ljude za šankom; uživala je u svojoj nevidljivosti: u toj pristojnoj trenerci pastelne boje nije djelovala poput lude nesaničarke, možda i alkoholičarke, koja šutira grane, konzerve, koja zakrivljuje retrovizore na njoj nesimpatičnim autima, a nije ni djelovala, uopšte nije *djelovala*; obična žena u uglu, s čašom bezalkoholnog pića ispred sebe. Gledala je u parove što su se ljubili tu, pred svima, nježno se pipkali ili nepristojno dirali - 'vatali, govorila je ona nekada, njene drugarice, pa čak i majka - kako joj je strana bila sada ta riječ. Naučila je procijeniti veze, jesu li parovi preko prijateljstva došli do ljubavi, ili se tek upoznali, koliko će sve to trajati, igrala se tako, sama sa sobom; prepoznavala je sve vrste dodira, prve dodire, pijane dodire, dodire pred raskid, pred odlazak bez povratka. Postala je stručnjak! Stručnjak u nekoj oblasti, njoj potpuno beskrisnoj oblasti, od koje bi neka ambiciozna žena napisala knjigu, pa držala predavanja po svijetu. A Valle je nakon svojih zaključaka samo išla piškiti - postajući tako i *connossieure* za pubove s dobrim WCima. Piškila bi, platila, pa lunjala od jedne do druge autobuske stanice, nadajući se da će uhvatiti neki noćni bus, ali bi na kraju najčešće završila na Tottenhem Roadu i odatle uletjela u prvi slobodan taksi.

Gidi je htio odvesti u Sussex. Mrzjela je Sussex, mrzjela je Stelbury vilu, i to više nije htjela kriti od njega. Pomenuo je Grčku, Italiju ili Azurnu obalu, mada su sve te ne-britanske destinacije za njega ljeti bile prevruće. Rekla je da neće ona nikuda ići; da mora raditi, i radila je, sastajala se s gospođom Challis, vrtlarkom koja nije vjerovala u odmore, pratila njene projekte sa štićenicima Fondacije. Gidi je vodio Ninu i Dragana u Sussex; Valle ne zna što su tamo radili, niti kako im je bilo. Njoj je bilo svejedno.

Jesen je. Ona pretpostavlja da je Gidi do sada njenim noćnim lutanjima nalijepio neku svoju dijagnozu. Odavno je nije kritikovao, ni da je površna, ni da je nezahvalna, spora, smrdljiva. Na onoj večeri s glumcem, utješio je obećavši joj da će barem on ostati normalan. Možda je platio nekog da je prati, da bi doznao više; ili samo da bi mu žena bila bezbjedna. Ali sada to nema veze, ona više nema ljubavnika, ima samo grad u noći; grad kojim luta, pije sodu u pabovima, piški i vrati se. Ostajati budna u krevetu bilo joj je nezamislivo. Samu bi sebe ugušila jastukom, ili bi se objesila. To ipak ne znači da baš večeras Gidiju neće sve to dojaditi, možda ga probudi teška aritmija, tahikardija, apnea, možda čak i infarkt, a nje nema, do vraga, on je zove, je li zaspala ispred TV-a ili u biblioteci? Nije! Gdje je? Pa, da, ta je kučka na ulici dok on umire! A kako objasniti Nikoleti ako primijeti? Ko zna u koje vrijeme ona dolazi kući i odlazi u krevet. I njena kćerka možda već zna da joj se majka noću iskrada iz kuće, ali ćuti, nije je ni briga; misli da ide baciti smeće i ispušiti par cigareta.

Valle se može uvijek izvaditi na depresiju, mjesečarenje, genetske manije; no, što da radi, kako da se brani ako je Gidi odluči poslati u bolnicu, da se tamo pridruži bratu? Ipak, ljeto je prošlo, dani su se skratili, što joj je veliko olakšanje. Ostajala je doma, zadrijemala bi oko osam uveče, ili oko devet; budila se oko ponoći ali toliko sna bilo joj je dovoljno.

Prizemljenu je drži samo posao, na poslu još uvijek daje sve od sebe, završava sve svoje i šeficine obaveze na vrijeme, s onom vrtlarkom, sa svim tim nesrećnim ljudima. Smanjila je piće: čašica-dvije uz ručak. Kad bi ostajala kući sa Gidijem, po cijeli bi dan pili, čajeve ili džin-tonike, razgovarali i prepirali se, pukla bi. Pukla bi? A zar već nije? Čudno, ali osjeća da ipak nije pukla, ne još, ovo kao da je neka priprema, neka bura pred zatišje duše, umjesto zatišja pred buru. Je li prerano za sveobuhvatnu dijagnozu - hormonalni disbalans? U svakom slučaju, izgleda da je kratko spavanje uz film, od devet uveče do ponoći, zaista bila dovoljna količina sna za nju.

U toj kući na Eaton Squareu, shvatila je, ništa nije njeno. Njen su izbor možda tek pokoja knjiga; zatim fino tkana, glatka posteljina, prekrivači za krevete Ralph Lauren, udobni jastuci za sofe, debeli peškiri, aromatične svijeće izlivene u kocke velikih dimenzija, i nekoliko modernih lampi, šolja i ostalog posuđa -Valle je gajila gotovo natprirodnu ljubav prema kupovanju tih artikala. Sve su to lako zamjenjive stvari. Kad malo bolje razmisli, i biće uskoro zamijenjene. Gidi joj je natuknuo da mu je muka od pastelnih boja, od bež-klišea, od Crabtree & Evelyn mirisa. Muka mu je od dekorativnih obilježja sopstvene klase. On bi sada bijele zidove i ništa na njima. Valle po sobama kuće na Eaton Squareu, po spratovima, po crno-bijelim kockama mermera i parketu boje starog zlata, hoda kao po jajima, često se osvrćući. Dobiće reumu od tog silnog mermera. Nikada ne sjedne da popije čaj ili sama na miru nešto pojede, uvijek za to čeka Gidija i Ninu, da je prime za sto. Veće pravo od nje na prostor u toj kućerini polažu spremačice. Nisu one za to krive, ali ona ih svejedno ne voli i nema nikakav odnos sa njima. Nema odnos ni sa kime, sopstvena je kćerka prezire. Valle nema svoj dom, nigdje. Stigla je ta životna faza kojom je sama sebe unaprijed plašila.

Taksista se zaustavio i na sljedećem crvenom svijetlu, kod skretanja prema Pall Mallu. Tamo je neki manijak, vjerovatno nesaničar poput nje, stajao na pločniku u opremi za trčanje, nepotrebno čekajući da se upali zeleno svijetlo za pješake. Crveni odsjaj svjetla semafora pao je na lice tog čovjeka; na donji dio lica, jer su mu čelo i oči bili pokriveni bejzbol kapom. Njegove usne, rupica na bradi. Pod odsjajem se, poput kratkog leta nečije tek ispuštene duše, prikaza ožiljak u kutu usne. I pogled upućen njoj. Opet on. Opet ga vidi. On je, sada to zna. I sada, sada stoji i gleda je. Hej! Valle se zalijepi za prozorsko staklo taksija. Hej, ti!

Muškarac potrči sekund prije paljenja zelenog svijetla za pješake. Ipak nije zbog toga stajao.

Valle počne petljati oko vrata i prozora - taksi je od one najstarije Made-in-Coventry vrste, prozor se spušta guranjem pločice koju je teško pronaći. 'Hej!' viče kroz noć. 'Ovdje ću izaći,' obavještava taksistu koji sada, kad ne treba, kreće na paljenje žutog svijetla. 'Stop, stop.'

Plaća mu, ostavlja preveliku napojnicu, istrčava iz auta, trči dalje, kroz mrak i izmaglicu vrišteći: 'Hej! Hej, ti!'

Muškarac se ne zaustavlja, već je daleko od nje, i trči kao da će zauvijek trčati, kao da mu je to prirodno stanje.

Čistinom uz rijeku Valle ga vidi kako utrčava u Pimlico kaunsil naselje. Pa to je Toby! A Toby jeste Ziko. Sada je sigurna u to.

Osjeća bol u sredini grudnog koša ali ide dalje. Ovaj je grad ravnica iza koje nema zbjegova. Plaši se da će tim ravnim prostranstvom sve njene tajne biti otkrivene; život će joj se zakomplikovati. Ali, zar je nije afera sa Stormom na ovo pripremala? Znala je da to ima neku svrhu. Oslobađanje pred susret s prošlošću. U život se mora uroniti. Ipak se nije usudila ući kroz otvorena vrata kapije kaunsil naselja, i zverati u prozore zgrada, pogađati iza koje osvijetljene kocke živi njen džoger s ožiljkom u uglu usana. Šta ako je Storm vidi kako se mota po naselju? Naravno da bi pomislio da je zbog njega tu, da ga uhodi, da boluje, na više nivoa. Neki su je napušeni mladići kod ulaza u naselje probali zastrašiti. Slali su joj poljupce, uzdisali, dozivali je, hvatajući se za međunožje. 'Tražim svoje mrtvo dijete,' viknula je prema njima, široko razjapila usta. Pobjegli su, postiđeni. 'Sorry, lady,' rekao je jedan od njih. Znala se braniti od noćnih predatora, jer noćobdije traže seks češće nego nečiji novčanik, a seksualni nagon ni pred čim tako brzo ne podvije rep kao pred tragedijom mentalne bolesti. Shvatila je da mora ići kući. I vratila se doma, hladnokrvno otključavajući ulazna vrata, kao da je to bio dio dana kada se dolazi s posla: bila je gladna, sa željom da čita ili odgleda neki lagani film, uz koji će zaspati, poput svih normalnih zaposlenih žena.

DREAMLAND

U ruci mog brata staklo je kojim se planirao zaklati. Zamalo sam ga pustila. Koje je sranje njegov život, mislila sam. Što bih ga odgovarala od samoubistva? Rođen je pod pomračenom zvijezdom. Njegov će se život uvijek svoditi na špric, šmrk, staklo, krv, lupanje glavom u zid iznad mog kreveta - zašto stalno u zid iznad *mog* kreveta?

Ali, volim ga. 'Daj mi to glupo staklo,' kažem mu. On ga pritisne još jače uz vrat.

'Daj mi to jebeno staklo!' derem se.

'Obećaj mi,' govori brat kroz suze, 'obećaj mi da ćeš me sledećeg puta pustiti da idem do kraja.'

'Ja ću ti grkljan prerezati sledećeg puta.'

'Četnikušo,' govori on. Smijemo se. Uzimam mu staklo, pokrivam ga ambasador ćebetom preko jorgana. Pecka nas elektricitet iz sintetike.

'Još ima varnica u meni,' kaže brat.

Legnem pored njega. 'Šta hoćeš da ti čitam?'

'Karvera.'

'Nema šanse. U njegovim je pričama toliko alkohola da ćemo se opjaniti od čitanja. I onda ćeš tražiti da zovem dilere.'

'Okej, onda drugog Rejmonda. Čendlera. Kod njega se stalno dešavaju neka sranja pa mi je lakše.'

Uzimam knjigu s nakrcanih polica pored bratovog kreveta. Sve su mu knjige oduvijek bile složene po azbučnom redu. Iako je narkoman, u duši je ostao štreber iz osnovne škole. Odmah nađem Čendlera. Čitam mu ispod glasa, brzo, ali s emocijom. Znam da tako voli. Trese se ispod jorgana i ćebeta, stenje. Čitam sve dok ne zazvoni telefon u dnevnoj sobi.

'Nemoj se javljati,' moli me brat. Svega se plaši; od svega mu je neprijatno. Misli da nas zovu dileri kojima možda duguje neku sitnicu.

Ja trčim da se javim. Znam ko je. Znam da je Ziko.

'Ljubavi,' čujem Zikov glas, uvijek nekako razdragan, uprkos... svemu. 'Šta radiš?'

'Ništa.'

'Čekaš mene, a? Izađi ispred zgrade za sat vremena, možeš li?'

'Mogu.'

Brat me moli da ga ne ostavljam. Ali, ja sam još premlada za toliku odgovornost. I zaljubljena sam.

'Bićeš ti u redu,' govorim bratu. 'Mama će uskoro doći s posla. Napraviću ti toplu čokoladu. Probaj da zaspiš.'

'Nemoj mi ništa praviti.'

Ipak ugrijem mlijeko i umiješam Milka prah za toplu čokoladu, prije nego što počnem spremanje za Zika.

Razmaženko naš. Nemamo para za pristojan toalet papir u rolni, ali Milka kakao mora se kupiti. Brat ječi dok mu govorim da sam šolju stavila pored njegovog uzglavlja. Ignorišem ječanje, odlazim.

Uskočem u Zikovo auto, prvo koljenima, kao i obično. Ljubimo se, dok mi preko lica šibaju krupne suze, čija mi so puni usta, soli nam poljupce.

'Šta je bilo?'

'Tužna sam zbog brata. Ostavila sam ga samog.'

'Ljubavi,' govori mi Ziko i gleda me pravo u oči, iako vozi, što obožavam, 'on se mora skinuti s tih sranja. Mora shvatiti da se mora maknuti sa sranja. On je stariji od tebe, ne može to tako, mlađa sestra starijem bratu da bude zaštitinik i čuvar. To je sramotno.' Ziko pritisne gas i opet klizimo prema jugu.

'Ja sam se bio navukao, ne kao tvoj brat, ne tako ozbiljno, ne daj bože. Udarao sam po nosu da bih ostajao budan zbog tih problema koje sam ti pominjao. I vuklo me to, opasno je, znaš, povuče svakoga, pa i mene, koji ni cigaretu nikad nisam zapalio. Ali sam se skinuo. Zato te ponekad dugo ne zovem, znaš. Čistim se od svega, sam, naravno. Neću ja biti rob ničega, obećao sam sebi,' pogleda me sa smiješkom. 'Okej? Neću biti rob ni tvoje ljepote.'

'Gdje idemo danas?' pitam.

'Prvo te vodim na jedan fini ručak,' govori, 'pa na dobar seks.'

Ali neće biti ni ručka ni seksa tog dana.

Tek otvoreni riblji restoran u koji me odveo dupke je pun. Svi izdrogirani ili pijani, ili samo ludi. Najvjerovatnije, sve od navedenog. Ludilo, droga i alkohol prosuti su po maloj zemlji. Prosuti s vrha, prema dnu. Muzika je već turbo, a tek je vrijeme ručka. Vade se pištolji, vitla se njima. Prilazi nam vlasnik restorana, ljubi se za Zikom, grli ga i govori da će nas otpratiti do stola u drugom dijelu restorana. Ziko se u trenu promijenio. Odmah sam znala da je restoran pun njegovih neprijatelja; njemu je samo to moglo pokvariti raspoloženje. Neki ružni momak ustaje od jednog od stolova i obraća mi se.

'Valentinice, hodaš sa mrtvacem,' viče ta ušlogirana rugoba. 'Hej, dođi sa mnom, šta će ti leš?'

'Pizdo narkomanska,' procijedi Ziko. 'Reci svom ćoravom gazdi da mi se on direktno obrati ako ima muda.'

Predomislio se oko ručka. Zagrli me i vodi me napolje iz restorana. Krajičkom oka snimim da su svim momcima ruke poletjele prema pasu.

'Vratiću te kući,' govori mi Ziko.

'Nemoj, molim te. Neću kući, hoću da budem sa tobom.'

'Ne dolazi u obzir. Vraćam te kući, a ti onda idi gdje hoćeš.'

Kako gdje ja hoću? Ja samo hoću da sam s njim. Nemoguće da on to ne razumije. Stojim ispred ulaza u zgradu i kroz suze gledam dok on odlazi svojim autom koje toliko volim. Volim sve njegovo. Volim i njegovu majku kojoj tako često spuštam slušalicu. Koji usrani dan. I šta sada ako ga ubiju? Kako ću to preživjeti? U tom sam trenutku osjetila mržnju prema bratu. Prema bratu, koji će nas sve nadživjeti, a, kao, čezne da crkne. Znam da je to pogrešno - moje otrovne misli i zlo srce - pa odlučujem odšetati što dalje od moje zgrade. Hodam i hodam po mom malom gradu. Jedan bulevar, park, par mostova. Ljudi mi sviraju iz auta, dobacuju iz kafića. Ja samo hodam.

Tek se uveče dovučem kući, a brat u sobi, udrogiran, sjedi na mom krevetu. Pored njegovog kreveta i dalje šolja sada hladne čokolade s nahvatanom koricom. Tužna slika. Ugrabio je da zovne nekog dilera čim mi je vidio leđa. Kako li mu je platio? Sagnem se ispod kreveta i izvučem svoj novčanik iz mraka. Naravno, ispražnjen je.

Majka i otac ulaze u sobu bez kucanja i počinju vikati na mene. Zašto sam otišla? S kim? Zašto, zašto? Dogovor je bio da budem uz brata dok se oni ne vrate.

'Pustite me!' vrištim. 'Pustite mene na miru, ja se ne drogiram! Ugušiste me, život mi uzeste! Pustite me da ponekad izađem iz ovog kaveza.'

'Nisi ni ti cvećka,' vrište i oni. 'Vučeš se okolo s kriminalcem.'

Brat se samo smješka nekom svom kosmosu.

LONDON, rana jesen 2013.

'Why do you come here,
When you know I've got troubles enough?
Why do you call me,
When you know I can't pick up the phone?'
J. Armatrading, The Weakness in Me[6]

Na ručku je s lukavom, starom vrtlarkom u popular-
nom pabu u Elisabeth Streetu, odmah iza ugla od kuće
na Eaton Squareu. Gospođa Challis najviše voli ručati
fish-and-chips u pabovima.

'Šta se stvarno dobija revidiranjem ugovora u ovoj
fazi saradnje?' pita gospođa Challis, tipična postojana
starija Engleskinja koja se kikoće bez povoda, balonči-
ćima smijeha prekida tišinu, a mršti se na Vallin nagla-

---

6) *'Zašto dolaziš ovamo,*
   kad znaš da imam već dovoljno problema?
   Zašto me zoveš,
   kad znaš da se ne mogu javiti na telefon?'
   Joan Armatrading, Slabost u meni

sak, na njeno ne samo ne-englesko, nego još i balkansko porijeklo. Iza njenih očiju prodorno plave boje neumorno rade 'male sive stanice'. Vrtlarka baš i liči na Agathu Christie s autorkine crno-bijele fotografije koju je Valle kao dijete gledala na koricama romana biblioteke HIT.

'Sa zadovoljstvom ću pustiti vaše mlade štićenike da mi pomognu oko citrusa, no svejedno ću opet, za svoju dušu, izložiti naše tradicionalne proizvode. Na probnim parcelama imam par hiljada vrsta cvijeća i povrća koje ovdje dobro uspijeva. Oko toga već ima dovoljno posla za vaše štićenike. Za moja je vještačka koljena to već postalo previše ali ne znam stati. Volim ovo vlažnu, englesku zemlju, iako me ubija. Ta zemlja traži borbu, snagu karaktera, i kad vidi da to imaš - mnogo ti može dati.'

Vrtlarka ima takmičarski duh. Njena je kalemljena ruža *Challis* doživjela svjetsku slavu od prošlog maja. Sada putuje po svijetu, gdje sebe usrećuje besplatnim dobijanjem sjemena od drugih uzgajivača dok se svi grabe oko njene *Challis rose* koju probaju prilagoditi za još surovije uslove, poput skandinavskih, kanadskih, dodajući joj 'apotekarske gene', uz osmijeh kaže vrtlarka, otpuhne i odmahne rukom. 'Nek' im je sa srećom.'

'Ja nisam neko ko se tek probija i ko treba šokirati novitetima,' gospođa Challis izgovara svoju omiljenu rečenicu.

'Ali zamislite,' kaže Valle, svjesna da prekoračuje opis svojeg posla koji se u suštini sastoji od smješkanja i slušanja, 'zamislite kad bi se mladi entuzijasti pokazali i kao moderni kreatori, preduzetnici.' Ni samoj sebi ne zvuči uvjerljivo. Zna da sajam cvijeća u Čelziju znači baš to - cvijeće, hibridno, svježe, dobro uzgojeno cvijeće, njegovano s požrtvovanjem i disciplinom. U jednom gutljaju ispije naručeni dupli espreso. U vrijeme ručka hvata je pospanost, hranu jedva da je pogledala. 'Politički korektna ruža, na primjer. Tamnija, mračnija, poput velegradske populacije,' Valle zna da će ovaj razgovor iznervirati staru menadžericu, ali kofeinski se udar više ne može zaustaviti. 'Ruža-doseljenik. Ruža-predstavnik novog društva. A isto bi mirisala.'

'Originalna ideja. Ali, zapravo je meni i ovaj razgovor pretjerano nekonvencionalan.'

'Baš zato treba ići na moderno. Iznenaditi.'

Na sastanak je Valle došla uvjerena da bi raskid ugovora sa ovom dosadnom kompanijom bio najbolji poslovni potez. Niko tu nije bio srećan zbog saradnje. Bila je to veza bez radosti, nalik braku starog zemljoposjednika i ambiciozne, mlade rokerke. Ako se stari farmer malo ne otkači, razvod je neminovan. Ali, stari se farmer zalijepio za mladu rokerku; stisnuo je uz sebe, zbog drugih, neka ih vide da su srećni zajedno, ali on sam ne može se podmladiti u duši. Treba ga držati sitog, uspavanog, misli Valle, i brak će sam od sebe izdahnuti. Rokerka će tada već biti mnogo starija; mladost je ipak poklonila starom farmeru. Ali znaće više o životu. Iz nje će prokuljati.

'Ne volim iznenađenja,' zaključi vrtlarka. 'A od novotarija, jedino volim vozila-hibride. Ponavljam, moji klijenti vole da stvari ostanu takve kave jesu, da mogu računati na stabilnost svojih generacijskih saradnika.'

Valle posvuda primjećuje mlađe generacije engleske više klase koje sada, umjesto Hermesa, nose platnene torbe Daunt's knjižare; ili šarene korpe koje su plele

Kenijke zaposlene kroz humanitarne projekte. Taj će se trend preslikati na čitavo društvo. 'Dani citrusa', Mediteran. Povrće treba ubaciti među cvijeće. Melancane, tikvice. Od njih napraviti neku bistu, recimo Dantea.

Za staru je vrtlarku, međutim, još prerano da to prihvati. 'Jedne sam godine ubacila uzgoj džinovskih bundevi za takmičenja', priznaje vrtlarka. 'Pokajala sam se. Ne volim da gubim. I, molila bih da mi ubuduće proberete koga mi šaljete. Možda ću zvučati ludo, sigurno ću zvučati prevaziđeno, ali - ljudi kiselog karaktera unište mi parcelu na kojoj rade. Ozbiljno', dodala je vrtlarka snažno klimajući glavom. 'Ukisele mi zemlju i sadnice se razbolijevaju.'

Valle je spremna u svemu popustiti. Fondaciji trebaju vrtlarkine pare. Ipak, i ona sada na lice namjerno stavlja kiseli izraz negodovanja. Stara vrtlarka ište slatko roblje; traži da joj se proberu pomoćnici, hoće samo nasmiješene podanike da je uveseljavaju dok im ona naređuje šta i kako da rade. Eh, ljudi moji. Valle mahne konobarici da donese račun. Sastanak nema potrebe vještački produžavati. Glumiće prezauzetost.

'Hoćete sa mnom do kancelarije?' riskira Valle. 'Moram obaviti desetak telefonskih razgovora.'

'Prije bih umrla', očekivani je odgovor gospođe Challis koja i dalje sve poslove voli završavati u blatu, među sadnicama. 'Zapamtite, bez kiselosti u svemu! To je velika tajna', vrtlarka joj govori na rastanku, kao da je nečim čašćava.

Valle se i ne mora vratiti u kancelariju. Sada kada je Laureen našla novu personalnu asistenticu, a Valle ima svoje projekte, novo joj zvanje, uz veću platu, pruža i više slobodnog vremena. Trebalo bi da bude srećna i zahvalna svojoj sudbini, svojoj šefici i svom mužu, ali nije ništa od toga. Nemirnih je nerava, puna šumova u ušima, srcu i grudima. Odlazi prema rijeci. Opet će preći istu trasu, pristajalištem. I večeras će uraditi isto, dok normalni ljudi budu spavali. Zbog džogera. Po danu nije sigurna da je to Ziko. Po danu, on je džoger. Svejedno. Mora ga još jednom sresti. Mora utvrditi kakav je to znak, kakva je to prikaza.

Valle hoda uz rijeku, pa ulazi u poprečne ulice, otkriva male bašte usred beznađa, pita se gdje bi taj misteriozni džoger, mogao ići na kafu, gdje kupovati hranu.

Taj se kaunsil u Pimlicu dakle zove *John Keats*. Valle to do sada, dok je tu posjećivala Storma, nije ni primijetila. Prerano preminuli romantičar. Simboli opet padaju s neba. Odlučila je ući u kvart. Pa što i ako je Storm vidi tamo? U svom srcu, ona zna da nije došla zbog njega. Osjetiće i on to. Ušetala se kroz otvorenu kapiju, prošla pored prvih trospratnica od cigle, s ružnim balkonima po kojima je naivno raširen veš, da se kao osuši. Možda se i osuši, do sljedećeg ljeta.

Tek sada primjećuje da ovo naselje, pored centralnog parkinga, ima svoje igralište za djecu, i par terena za mali fudbal; lijepo održavane drvene, zelene klupe, kao nekada u staroj zemlji. Ovako lijep kaunsil u stvari je kao bolji kvart u njenom rodnom gradu. Samo što ovdje, ako se izuzmu Storm i 'Toby', žive njoj strani ljudi, životima i običajima njoj nepoznatim, nerazumljivim i stoga mračnim. Na prakingu ne vidi Stormov plavi Mini Morris. Vidi nekoliko motora; jedan od njih, crveni, sjajni, dobro održavani, mogao bi biti Tobijev; to jest, džogerov; to jest, komšije-umišljenog-James-Bonda. Na ulici, ispred zgrada, nema nikoga. Neki stanari, uglavnom debeli pušači, proviruju iza polunavučenih zavjesa, iz mraka, odakle se vide samo njihove siluete i žar cigareta. Djeca mora da su u školama. Manja djeca u vrtićima. Zapravo su oni, davno tamo, u njenom rodnom kvartu, bili čudni jer su stalno visili ispred zgrada. Škola je kraće trajala, po smjenama. Dani su bili puni sunca, ili topli, ojuženi, kada sunca ne bi bilo.

Možda bi i živjela tu, u kaunsilu - kvartu Johna Keatsa. Navikla bi na česte susrete s grupicama napušenih noćobdija; i oni bi se na nju navikli. Gidi bi joj tu, ili u nekom sličnom naselju, baš mogao kupiti jedan stančić. Kupuju li se ti državni stanovi, ili ih samo možeš dobiti ako si ameba s dna drštvene ljestve? Čak ni to ne zna. Živi zaštićena od potrebe da to sazna. Ona već živi parazitskim, beskorisnim životom budućih generacija. Prvobitni je nagon za pronalaženjem zaklona od nesreće prošao, i Valle shvata da bi se trebalo više posvetiti tom uzvišenom poslu koji ima, da je to prava terapija. I hoće, posvetiće se, samo da riješi ovu misteriju koja je proganja.

Jer, sada kada je već unutra, osjeća da pripada tu, a ne na Eaton Squareu. Nelagoda je ostala izvan zidina od opeke. Prozori na kaunsil zgradama premali su, kao i balkoni, uvučeni poput pećina, tu nema dovoljno svjetla, ali maleni su i stanovi iza tih prozora i balkona što pripadali bi samo njoj. Tu bi se osjećala zaštićenom, kao što se i njezin brat osjeća zaštićenim u bolnici, i ne želi izaći, vratiti se u suteren kuće na Eaton Squareu, savršene bijele kuće dugačkih prozora, s mediteranskom baštom okrenutom ka jugozapadu i sakrivenom od radoznalih pogleda. Jadni, dobri Gidi, što sve mora istrpjeti od sjebanih Balkanaca, zato jer je zavolio Valentinu, svoju Valle, a kćer Nikoletu obožava. Gidi je rođen i odrastao na Eaton Squareu. To je njegov pravi dom, ispunjen portretima muškaraca, žena i djece u polu-božanskim pozama, ispunjen prvim izdanjima knjiga, pismima i dnevnicima čuvanim u sefovima - dom pun uspomena na predake, anegdota o njima, i njihovim susjedima. Od susjeda se Gidi najradije sjeća slavne Vivien Leigh, koju je često posjećivao, između ostalog i dan prije nego što će diva umrijeti. Toga joj je dana pomogao da zalije njene drage biljke; bio je dvadesetogodišnjak, još suviše mlad da je zamoli da već jednom prestane pušiti: naprotiv, pušili su skupa zalivajući njeno sobno i vrtno cvijeće, mada je Vivien očito gubila bitku protiv tuberkuloze; a pušili su i svi njeni gosti, više-manje slavni, ili barem poznati u tadašnjem Londonu, poput Noela Cowarda, Laurence Oliviera ili Vanesse Redgrave, i, napokon, Gidijevih roditelja - oca bankara, potomka nekadašnje familije Schwartz, odavno već prezimena promijenjenog u Black, i majke filantropa, djevojačkog prezimena Phillips, iz buntovne, luckaste i kockarske porodice stare velške krvi, navodno direktnih potomaka Rhodri Mawra, prvog velškog Kralja. Valle pomisli koliko je samo puta čula to ime, kao i ostala velška imena te loze, pa onda imena prvog Schwartza, pa prvog Blacka, i kako baš svaka legenda i svaka anegdota mogu dosaditi - pa i smijehom ispunjena sjećanja na Vivien Leigh - kada ta sjećanja zapravo nisu tvoja sjećanja koja nikoga ne zanimaju, i koja si, uostalom, i sama potisnula.

I, dobro, Gidi ti kupi skromni stančić, da bi ti napokon imala svoj prostor. Što bi ti onda radila, stara moja? Širila ručno oprani veš po balkonima? Koji su tvoji talenti, Valle, *dear*? Stare izreke pokrivaju sva stanja, tako mudro. Ti, draga moja, nisi ni voda ni vino. Prava si ilustracija za tu mudrost što nadživjela je hiljadu generacija. Gidi ti je znao reći da si *real*, da si stvarna u svijetu koji to više nije; da si osvježenje. Ali ti više nisi *real*. Nemaš muda ni za sreću ni za nesreću. Ni za siromaštvo, ni bogatstvo. Sada si 'nešto između', ono najgore. To te sad ždere jer godine prolaze i nećeš još dugo biti tako slatka, izgubićeš i tu osobinu. Biti slatka. Kakva glupost. Moraš odlučiti: što i gdje biti nakon slatkoće? Vrijeme da zapališ cigaretu. Kojega vraga uopšte sad bleneš po ovom smeđe-zelenom kvartu? Što ćeš tu naći? Misliš da ćeš dobiti neke kosmičke *odgovore*, pa da možeš napokon opet spavati noću?

Ipak, nije otišla. Sjedi na jednoj od klupica i puši svoju 'organsku' cigaretu u muštikli. Dani su sve kraći, a sumrak već ima boju dima, ne plavičastog, nego dima boje antracita, surovo urbanog, neromantičnog. Po kaunsilu se počinju širiti glasovi, dozivanje. Ona još nikoga ne vidi napolju. Zvuk aviona koji se počeo spuštati prema Heathrowu natjera je da podigne pogled.

Učini joj se da je avion napravio pauzu u letu, visoko na nebu, i da joj je, poput strelice, ukazao na koji prozor da obrati pažnju: na prozor s narandžastim, rupičastim zavjesama. Ili su samo izgledale narandžasto, zbog iskričavog svjetla koje se iza njih upalilo, a na prozoru se ukaza obris muškarca lijepo izvajane glave, vrata i ramena. Muškarac gleda u nju. Ni u koga drugoga ne može ni gledati. Samo je ona tu, u dvorištu.

Valle mu mahne onom rukom koja ne drži muštiklu s cigaretom. Jer Ziko mrzi pušenje. Mrzio je pušenje. Muškarac nepomično, još koji trenutak, ostane na prozoru, a onda se udalji.

Valle u vratu osjeća veliki pritisak, na čelu vrućinu. Nespavanje uzima danak, barem u napadima panike. Počne disati duboko da bi spriječila kas aritmije koja joj sužava grlo i tjera je na kašalj. Njen Gidi ima staračku aritmiju. Možda je zarazio.

'Do pedeset-i-neke muškarac se još i može folirati,' govorio je Gidi. 'Onda sve krene nizbrdo. Ja sam sebi za pedeset-i-neki rođendan poklonio mladu ženu. A za šezdeset-i-neki, jedan stent.'

Valle uz njega prijevremeno stari. Nema još ni četrdeset, a srce se otima, bježi, pa umorno dahće.

Ovaj je kaunsil - pun udaljenih glasova i metalnih zvukova zagonetnog porijekla koji zvuče kao šutiranje praznih konzervi - ali i dalje bez ljudi oko nje, bez djece na igralištima - idealno mjesto za plakanje. Spusti glavu skroz do koljena i počne još dublje disati, malo i ječati. Tako je, to pomaže, napokon osjeća neko olakšanje; ječanje prelazi u jecaje. Nije suho jecanje; stižu i suze. Smiješna je, tragikomična. Razmažena pod stare dane? Podigne glavu da otre suze s lica.

Ispred sebe, preko ljuljaški i tobogana s dječjeg igra-lišta, ugleda leđa onog muškarca sa prozora. Zna da je to on. Opet je stavio kapu. Izašao je iz stana da bi joj se napokon u cjelosti prikazao. *Evo koga si pratila, ženo. Sada to možeš prestati.*

Muškarac sjedi na klupici preko puta: njen džoger, njen muškarac s prozora, s glupom bejzbol kapom. Sjedi tamo, okrenuo joj je leđa, s licem prema staklu izloga zatvorenog, ispražnjenog, *sorry-we're-relocating*, Spar dućana, iznad kojeg je, nadograđeno i stoga prepoznatljivo, Stormovo potkrovlje.

'Ja sam odrasla žena,' misli Valle dok ustaje i hoda prema muškarcu, 'pa iako sam luda, odrasla sam. Imam skoro 40 godina, psećih. Duh je sišao da mi se pokaže, kogod ili štogod da je. Ni sama ne znam šta bi bilo bolje. Da je moj Ziko, ili da - ili da - o, nedajbože svašta bi moglo biti. Važno je sa barem metra udaljenosti shvatiti što je u pitanju, pa ako nije on, počeću vrištati, odmah, kose čupati s onom mojom jadikovkom ludače u grlu. Ali moram znati, moram znati.'

Muškarac je posmatra u staklu bivšeg Spara. Tako lijepo sjedi, kao što je Ziko znao lijepo stajati na podijumu za ples, i sve bi se vrtjelo oko njega. Bio je to njegov stav, njegov potpis: mirovanje kao akcija.

Valle se približava, duh ne isparava. Ima njegova ramena i oblik glave. Srce joj tuče u grlu. U džepovima kaputa ledene, stisnute šake. S otprilike metra udaljenosti, ona dovikne: *'I'm sorry -'* a muškarac joj se u staklu brzo osmijehne pa okrene glavu prema njoj, pogleda joj pravo u oči, potapše mjesto pored sebe, na klupi.

Valle se zatetura. Noge je izdaju.

'Dođi,' kaže joj on.

'Reci, ludim li?' pita ga, na engleskom, gledajući ispred sebe, u odraz njegovog lica u staklu dućana. Ruke ne vadi iz džepova, trese se.

'Ne ludiš,' kaže on, i opet potapše mjesto pored sebe. 'Dođi mi tu.'

Valle napravi još nekoliko koraka, stropošta se na

klupu. On nagne glavu u stranu, prema njenom ramenu. 'Vidiš, ne ludiš. *Easy.*'

'Reci još nešto,' kaže Valle. 'Pričaj mi, na našem jeziku.'

I on joj priča, poput zaboravljene pjesme, na njihovom jeziku, ali sporo, poput nekog ko taj jezik odavno nije koristio: 'Pronašla si me, ljubavi. Znao sam da će se to desiti. Žao mi je, stvarno mi je žao, zbog svega.'

Kako ga ona voli, zna li on to? Naravno, ovo se vjerovatno ne događa, osim u njenom poremećnom mozgu; ona ga nikada nije preboljela i napokon je potpuno pukla. Pa još ta grižnja savjesti, stalno prisutna u njenoj duši, u čitavom njenom tijelu, od trena kada je čula da su ga ubili. *Ona im je rekla gdje je.* To je grizodušje dovelo do ovog ludila. Ipak, on je pored nje, i dalje, sasvim opipljiv, topao čak. I dalje govori.

'Onda sam te vidio s onim klincem, slikarom,' priča joj. 'Rekao sam, to je to. Potreban sam joj. Ona luta, traži sebe, traži mene. Mene. Zato sam sišao. Pomislio sam, moram joj barem to reći, da mi je žao. I da je ista kao prije. Prelijepa si,' poljubio je u kosu, u lice, okrenula se k njemu. Zikov je pogled pun nježnosti za nju, samo za nju. Njegove su usne tik do njenih; iste su kao nekada: muški pune, čvrste; iz njih, i dok šuti, isparava topli dah koji miriše na med. Valle ga snažno zagrli. Ljube se, godine se brišu, zaista, tako je to.

Ona šapuće, počinje pitanja, ne završava ih. Uvjerena je da ih ne završava, ali on joj odgovara, prostim rečenicama. Ljubi je između odgovora, drži njeno lice među svojim dlanovima. Njegovo je lice drugačije, trećina mu je lica kao voštana. Ali to je on, stvarniji time što je izmijenjen, godinama i, vjerovatno, neophodnim operacijama lica. Onda kada su rekli da je ubijen, rekli su da je 'izrešetan'.

U Londonu je stalno? 'Baziran' je tu, da. I uglavnom je u Londonu, kaže joj, svih ovih godina; ne, nema nikoga; ne, niko ne zna; njegova majka? Stara je dobro, lafica je, a i ostavio joj je dovoljno para da brine kako treba o svome zdravlju. On ima posao, novo ime; veoma jednostavan život, radi na ulici, živi u malom stanu, sam sebi kuva, da: ne, ništa ga ne zabrinjava. 'Sad je dosta,' kaže joj u jednom trenutku. 'Kasno je, moraš kući. Sačekaj me tu, nešto ću ti donijeti iz stana.'

Valle čeka, kao prije skoro dvadeset godina, možda još jednu jabuku, a možda uzalud. Možda se ovog puta ova utvara neće ni vratiti, i ona će odšetati kući. Ali evo ga, dolazi joj, u ruci nosi crnu kacigu. Smije se, kao da se u međuvremenu ništa nije promijenilo.

'Stavi ovo na glavu, i postaćeš nevidljiva,' kaže joj.

Ona navlači njegovu kacigu, lako, preko svoje guste kose. Ima skoro 40 godina, i dopustiće jednom već mrtvom čovjeku da je motorom vrati kući. Dopustiće sebi još jednu noćnu avanturu, čak luđu i nesmotreniju od one sa Stormom. Sve to treba prihvatiti kao iznenadni susret s nekim ludim, starim prijateljem. Zato što je stari prijatelj luckast, neće o njemu pričati okolo. Ali će se družiti, voziti motorom, smijati se kao sada, ničemu, samo golom trenutku. Jer jeste, u trenutku je, prvi put nakon mnogo vremena, u trenutku je u kojem, posjednuta na mali prostor za drugu osobu, juri bez straha, zato što vjeruje svom Ziku, juri na, kako je on rekao, Fajerblejdu, vatrenoj oštrici, stisnuta uz njegova leđa i butine. Plaši se da će, i tako sitna, spasti s još sitnijeg sjedala za suvozačicu, ali stisne se još jače uz Zika - kako može sumnjati u njega dok on tako vješto klizi preko trga i popločanih ulica Westminstera, nepromijenjen, neukrotiv, njen stari-novi ljubavnik, koji cestama još jednog grada vozi istim intenzitetom - opasno, divlje, i sigurno i čvrsto - kao po zavojima prema moru u njihovoj maloj zemlji? Svoga vozača ona grize za rame, miluje mu ruke, noge. Vozili su se sve do Park Lanea, pa opet prema rijeci, Embankmentu. Izgleda da se ni njemu od nje tako brzo nije rastajalo. Sve to nije bolesni, znojni san s temperaturom; stvarnost je.

Jesen na Eaton Squareu, 2013.

Valle pokuca na vrata Nikoletine sobe. 'Nina,' pozove je, opet kucne. Ne smije ući bez dozvole. 'Nikoleta!' poviče, kao da im kuća gori.

Vrata kao da se sama od sebe odškrinuše, i pred Vallinim se očima stvori ljutito lice njene kćeri.

'Namjerno mi ovo radiš,' sikće Nina.

'Šta to?'

'Namjerno vičeš i kuckaš mi na vrata tim svojim četvrtasto isturpijanim noktima. Dingi-lingi-ling,' Nina namjesti dobro istreniranu grimasu prezira. 'Gospođo Black, nema razloga za dramu. Nego, znam, ti uvijek misliš da si u nekom filmu.'

'Ne seri,' kaže joj Valle na svom maternjem jeziku. Zna da će Nina toliko razumjeti.

'Ti ne seri,' odgovara joj kćerka. 'Puna si *bullshita*,' doda na engleskom.

Valle bi od nemoći i bijesa istovremeno zaplakala i

ošamarila to malo oštro lice njene kćeri. To lice koje bi moglo biti prelijepo bez stalno nanošenih, ali nikada opranih slojeva crnog ajlajnera i maskare. 'Lijepe oči ne treba šminkati,' govorila je Valle svojoj kćerki kada je još umišljala da će je ova poslušati.

Nina je otišla u sasvim drugu krajnost. Preko prirodno gustih, uvijenih trepavica, ona lijepi plastične - ili one od nerca, koje Valle tjeraju na povraćanje - pa onda sve njih skupa prekriva maskarom. U nozdrvi joj je pirsing, toliko krupan za njen mali nos da je neugodno gledati u to; u dugoj, surovo ispeglanoj kosi ljubičasti pramenovi; šiške je pošišala ukoso, i neumorno ih, svakodnevno, pegla ravnalicom. Da Valle sada zaplače Nina bi uživala. Zbog zasluženog šamara mogla bi je prijaviti policiji. Zato se Valle samo osmjehuje.

'Šta hoćeš?' pita je Nina.

'Tata kaže da ti treba kupiti nove cipele. Ne možeš po ovom vremenu hodati u baletankama koje drkaš već dvije-tri godine.'

'Po kojem vremenu? I lažeš da je tata izgovorio *drkati*. Takve su riječi tvoj histerični stil.'

'Ne govori mi da lažem.'

'A, okej. Koliko vidim, temperature su još uvijek dvocifrene. Ja mislim,' Nikoleta se poput mačke iskrade kroz poluotvorena vrata svoje sobe, unese se majci u lice, 'mislim da me želiš pretvoriti u malu Valle, kupiti mi čizmice sa štiklom. Oprosti, stara curo. Nisam ja kriva što si odrasla u zemlji kojom vlada strah od kiše.'

Nina je majku odavno prerasla, gleda je s visine, ruku prekrštenih preko poprilično procvalih grudi. U gaćicama je i majici za spavanje s natpisom *To Sleep and*

132

Dream in Bangladesh.

'Gidi!' Valle doziva svog muža naguravajući se s Ninom oko vrata od njene sobe. 'Gidi!'

'Da!' odaziva se Gidi iz svoje radne sobe, u potkrovlju.

'Nikoleta ne vjeruje da si mi ti rekao ono za njene cipele!'

'Mrzim te,' prosikće Nina, vrati se u svoju sobu, zalupi vratima.

'Ne seri,' kaže Valle gledajući u vrata.

Valle zapravo priželjkuje negativan odgovor oko zajedničkog odlaska u shopping s kćerkom. I baš stoga - čudna porodična logika i dinamika - mora se odraditi stavka prećutnog 'ugovora' između majke i kćeri-tinejdžerke: kratki okršaj pred vratima djevojačke sobe.

Nina ima godina skoro kao Valle kada je rodila. Kažu da se današnje generacije ne mogu uspoređivati s nekadašnjim; današnje trinaestogodišnjakinje znaju više o životu od nekadašnjih studentkinja. Ali ne i Nina. Nina živi pod staklenim zvonom, i bebica je u odnosu na Valle u njenim godinama, potraćenih u pogrešno vrijeme, u pogrešnoj zemlji. Gidi i Valle kao da su prećutno dogovorili da će njihova kćerka odrastati pod stalnom, smirenom kontrolom. Kontrole je bilo i u Vallinom odrastanju, ali ta je kontrola podrazumijevala prijetnje, čupanje za kosu, šamare nakon kojih bi se obraz žario dobrih deset minuta; ta je kontrola stvarala pobunu i mržnju. Nina je još uvijek djevica, osjeća Valle. Neka je, ništa time ne gubi. Dugo je bila premršava djevojčica. Imala je već trinaest godina kada je napokon prebacila trideset kila. Prvu je menstruaciju dobila nešto prije petnaestog rođendana. Njen je pubertet kasnio. Valle se nadala da će se sva ta filozofiranja s pubertetom kod porodice Black uspješno izbjeći. Ali, ne: Nina je samo kasnije od svojih vršnjakinja počela tražiti granice za probijanje i razloge za pobunu. Jedva da ih je u svom domu mogla naći. Otac je obožava, majka se suzdržava. Zato se Nina preobrazila u djevojku bezrazložno opakog stava prema - majci. To je Ninina zakašnjela pobuna.

Gidi se spušta niz stepenice do Nininog sprata koji čitav na nju miriše, na mješavinu pačulija i mandarina. Pored spavaće sobe s posebnim prostorom za garderobu i velikom kupaonom na tom je spratu Ninin muzički studio, WC i manja soba, samo za njene goste. Ovog će proljeća Nina imati tutora za polaganje prijemnog ispita iz muzikologije na univerzitetu u južnoj Kaliforniji. Neka je, nek ide preko okeana. Jednom mora prijeći veliku vodu, proći kroz vatreni obruč. Približavanje njenog odlaska valjda će skrenuti Vallin fokus sa sopstvenih mrakova na početak kćerkinog života van roditeljskog doma. Srednju je školu Nina završila ranije od većine učenika njene generacije. Odlučila je napraviti jednogodišnju pauzu, ostati u Londonu, skladati muziku za svoj bend, utorkom i četvrtkom volontirati kao muzički *guru* za manje privilegovanu djecu u obližnjim državnim školama loše reputacije. Ali opet kao da je stalno doma, kod mame i tate. A majka poput Valle udara pečat u dubine nesvjesnoga kod kćeri tinejdžerke - njena joj je šefica to jednom rekla. Valle, dakle, Ninu već par godina priprema na nasljeđe tuge, a da to nijedna od njih ne primjećuje. Bolje da je što prije udalji od sebe.

Subota je, i ona će Nini kupiti prve cipele na koje

naiđe, pa otići kod svoje ljubavi, koja stanuje u naselju *John Keats*.

'Dušo,' govori Gidi svojoj kćeri. 'Otvori vrata. Tata je prestar za razgovore s čarobnjakom iz Oza. Djevojke moraju paziti na sebe. Ako ne paze one, dužnost je roditelja da paze na njih.'

Nina širom otvori vrata sobe. I dalje je u gaćicama i majici. Iza nje, Valle vidi uključene kompjuter i Sky-Tv, samo slika, bez zvuka, jer su u obje sprave zabodene slušalice. Sa TV ekrana titra nijema, no očito strastvena prepirka nepoznatih, nebitnih lica. Dobro je da Valle barem te ljude ne mora slušati. Preko *kingsize* kreveta pobacano je desetak malih crnih haljina.

'*Whatever*,' kaže Nina. 'Odlučili ste me držati maloumnom i brinuti o mojim cipelama. Pa dobro. Kupite mi cipele. Samo da ja ne moram ići u shopping s *njom*. To je predosadno gubljenje vremena i novca. Prevaziđeno.'

Valli poskoči srce. Spusti pogled da prikrije sreću, i ugleda lijepa uska stopala svoje kćeri. Broj cipela: 40, britanski 6.

'Dobro, Nikoleta,' pomirljivo će Gidi koji se kćeri uvijek obraća njenim punim imenom; on ne voli taj nadimak Nina. 'Pristojnost ne može biti prevaziđena, zapamti to, pristojnost može biti samo trenutna gnjavaža. Mama i ja danas ćemo ti kupiti cipele. Mama će birati, a ja želim izaći iz kuće i prošetati malo sa svojom ženom.'

Vallino se srce skupi u nešto poput suve smokve.

'Ja ću to sama završiti, Gidi,' kaže Valle i pomazi muža po nadlaktici. 'Nije mi teško.'

'Baš sam htio ugrabiti jedan fini ručak s tobom, na Mayfairu,' odgovara joj Gidi uz pogled pun divljenja.

Valle se brzo preračuna je li im danas godišnjica braka ili nečiji rođendan. Ne. Ništa od toga.

'Hm, vidim da i *mummy* to jedva čeka,' mumla Nina drsko se smiješeći.

'Okej,' Gidi pljesne rukama, 'vrijeme je za mali porodični razgovor. Nađemo se za deset minuta u biblioteci. Valle, molim te, naruči da se pripravi sve za čaj.'

'Ja ću soja kapućino, s duplom dozom espressa i kofeina, naravno!' kaže Nina, zatvarajući vrata svoje sobe. 'Inače ću zaspati u sred *library-sessiona.*'

Valle zazove Beth, hitru, stariju Filipinku koja vikendom dolazi kod njih, i zamoli je da im za deset minuta u biblioteci servira soja kapućino i čajeve.

Svo troje na kratko se rastoče po spratovima. Što sad hoće Gidi? Toliko tuge i zamora u njegovom pogledu. Neće valjda s njima dijeliti neke loše vijesti. Pa još onda tražiti da Valle s njim provede romantični vikend. Ne danas, Gidi, daj mi još par dobrih vikenda u životu, molim te.

Sada kada je sazvao malo obiteljsko okupljanje, Gidi glumi zauzetost drugim stvarima; Nina cupka bosim stopalom po parketu, gricka jednu istu zanokticu, onu na palcu desne ruke, godinu dana već; samo Valle pije čaj, jer Valle žudi sve to odraditi što prije, i otići u jednosobni kaunsil stan s itisonom boje pepela umjesto ovog parketa boje zlata.

Gidi sjedi u svojoj ispucaloj kožnoj fotelji, puši i posmatra kovitlanje dima od cigarete.

'Oh,' ispusti engleski uzdah mnogostukog značenja. Toboš je tek tada primijetio čaj na stočiću ispred sebe. Oh - tu si, čaju; oh - tu ste, cure; oh - mislio sam da nemate disciplinu za poštovanje pravila; oh - opet vas moram lijepiti, tako ste polomljene; oh - zar baš samo mi, Englezi, na cijeloj planeti znamo kako se nositi sa životom? Oh-oh-oh.

Posrče čaj, jaki, crni, klasični, ignoriše Valline zelene, žute, bijele, crvene. 'Svi oni na kraju dođu na crno,' tvrdi. Zapalio je već treću cigaretu, druga mu dogorijeva u pepeljari. Ponudi jednu Valle, ona odbije taj njegov Benson & Hedges. Gorak joj je. Nijedan se sastanak, zna se, ne počinje bez komentara o vremenu. Digla se magla. Subota je lijepa, mirna, s pukotinama vedrine na nebu. Danas se grijanje pali samo u kupaonama, do večeri.

'Jadna mama, ona se već umotala u ćebad, gledaj je.'

'Obje izgledate pomalo načete ranojesenjom mrzlicom. Malo vas grize i za srce, rekao bih.'

'Važno je da si nam ti, tata, dobro. I da nema ugriza na tvome srcu.'

'Sarkazam, sarkazam,' kaže Gidi i pošalje kćerki poljubac kroz dim. 'Mladi ljudi stalno bježe u sarkazam, što bi trebalo biti ekskluzivno utočište za ljude u mojim godinama. Nas grije, a vas hladi. Za sarkazam uvijek imaš vremena, ne požuruj ga. Budi što duže naivna, prirodna, otvorena za učenje. Prodaj svoje pametovanje - kaže Rumi - i za te novce kupi začuđenost životom. Krasno, zar ne?'

'Je li sve u redu kod tebe, dragi?' pita Valle.

'Savršeno.' Je li to bio sarkastični odgovor?

Za sada, izvjesno je samo njegovo srkanje čaja.

'Oh,' Gidi se kao naglo prisjeti zašto su se okupili, 'osim što me, mjesecima već, valjda to i godine donesu, nanesu - šta li? - poput kostura davno potpoljenih brodova, da,' dramatično ispusti dugačak trag dima, 'deprimira me ova kućerina i to njeno beskrajno stepenište koje razdvaja porodicu. Ne mislite li tako? Samo nas je troje, ali svako ima svoj sprat, svoju bježaniju. I pored toga ima još praznih utočišta. Privatnost je lijepa dok nije na putu preobraženja u pustinjaštvo. Druženje, okupljanje, razgovor - pa povlačenje u privatnost: to je dobra mjera stvari. Privatnost, privatnost, privatnost - pa slučajni razgovor, e to vodi u pustinjaštvo. Čovjek postaje *monad*, i to ne svojom voljom.'

'Postaje - šta?' pita Nina, naivno izgubivši sarkazam.

'*Monad*. Ne znaš značenje? Potraži u rječniku.'

'Uf. Tata, naporan si.'

'Za tvoje dobro. Za dobro tvog imidža, ako ti je to prihvatljivije. Naime, tvoj imidž djevojke iz radničke klase ima smisla samo kada je potkovan stepenom obrazovanja i erudicije iz klase kojoj zaista pripadaš. Vrijeme je da shvatiš ovaj paradoks. Valle, ti znaš za *monad*?'

'Valjda misliš - Nomad?'

'Naravno da ne mislim Nomad. Kamo sreće da mislim na pastoralu dijeljenja dobra i zla pod vedrim nebom. Ne. Mislim na monadu, u filozofskom smislu. Pa i u biološkom, što da ne? Izolovani oblik života. Životarenje. Po Weinengeru, ženama neprirodno stanje, smetnja za genijalnost. Ali taj je mali bio poremećeni, iako briljantni, mrzitelj žena. Ovo su podaci za Nikoletu. Što se mene i monade tiče, mislim da sam je u filosofskom smislu prestarao, samo pomišljam da bih mogao umrijeti a vas bi dvije to otkrile tek nakon nekoliko dana. U ovoj kući.'

Valle osjeća da joj ova priča jede život.

'Daj, Gidi, ne pretjeruj. Pusti sada te besjede o porodici i njenom značaju. Priča ti je patetično balkanska, mora da si taj ton od mene pokupio, a meni je zlo od takvih priča. Odlično se držiš. Uostalom, tvoje godine i nisu neke godine, danas, za dobro situiranog muškarca. Život bi za tebe tek mogao početi. Možda ne sa mnom. Možda je u meni problem. Reci slobodno. Možda te ja trujem svojim prisustvom?'

'Glupost. Naprotiv. Priaš mi, i nikad mi te dosta. Dosadan sam, znam. Volim imati svoje dvije cure uz sebe.'

'Pa šta ćemo sad, tata?' pita Nina. 'Nemoj mi samo reći da planiraš mamu dovući kod sebe u spavaću sobu, a mene smjestiti odmah pored vas, u tvoj radni dio? Tako bi se ove zime i na grijanju stvarno mnogo uštedjelo. *Mo-nad*, čovječe, koja riječ.'

'Odlična ideja, draga kćeri. Vas dvije i ne znate koliki su nam računi za struju. Ili računi za bilo što. Pare se tope, a moji finansijski savjeti starog penzionera privlačni su sve manjem broju ljudi. Danas svi misle da se mogu samosavjetovati. Uključe kompjuter, prikače se na mrežu i to je to. Kome treba bivši šef banke? Biti bivši, a star, gore nego biti mrtav. Da. Spavanje u istoj sobi moja je želja, ali ne i naredba. Stoga znam da se neće ispuniti.' Gidi napravi pauzu. Još će pušiti, kroz ozbiljnu tišinu. Doskorašnja verzija gospođe Valle Black sažalila bi se, ustala, prišla svom mužu i toplo ga zagrlila; otišla na ručak s njim, sređena baš kako treba. Ali ova Valle nestrpljiva je i ne da se pomjeriti. Ova Valle hoće što prije doći do suštine ovog okupljanja u biblioteci; do rješenja; do završetka sastanka i njenog odlaska. Zato samo hladno upita:

'Opet imaš aritmiju i visok pritisak?'

'Ne, draga, Gidi je, kao i obično kada je povrijeđen, prezrivo pristojan.

'Onda?'

'Pritisak i arterije kontrolišem hemijom, ali je ta ista hemija produbila neki susjedni, uspavani problem.'

Valle vjeruje da godine života u Londonu moraju nešto i u zdravom čovjeku urušiti. Gidi samo traži malo samilosti, danas. Inače odlično odolijeva londonskoj klimi. Ipak je on domaći tu, na obalama arogantne Temze.

'Pa dobro, koji je problem?'pita ga kćerka.

'Vjerovale ili ne - mjesečarenje.'

Nina prasne u iskreni, mladalački smijeh. Valle u njoj nakon dužeg vremena prepozna 'moj je tata baš smiješan' djevojčicu, kakva je bila sve do četrnaeste godine, tačnije do onog ljeta kada je cijelim putem od Londona do kapije od Stelburyija, njihovog imanja u Sussexu, sa zadnjeg sjedišta majci govorila 'Mrzim te mrzim te mrzim te mrzim te mrzim te' u savršenom ritmu koji bi uspavao bilo kog drugog. Mrzjela je majku jer joj nije dopustila da ona sjedi na prednjem sjedištu zato što je, kako je sama rekla, tada već imala noge duže od majčinih i zadnje je sjedište za nju već bilo tijesno i bolno. Valle je na to rekla ne; Nina je rekla 'Nisam ti ja kriva što si ostala tako sićušna.' Valle joj je rekla da začepi, sjela naprijed, a Nina je odpozadi počela svoju Mrzim-te mantru i nije stala sve do Sussexa, do Arundela, i, na koncu, do te njihove palače tamo, davno prozvane Stelbury, jer se iznad nje, navodno, u ljetnjim noćima pojavljivala neka zagonetna zvijezda kojoj niko nije uspio odrediti pripadnost sazvežđu; slično kao ni porodici Black-negdašnjim-Shwartzovima što odnekud stvoriše se u Engleskoj, promijeniše prezime, počeše od nule, da bi im sada ta Stelbury kućerina predstavljala samo još jedan razlog za svađu između Gideona i njegove druge žene koja baš nikako nije tamo voljela ići. Na ulazu u Stelbury dočekali su ih Nikoletini ljubljeni Labradori koje je cmakala i češkala s takvom nježnošću da se Valle zapitala je li se njoj Ninin dugi izliv mržnje u kolima samo priviđao.

Ljudi govore da je mržnja otrov za onoga ko je širi, i Valle je mislila da će - nakon početnog šoka i želje da sa svog sjedala poput mačke skoči na Ninu i izgrebe je po licu - njen sluh oguglati na Ninine otrovne riječi. Ali ne; mržnja razara i onoga koji je prima, štogod ljudi govorili; Valle misli da onaj koji je bljuje zapravo oslobađa sebe. U svakom slučaju, kada su stigli u svoju 'seosku' idilu, Valle je bila iznurena, iznutra izranjavana Nininom verbalizacijom mržnje, te bijesom i poniženjem koje je gutala tokom cijelog puta. Gidi se, naravno, tada nije umiješao. On ih je uvijek vozio u Sussex, ne njegov vozač, i Gidi nije htio u vožnji prosipati živce po uvijek natrpanoj A272 cesti. Pjevušio je uz muziku s Magic FM-a. A možda je u svemu tome pomalo i uživao? Na kraju puta, kada su ušli u neugrijanu, zamračenu kućerinu, rekao joj je da je Nikoleta mrzi jer ne može prodrijeti do nje; da je mrziti lakše od osjećati se odsječenom od majke; i, na kraju, da on to razumije jer ni on često ne može do nje prodrijeti. Valle je samo slegnula ramenima i ostatak boravka na selu provela u biblioteci gdje je u sred ljeta palila grijalicu.

Razmaženost je veći neprijatelj od stresnog djetinjstva. Nema se što prevaziđi, nema se protiv čega boriti. I kakvo sad prokleto Gidijevo mjesečarenje? Još jedno englesko okolišanje; još jedna metafora. Šta se skriva iza navodnog mjesečarenja?

'Nije smiješno,' nastavlja Gidi. 'U redu, možda je malo smiješno, sada. Nije bilo smiješno kada sam se našao probuđen i smrznut na tim hladnim stepenicama između mračnih, pustih spratova sopstvene kuće. Bez snage da ustanem. Slabost u nogama, a onda i bol. U nogama i grudima. Zvao sam vas. Moj je glas odjekivao holovima. Niko se nije odazivao. Ječao sam, dozivao, dozivao, i napokon ipak ustao, dogurao sebe do kreveta, popio onaj hipnotik, pa šta bude. Ali eto, probudio sam se živ. No, ne znam do kada.'

'Jadan tatica,' sažaljivo će Nina. 'Ja spavam sa slušalicama na ušima, ništa ne čujem. Baš mi je žao.' Ustane i prigrli se uz Gidija na njegovoj fotelji. Uzme mu cigaretu iz ruke, povuče dim i zakašlje. 'Možda previše pušiš, tata,' kaže gaseći cigaretu u pepeljari. Onda pogleda u Valle. *A gdje si ti bila tih noći, mama?*, pita je kćerkin pogled, mada ništa ne izgovara. Valle se još dublje uvuče u ćebad kojima se ogrnula.

'Ne čudi me da si se smrzavao na stepeništu,' kaže, 'i imao slabost i bolove u nogama i grudima. Dobićeš upalu pluća.'

'Mama, to nije poenta ovog razgovora.'

'Nikoleta, ućuti već jednom,' razdere se Valle. 'Da se ja nešto pitam, ti ne bi ni prisustvovala ovom razgovoru, a kamoli odlučivala o tome što je poenta, a što nije.'

'I o tome sam htio...' nastavlja Gidi. 'O odnosu vas

dvije. Mogu umrijeti u snu. Dobiti upalu pluća. Pasti niz stepenice. Sve je moguće. Želim znati da ćete brinuti jedna o drugoj.'

Nina se nasmije, s nelagodom, još uvijek nedovoljno zrela za ovakve razgovore. Gidi zapisuje brojeve računa u bankama, troškove, dugove na kreditnim karticama u koje ih želi uputiti, što prije to bolje. Govori im da ovu kućerinu mogu prodati bez grižnje savjesti, njega baš briga što će biti poslije njegove smrti, a bivša Mrs Harpija Black, kako on stalno zove svoju prvu ženu, ona im ništa ne može nauditi, neka se ne plaše nje iako je pobijedila dva kancera, i uostalom, već mu je uzela stan u Notting Hillu i kuću u Francuskoj, a pružila mu je golo govno. Gidi povuče novi dim i bučno ga izbaci iz sebe, kao definitivnu tačku na kraju monologa.

'Okej, tata,' kaže Nina nježno i poljubi Gidija. 'Ali ti ćeš svakako dočekati moj dvadeset-prvi rođendan, pa ćeš mi biti finansijski savjetnik. Pretpostavljam da ćeš htjeti zajedno da spašavamo svijet od prevelike potrošnje energije.'

'Ha,' nasmije se Gidi. 'Molim te, što manje svojih misli i novca troši na to. Tvoja je ljubav muzika, radi to bez grižnje savjesti, piši svoje pjesme, pružićeš radost nekim ljudima. To se broji. Pronaći se, usrećiti ponekog. Ja sam volio matematiku, novac, bankarstvo, potragu za novim putevima protoka novca. Novac, novac. To mi je bilo u krvi, u vršcima prstiju. I bavio sam se time. Ali nikoga nisam usrećio.'

Red je na Valle da kaže da jeste, da je usrećio Nikoletu i nju. Valle ništa ne govori, ali srećom Nina poviče da je nju usrećio najviše na svijetu. Nije ni svjesna koliko je u pravu.

'Taj svijet ide gdje ide,' nastavlja Gidi, 'a kontrol-frikovi probaju dobro unovčiti spoznaju o kosmičkoj nebitnosti. Klimatske promjene, praseći grip, ista sranja. Danas previše psujem, ignoriši to. Ponekad sponzorišem te folere jer mi daju dobru reputaciju. Šalju mi pisma zahvale na sjajnom, nerecikliranom papiru. Ja njima čekove, oni meni dobar imidž. Eto suštine P.R.-a, ako ne vjeruješ meni, neka ti potvrdi majka. Na njenoj vizit-karti, uostalom, stoji da je P.R. ekspert.'

Valle se ugrize za usnu. Evo trenutka! Evo poente! Jasno joj je da njen muž zna da ona izlazi noću. Kritika nje protkana je kroz njegovu kritiku društva, jer ona se nije pronašla, ona se traži noću, luta, bukvalno i metaforički. Pustio je, neko vrijeme, ali sada bi da stavi tačku na to. Sada bi da lažima o mjesečarenju, prepisivanjem kuće i subotnjim ručkom negdje na Mayfairu stavi tačku na njena noćna švalerisanja. Pa dobro, i ona ih je htjela prebaciti u dnevna. Još danas. Kako to sada izvesti? Jedini je izlaz - svađa i ljutiti odlazak iz kuće.

'Nije ti dovoljno dobar ni moj P.R. posao?' pita Valle. 'Po svom običaju, uvalio si me u krug koji tebi odgovara, a sada mi se podsmijevaš.'

'Oprosti mi, draga -'

'Ti znaš da nećeš uskoro umrijeti. Ti se igraš ženskim osjećajima, rivalitetom između majke i kćerke. Ti znaš da nećeš pasti sa stepenica i umrijeti sam, u lokvi krvi, uzalud tražeći pomoć. Ti znaš ko je jedini *monad* u ovoj priči. Monada i Nomad istovremeno. Ti znaš kako se osjećam, ali ne radiš ništa po tom pitanju.'

'Kako se osjećaš?' prekine je Gidi. 'Osjećati se. Kako poetično. Umjesto rintati, patiti, primati tuđe naredbe, izvršavati ih, pa još biti zahvalna na privilegijama. Umjesto svega toga, kako je to samo *se osjećati*?'

Valle se bez riječi izvuče iz klupka ćebadi oko sebe, i žurno izađe van, ostavljajući za sobom otvorena teška vrata biblioteke.

* * *

U svojoj garderobi, u kutiji patika za trčanje koje nikada ne koristi, ona drži ključ od malog stana u kaunsil naselju. Tako ode kod Zika kad god hoće. Ne mora se najavljivati. Nikada do sada nije bilo nezgodnih situacija, lanca na vratima, barikada. Ponekad on ne bude u stanu, i ona ga čeka. Jednom se nije pojavio uopšte, ona je otišla natrag svojoj kući, prethodno mu napravivši sos za špagete koji je mogao da stoji i dva dana ako treba, i čeka ga umjesto nje, a ona je barem ostavila trag da bila je tu. Kada ga dočeka, on je umoran ali uvijek srećan što je vidi. I njemu je ljepše kad ne uđe u potpuno prazan stan. U tom stanu nema tragova drugih žena. Nema tragova bivšeg života. Valle se pita da li da mu odnese onu balerinicu koju je davno ukrala iz hladne, prečiste sobe u kući njegove majke. Samo bi je donijela i posadila negdje kroz njegov stančić koji ima četrdesetak kvadrata. On bi je pronašao. Valle ne zna šta bi zatim uradio. Ne zna bi li je pitao o balerinici, ili ništa ne bi komentarisao.

Valle prvo pozvoni, čuje njegov povik 'Uđi!' Te je subote kući, iako uglavnom subotom radi, voli raditi vikendom, dok njegove kolege, porodični ljudi, svoje slobodne dane provode po parkovima, igralištima ili uz kakav ekran.

Ona otključa vrata i zatekne ga kako leži na kauču,

gleda utakmice na TV-u. Izrasla mu je brada, kao da danima već tako leži.

'Kako znaš da sam ja?' pita ga Valle.

Osmijeh mu se razlije licem. I pojavi mu se nježnost u pogledu. 'Pobjegla si,' kaže joj. 'I to u subotu, u vrijeme ručka. Jel' sve okej?'

Ona mu ne odgovara, kao ni on njoj što ne odgovara na njena pitanja. Znaju da ti odgovori nisu važni za njih dvoje, za njihove zajedničke trenutke.

'Ne ustaješ da me pozdraviš,' kaže Valle dok sa sebe skida šal i jaknu, i na sivkasti itison pored kauča spušta vreću s novim cipelama za njenu kćerku. 'Je li to dobar ili loš znak?'

Ziko stavi kažiprst na usne, pokaže joj da se spusti i poljubi ga. Ona to uradi, sjedne do njega, počne ga maziti po kosi, ramenu, ruci, potapše ga po butini, osjeti da je sav kao u nekom grču.

'Uželjela sam ti se,' kaže mu.

To je najčešće ponavljana rečenica među njima. Za sada, to joj je dovoljno, ali do kada? Osjeća da će doći dani kada će ona htjeti da on bude opušteniji u njenom društvu, da na više tema razgovaraju, da joj počne više vjerovati. Kada ga pita o njegovom tajnovitom poslu, on se samo osmjehuje, baš kao i prije, kada je bio gotovo dječak. Od operacija po licu koža mu je zategnuta; da ga ne zna od prije, Valle mu ne bi mogla odrediti godine. Sagne glavu do njegovih usana, ponovo ga poljubi, udahne njegov nepromijenjeni miris, na med, na svježe otvorenu teglu livadskog meda. Među butinama joj se probudi želja, snažno mu podigne majicu sa stomaka koji želi ljubiti, na koji želi položiti svoju kožu, grudi. Ali, onda nekontrolisano vrisne, jer vidi da su mu stomak, leđa, slabine prekrveni modrim i ljubičastim masnicama, ogrebotinama, da je sav isprebijan, krvnički i s mržnjom izudaran nekim opakim predmetom. Ona plače.

'Šta se desilo?' pita ga kroz suze.

'Ništa to nije, ljubavi,' tješi je on. 'To mi je od treninga, od sparingovanja.'

Ziko je laže. Kroz njene suze, njegove modrice kao da se razlivaju, šire mu se tijelom poput prolivenog mastila.

'Ej, nemoj da plačeš, molim te.'

Spustio je majicu, promeškoljio se na kauču, do pola ustao i zauzeo pozu da bi je mogao lakše zagrliti. 'Pa kad ti ja kažem da nije ništa. Evo, plačem li ja?'

'Tako mi je žao -'

'Šta ti je žao?'

'Žao mi je što ti je život težak,' uspije se nasmiješiti. 'Što su ti oba života teški,' doda.

'Meni su oba moja života super,' kaže joj Ziko. 'Nemoj ti o tome da brineš. Ovaj ti je moj posao meni odgovor na zašto sam preživio, tako da mi je sve što uz to ide - bonus.' Podigne joj glavu prema svojim očima, obriše joj suze. 'Kakav je tebi tvoj život?' pita je.

Ona slegne ramenima, uzdahne. Prestaće plakati, to nema smisla. Reći će mu o svom životu, onoliko koliko tom pričom može držati njegovu pažnju. 'Ne znam,' počinje tako. Zaista ne zna kako drugačije početi. 'Ovaj je moj muž, Gidi, dobar prema meni. I prema mojoj Nini.' Ziko je ne pita zašto bi to bilo neobično. 'Našao mi je posao. Ali ne želi da puno uspijem. Kad god malo uzletim, spusti me.'

'Sigurna si?' Ona klimne glavom. 'Kako te to spusti?'

'Razgovara sa mnom kao da sam slaboumna, baš to, i kada ova slaboumnica od mene malo u nečemu uspije, on želi da pređem na nešto drugo, nešto što ima više veze s njim. Odmah zategne svoje nevidljive niti, ja ih osjećam, na leđima. Vuku me natrag, njemu, samo njemu. Osjećam se kao u zatvoru.'

'Pridaješ tome preveliki značaj. Odsjeci te niti u svojoj glavi. On neće ni primijetiti,' Ziko je miluje po kosi. 'Mogao bih te naučiti kako da za pola sata u glavi pokidaš sve niti i konopce kojima te ljudi i sjećanja vuku nazad. Ali, znaš, čini mi se da nisi spremna za kidanje.'

'Kako to?' pita ga.

'Tvoje niti ne vuku nego drže. Svilene niti. Drže te na okupu iako se žališ. Taj tvoj muž, recimo. Meni se čini da on zna što hoće, što može - Iako ti je s njim, pušta te on da radiš šta hoćeš. Ali ti si sebi kočnica.'

'Nije baš tako. Planirala sam ja to, kidanje niti, bijeg, tjeranje po svome, ali uplašila sam se, svaki put, od njega i njegove reakcije. Promjenjiv mu je prag tolerancije. A ja, pa znaš, i sam si to sada rekao, na tvoj način - ja nemam visoko mišljenje o sebi. Nemam ništa samo moje. I kćerka je postala više njegova nego moja. Ponekad jako poželim da odem svojoj kući, ali onda shvatim da sam već kući. Nekada sam znala da je ova kuća sigurnija nego bivša kuća, a sada -' Valle pogleda u Zika, pita se je li dobro nastaviti, ispričati mu sve, kako se dogodilo da završi tu, s mnogo starijim mužem, i kćerkom o kojoj govori kao da je samo njena.

'Stvar je samo u tome što si udata za Engleza,' kaže Ziko milujući je. 'Za Engleza koji je u međuvremenu postao stari Englez. Ima roditeljsku kuću ovdje, svoje stare navike, oduvijek udoban život, sve po njegovom, čitav vijek tako. Ali u suštini dobar čovjek, rekao bih. Šta bi ti više? Oni su okej, Englezi. Ti nisi htjela život uz nekog strastvenog Balkanca. Nemoj se žaliti.'

'Htjela sam život uz tebe.'

On joj pusti ruku, opet legne. Boli ga svaka promjena položaja, vidi se to. 'Ne bi bila srećna sa mnom tamo,' kaže. 'Ostala bi u onoj rupetini, ja bi' te varao, tukao se a da me ne plaćaju za to, posle kući tebe psovao, brzo bi propala. Ovako...Prelijepo izgledaš. Dobro održavana, svježa.'

'Ha, kao da je to važno.'

'Pa zar nije to važno?' čudi se Ziko. 'Nemam ti ja pojma o ženama, znaš i sama. Ja sam mislio da je to važno. Da je znak zadovoljstva.'

'Ili je samo znak viška slobodnog vremena,' kaže Valle.

'Hej,' Ziko se nasmiješi, 'na to se ne treba žaliti. Na višak slobodnog vremena. Šta bi sada bila u Crnoj Gori, a? Sekretarica nekom direktoru, u najboljem slučaju.'

'I sada sam zapravo sekretarica.'

'Ali u Londonu.'

'Ti si baš postao Englez.'

'Bolje je tako. Bolji sam čovjek ovdje.'

'Koji dobija teške batine. Ništa mi ne pričaš.'

'Sva tvoja pitanja u vezi toga imaju duge i vjerovatno dosadne odgovore, vjeruj mi, ljubavi. Ukratko: u mom životu, koji je moj posao, upadam u dubine, najdublje dubine ljudske prljavštine, kroz koje dosežem do nekakvog duhovnosg mira. Putujem od jednog do drugog, sam, i to ne mogu dijeliti s tobom. Ipak, znaj, samo ti ostaješ moj najdraži svijet, nepovezan s tim svijetom modrica. Ti si moje sunce. Kada se pojaviš, ja sam zadovoljan. Ne treba mi više. Reći ćeš mi ako tebi nešto više od mene bude trebalo. Dobro je što smo se opet našli. Prekinuću ti ja te niti, kako kažeš. Promijeniću tvoje navike za tebe. Već jesam. Ostalo su sve neke udaljene planete. Neka se one okreću oko svog sunca.'

Vode ljubav, nježno. Poslije je zaboravila Ninine nove cipele kod njega u stanu.

Kući je niko o tim cipelama ništa nije ni pitao. Život bez pitanja, ponavljala je sebi, život bez odgovora; lebdenje, plamičak na vjetru - kao u nekoj pjesmi. Nije bila nesrećna zbog toga, ne, naprotiv, po povratku kući bila je zaljubljena, ispunjena toplinom, mirisima seksa, livadskog meda; zarobljena u rebusu, a opet srećna, eto tako su stajale stvari.

KOD BRATA U BOLNICI
(novembar 2013)

Desire for death in the morning
Is cancer's warning.
Desire for life at night
Is mania in sight.

W.H. Auden[7]

Ponekad se ipak uželi Draganu, svom ludom bratu. Prolazeći kroz pakao realizacije sopstvenog karaktera i sudbine, brat je, napokon i, kako se barem sada čini, izrastao u tolerantnu osobu širokih pogleda na svijet. U ustanovi za duševni mir, koja mu je postala dom, ostali su se štićenici kod njega okupljali na razgovor i povjeravanje; čak i savjetovanje. Vjerovali su mu više nego doktorima. Doktori su dolazili i odlazili, Dragan je ostajao.

---

[7] *Ujutru za smrću žudjeti*
upozorava na rak prokleti.
A noću ludi život željeti
upozorava da manija će da naleti.
    W.H. Auden

Valle se smijala tome, ali danas bi, eto, i ona rado došla na red za razgovor sa Nininim ujka-Dragonom. To mu je i bilo bolničko ime, među pacijentima. Svi su ga zvali Uncle-Dragon. Mnogi su ga molili da pod tim pseudonimom piše savjetodavne kolumne u novinama.

'Ali, plaćeni su kolumnisti društvo zatvorenije od sjevernokorejskog,' odgovarao im je Dragan. 'Vi to ne možete znati jer ste iz realnog svijeta pobjegli u instituciju. I zaključani ovdje, naivno vjerujete da, tamo vani, kvalitet bez pedigrea može probiti stakleni plafon.'

Govorio je kao da on sam već godinama ne boravi uglavnom u bolnici; a taj njegov boravak Gidi plaća - manje čekovima, više uslugama, jer Gidijevi su preci bili jedni od osnivača i pokrovitelja baš te bolnice, u Richmondu.

Gidiju je rekla da ide kod Dragana, sama.

'Naravno,' odgovorio je, i dodao da joj je najbolje bukirati Addison Lee auto jer mu njegov vozač treba za neku obavezu.

'Radije ću ići vozom,' rekla je Valle. 'Ja volim vozove.'

'Čak i po ovakvom vremenu?' začudio se Gidi. 'Kako ćeš do Viktorije?'

'Prošetaću,' rekla je.

I zaista je prošetala, pod sipljivom, hladnom kišom novembra, prolazeći, na putu za kolodvor Victoria, pored blok-naselja, da baci pogled na parkirno mjesto za Zikov motor. Motor nije bio tamo. Motor definitivno nije bio na parkingu. Ziko je uglavnom živio životom 'bez sistema, bez navika,' osim u slučaju parkirnog mjesta za svoj motor. I Valle je, opet uz njega, povratila svoje moći da jednim kratkim pogledom skenira cijelu teritoriju koja je zanimala. Motora nije bilo. Znači, njen se dečko dobro osjeća, bubrezi i rebra na svom su mjestu, on kruži gradom, radi. Nije ni očekivala dugo bolovanje od njega, znala je da jedva čeka da iskoči na cestu. Svejedno, voljela je proći tuda, provjeriti stanje, poput uhode.

U bolnici su znali da je ona Draganu najbliži rod od svih njegovih posjetitelja, mada su baš nju najrede viđali. Kadgod bi se 'little sister', kako je Dragan predstavio svima, pojavila, svo je osoblje prema njoj bilo ljubazno, mekano - kao da su zaključili, i prihvatili, da postoji dobar razlog zašto jedina rođena sestra tako rijetko obilazi brata. Valle je čuvarima pružila torbu na pretres, i predala svoj kišobran. Sve je obavljeno uz kratak razgovor pun uzajamnog osmjehivanja i šaljivih kritika na račun vremena.

Popela se na prvi sprat i nekoliko puta pokucala na vrata Draganove sobe.

'Come in! God!' uzviknuo je nakon što je počela lupati o vrata. Nije znao da je ona; nije mu se prethodno najavila.

'O-o', rekao je Dragan kada je ušla, skidajući poslednji model Dr Dre slušalica (poklon od Nine) s ušiju. Ležao je na krevetu u svojoj plišanoj trenerci i sportskim čarapama, kao da je bio u jutarnjoj šetnji. Ili je, ipak, samo planirao otići, izaći iz sobe, ali je zaglavio na krevetu, po običaju. 'Pa to je naša čuvena gospođa Valle Black! Samo izvolite u moje skromne odaje. Čemu da zahvalim na posjeti? Ima li vijesti od roditelja?'

'Nema', rekla je Valle.

'Nema vijesti - znači dobro su', rekao je Dragan. 'Sve će nas nadživjeti, sad kad su nas otjerali.'

'Nisu nas oni -' počela je i zastala. Koja je svrha nastaviti, uvjeravati ga, po ko zna koji put, da je glupo kriviti roditelje za sopstveni život?

'Vidi pod kakvim sivim nebom mi životarimo,' nastavio je brat ne ustajući iz kreveta, 'dok se oni tamo još kupaju u moru. Super im je svima tamo, kažem ti ja. Niko se s nama ne bi mijenjao.'

'Donijela sam ti neke knjige,' rekla je, skinula sa sebe mantil, odmotala veliki šal.

'Hvala, hvala. Daj da vidim.'

Izvadila je tri knjige iz torbe i dodala mu.

'Ti ni ne znaš da mi je Gidi poklonio Kindle,' rekao je Dragan. 'Super stvar. I nakačio me na jednu od njegovih kartica, pa mogu da ludujem i kupujem knjige. Ali dobar sam, ne ludujem mnogo, i to ne samo zato što on vidi sve što kupim. Nego, na Kindlu ima samo knjiga na engleskom. A ti mi donijela još engleskih. Julian Barnes, kuku meni. Ballard - ne dok sam na odvikavanju, kapiraš? Znači, ne Ballard, nikad više. On i onaj Američki psiho. Da poželiš... Šta je ovo? Anne Enright? Stvarno? Ja sam ti u fazonu biografija, memoara.'

'Sve su to nečiji memoari. Uostalom, ne znam više šta da ti donesem,' rekla je Valle. 'Ne pušiš, ne piješ, ne drogiraš se -'

'Da. Ni do tebe ne stižu naše knjige, izdajice doma svoga. Što nisi bar neki kontakt održala? Nina mi donosi poklon-kupone za kupovanje muzike i filmova. Daj, ako ikad opet dođeš kod svog brace, donesi mi Solgarovih vitamina i tih prirodnih pomagala za imunitet. Počeli su bolnicom da kruže virusi, a moja je ordinacija stalno puna pacijenata.'

Iako se oduvijek trudio to prikriti i zapustiti se, Dragan je i dalje lijep muškarac. Zdravo se hrani, stalno odmara, prestao je u sebe sipati otrove. Za razliku od Valle, visok je, i ima je svijetlo-smeđe, skoro žute oči, poput mačora. Sa sestrom dijeli prirodnu vitkost, gustu kosu, pune usne i lijep, ovalan oblik lica. Lice mu izgleda mlađe od Vallinog, mada je tri godine stariji, i nikada svježe obrijan. Nekoliko puta, kada bi napustio bolnicu i došao da živi u suterenu kuće na Eaton Squareu, Valle i Gidi pronalazili bi za njega zainteresovane žene, i upoznali bi ga s njima, u četvoro izašli na ručak, večeru, u pozorište. Dragan te žene nikada nije ponovo nazvao; one su zvale njega - znali su to jer bi zvale kućni ili Gidijev telefon - i Dragan bi ljubazno sa njima porazgovarao, ali ništa više od toga. Taj je dio mozga - ta nekada veoma aktivna želja za pronalaženjem ljubavi, ili barem ljubavnice - bio kod njega ošamućen nakon prve godine držanja ovisnosti pod kontrolom; a kako je vrijeme odmicalo, činilo se da je želja za ljubavlju, seksom, ne samo ošamućena, već amputirana. Valle je prestala o tome razmišljati; samo bi Gidi i Nina ponekad prokomentarisali da je 'šteta, baš žalosno što je tako.'

Njegova je bolnička soba poput mini-apartmana, s posebnim kupatilom, radnim stolom, udobnim krevetom, dvije fotelje i TV-om. U suterenu njihove kuće, Dragan je imao mnogo veći prostor, čak i prilično dobro opremljenu teretanu, ali Valle je osjećala da je ovu bolničku sobu on smatrao svojim londonskim domom. Do kada će ta iluzija trajati? Gidi je gospodar svega; Gidi jednoga dana, možda već sjutra, može odlučiti sve to presjeći; ili može zaista umrijeti. I - gdje onda? Neće se sada nervirati oko toga. Sluti da Dragan živi dan-za-danom. Step-by-step u svemu i svuda, metoda koju i njena šefica sada propagira.

Valle sjedne na jednu od fotelja. Dragan ustane iz kreveta, navuče frotirski mantil, priđe sestri, poljubi je u obraz, i zavali se u drugu fotelju, preko puta nje. Protegne se, iskrcka vratne pršljenove, pa prekrsti svoje duge noge. Onda se zagleda u Valle. Uzima ulogu Uncle-Dragona, liječnika-dijagnostičara.

'Lijepo mi izgledaš, sestrice,' kaže joj. 'Malo više divlje nego obično, ali sviđa mi se taj momenat. U očima ti je neko prostranstvo, hmm. Da čujem novosti. Trudnoća? Ljubavnik? Nina? Tata-Gidi?'

'Ljubavnik,' izbaci Valle iz sebe.

'Au,' kaže brat, i pljesne rukama.

Valle klimne glavom. Da, promijenila se. Bratu se nikada nije povjeravala; on se njoj povjeravao; bila mu je jedina publika za česte monologe o njegovom jadnom životu. Zato nije ni očekivao odgovor od nje sada.

'Čekaj, čekaj malo,' nastavlja Dragan očiju razrogačenih od iznenađenja. 'Vjerovatno sam pogrešno shvatio. Ti se šališ. Ili se i sama čudiš mom pitanju. I to tvoje ljubavnik bilo je, kao i moje, s upitnikom na kraju.'

'Nije nego s tačkom.'

'U jebo te.'

'Da.'

Nakon samo par trenutaka potpune tišine Dragan počne ponavljati to njegovo 'U-jebo-te' kao da je sve jedna riječ, češkajući se po izrasloj bradi svojim dugim prstima. Valle gleda u pod. Osjeća njegov pogled na sebi; osjeća i da crveni, vrućina joj se, poput svježe rane, širi obrazima.

'Pa-a,' nastavlja Dragan. 'Bolje da tata-Gidi ne sazna. Stari još ima jake veze u Metropolitan policiji. Sve bi nas razbaštinio ovih naših sitnih poroka. Ti i tvoji ljubavnici, ja i moje psihijatrijske klinike. A ko je srećnik? Ili nesrećnik? '

'Ne znam,' kaže Valle.

Dragan uzdahne, opuštene ruke spusti na fotelju. 'Dobro je,' kaže. 'Znači, u pitanju je zamišljeni ljubavnik, poput zamišljenog prijatelja. Lakše mi je, mada bih radije samo ja bio porodični ludak.'

'Prestani,' Valle nježno kaže bratu. 'Ozbiljno je.'

Dragan je pogleda lucidno. 'Mora biti ozbiljno čim to dijeliš sa mnom.'

On zna da njegova Valentina nije tip koji bi razgovarao o zamišljenim ljubavnicima. 'Ali, nisam navikao da mi otkrivaš svoje tajne. Čak ni za Ninu. Nema veze sad. Sve sam hvatao u letu. Jesi li srećna ili nesrećna?'

Valle otpočinje svoj monolog. Nije to planirala, ali, da ne bi plakala, ona mora pričati. Odgovara da je jedan dio dana srećna, zatim užasno nesrećna, bijesna, na sebe, na njega, svog brata, na roditelje; bijesna na Nikoletu, na Gideona, na sve te ljude koji je okružuju u Londonu, i one, već bezlične osobe iz njene prošlosti koje su, svaka na svoj način, uticale na nju. Samo nije bijesna na svog ljubavnika; on joj pomaže; s njim je srećna. Za sada tako stoje stvari. Iskreno. I gdje to vodi?, pita brata.

'Krčag ide na vodu dok se ne razbije, zapamti to,' kaže joj brat i uzdiše, prekršta noge i ruke preko debelog bademantila. On želi da se taj razgovor završi. On želi svoju normalnu sestru natrag.

Valle bi mogla ustati, poljubiti brata i otići. Ali ne

uspijeva, jer zna - nije dovoljno pričala. On je neće dalje ispitivati. Ona slobodno može sada otići, niko joj to neće zamjeriti. Ipak, ne želi to jer došla je po nešto drugo, ne samo po bezlični savjet s krčagom u glavnoj ulozi.

Sjede u tišini. Bliži se kraju i ta šačica jesenjeg dana, koji nikada nije ni dosegao svoj vrhunac.

I tako, pomišlja Valle, ovom se danu mora nešto dodati. Staće na svoju skelu i prevesti se preko te rijeke, preko rijeke što dijeli jutro od sumraka, i napraviće neku razliku, da bi život imao smisla u besmislu, jer samo je tako opipljivo sve to što joj se događa. Zato počne svom bratu pričati o Ziku, kako ga je prvo vidjela da trči, u Crnoj Gori, davno, na putu prema moru, a onda dva puta u Londonu; kako ga je pratila, tražila i pronašla. Od tada ide kod njega, u njegov mali stan. Lijepo joj je s njim. On joj govori da se nije promijenila, ne primjećuje njene sitne bore oko očiju i one dublje, oko usana. On se promijenio, ali opet i nije. Ostarao je, da, koža mu je drugačija, tvrđa, morao je operisati pola lica, bilo mu je raznijeto, i nova mu je koža smanjila oči, ali pogled ispod gustih trepavica ostao je je isti, istovremeno mekan i odlučan, iako on sam za sebe govori da izgleda kao čudovište, kao pravi 'Mamiguz', kojim ga je majka plašila kad je bio mali; kosa mu nema mnogo sijedih, zubi nisu njegovi, pa ni nos, ali to je on, s ožiljkom kraj usne, s ožiljcima po stomaku, da, još uvijek ravnom stomaku, i dalje te njegove snažne noge i ramena i stav i osmijeh kao da mu je uvijek smiješno to što ljudi govore, kao da smo svi njegova djeca a on nježni otac, taj osmijeh. Nisu ga uspjeli ubiti, probudio se iz kome, izvukao se, dovukao se natrag, u život, drugačiji život, s novim imenom i sposobnostima koje je donio sa sobom, s onog svijeta u koji je kročio ali gdje nije ostao, nije mu bilo vrijeme da ostane tamo. Neki mu se dio mozga otvorio, strani se jezici prosto lijepe za njega, vidi aure i energetske rupe, i od onda, od kada se probudio, radi za Interpol. Za razne službe.

Dragan uzdiše dok mu ona priča, prekršta noge, ne gleda je u oči, već s nekom čežnjom u očima gleda prema prozoru kao da bi se rado zaletio i skočio kroz njega. Valle ipak nastavlja svoju priču.

'Ziko se sada zove Toby, kaže mu. 'Da, znam, užasno ime, ne stoji mu, dodaje iako brat ni na to ništa nije rekao. 'Ja ga i dalje zovem Ziko.' Ziko-Toby sada živi simple life, kaže na engleskom, 'asketski, dodaje, nastavlja pričati iako je vidjela da je njenom bratu sva ta priča odvratna, gadi mu se. 'Ovako to ide, otprilike: Ziko se uklopi u masu koju kontroliše, ide na proteste poput kakvog tajnog agenta, ispituje, njuška, posmatra, traži rupe, loše aure, pretskazanja. Nekad uspije, nekad ne, u protestima 2011-te nije uspio, zapravo nije ni bio u Londonu, poslali su ga u Škotsku tog ljeta, da ispita dojave o susretu s drugim civilizacijama -'

Zaćuti i opet pogleda u brata. Naravno, on ne vjeruje ni riječ. On se sigurno plaši za nju, misli da mu je sestra u ozbiljnoj krizi. Valle mu to vidi u očima koje gore i iskre se, ali ne radoznalošću, nego strahom, panikom.

'Ti misliš da sam šizofreničarka.' kaže mu. 'I ja sam to mislila dok sam ga samo par puta vidjela kako trči. Mislila sam da mi se priviđa, da mi se, kada sam usamljena i tužna, pred očima prikazuje njegov lik. Tako sam ja mislila sve dok ga konačno nisam dodirnula.'

159

Pa, da. Nije ni čudo što Dragan ne vjeruje. Sve zvuči poput odličnog romana nabijenog akcijom, koji je njegova sestra možda previše detaljno iščitala i u koji se previše uživjela, jer je pronašla izvjesne sličnosti između sebe i glavne junakinje romana. Gospođa na pragu sredovječnosti pronalazi idealnog ljubavnika, koji je zna kakva je nekad bila, a fantom je u stvari, juri motorima po svijetu, vodi tajni, usamljenički rat protiv nasilja, droge i terorizma, ništa o sebi do kraja ne otkriva, svuda stiže, stigne i nju ponekad dobro izjebati, još bolje nego nekad, a ona, opet zaljubljena i mlada, posvećuje mu stihove, pisma, romane, uvijek korak do rezanja vena za njim, jer život bez njega odjednom gubi smisao. Ma, kakva Ljubav u doba kolere - ovo je pravo čekanje i ponovni susret; ljubav, smrt i uskrsenje.

Valle se gotovo nasmije, ali prekine je Dragan koji ustane s fotelje i klekne ispred nje, poput viteza. 'Piši dnevnik,' kaže joj. 'To ti je stari, dobri - ma, najbolji savjet. Odnosno, piši više kao memoare. Za sebe, naravno. Počni od traume koje se sjećaš. Napiši čega se sjećaš. Pa idi dalje. Budi malo u prošlosti, malo u 'sada.' Sve po svome. Ponekad pročitaš napisano. Ali pičiš naprijed s pisanjem. Vjeruj mi. Mnogo će ti toga postati jasnije. Mislim da te proganja grižnja savjesti. Onda ti se on vrati. Znaš već. Duh. A taj što si ga dodirnula, kako kažeš, to je neki prevarant, namirisao je lovu, shvataš? Raskrinkaćemo mi sve. Dovedi mi ga ovdje, pa nek vidi moju auru.'

'Da, samo -'

'Samo, šta?'

'Pa on te sposobnosti gubi kad je sa mnom, iz nekog razloga.'

'Kako zgodan izgovor, zar ne?' kaže Dragan. 'Ulovićemo ga, draga moja sestrice. Pa onda opet mogu samo ja da budem lud, važi?'

'Važi,' kaže Valle. Neće se prepirati. Dovoljno je rekla. Izgleda da ima nešto u tom pisanju dnevnika. Čak joj i doktor-Dragon to preporučuje.

Oboje znaju da je kraj posjete. Valle se nagne prema bratu i napokon ga poljubi, u kosu. 'Hvala ti,' kaže mu.

'Kad ćeš mi opet doći?' pita Dragan.

'Kad javiš da si se obrijao i oprao kosu,' odgovara Valle navlačeći mantil i šal.

'E, takvu te volim. Surova mlađa sestra.'

Ne, ja to to nisam, pomisli Valle, ali izgovori samo cvrkutavo 'See you.'

DREAMLAND, 1994.

'Jesi li sama večeras
da li ti nedostajem večeras
da li ti je žao za recimo san
da li ti sjećanje luta
sve do mora i jutra
na obali kad sam
prespavao put
da li ti stvari u sobi
gube vrijednost i blijede
da li zuriš u svoja vrata i
čekaš na mene
je li ti tijelo puno bola
da li te zebe oko stola
kazi dušo jesi li sama ovu noć?'

Branimir Johnny Štulić

Otići ću daleko, i nikada se neću vratiti. Odlučila sam to, i lakše mi je. Niko mi, i ništa, neće nedostajati. Nikada. Ljudi su uvijek sami, na kraju krajeva. Neko prije, neko kasnije. Ja prije. Treba to prihvatiti. Žena može i zna biti sama. Ženama to prija. Ali žene imaju sise i na njih se uvijek neko nakači. Žene imaju matericu, i u njoj uvijek nešto potraži svoje utočište. To nas baš sjebe, barem na neko vrijeme. U svakom slučaju, to nam preokrene život. Ne želim umrijeti, nemam taj poriv u sebi. Želim živjeti, ali ne ovdje. Biću sama, iako ću, možda, zbog preživljavanja, zbog moje odluke da postanem sebična, morati pronaći dobrog, starijeg muškarca, gospodina, koji će me održavati u finom stanju. Ali, biću sama pored njega. Već ga vidim; i znam, taj će me stariji gospodin pustiti da samujem.

Kada sam donijela ovaj zaključak, kada sam u svojoj glavi posložila budućnost, bilo mi je lakše. Bilo mi je gotovo lako. Skoro da sam se mogla folirati da se ništa nije desilo.

A desilo se ovo:

Dan prije nego što je otputovao, Ziko se našmrkao kao stoka. Čak sam i ja to primijetila, ja, koja sam bila slijepa za njegove nedostatke, smatrala ga oličenjem muške snage, tjelesne i psihičke. Došao je po mene oko pet popodne. Vrućina se dizala s asfalta, ovlaženog kasnoavgustovskom kišom. Ušla sam u njegov kabriolet, poljubila ga, a on mi je odmah zavukao ruku pod suknju, brbljajući bez prestanka o tome kako ću ga prevariti čim mu leđa vidim, ugrabiće me neko kad se najmanje nadam, žene jebu situacije a ne muškarci, a i ko je on meni, uopšte, neki jebač, vozač, zabavljač, ej, kakva sam ja kurvica, niko to za mene ne bi pomislio, svakom bi dala pičkicu, priznaj, priznaj, priznaj. Štipkao me preko gaćica.

Plakala sam. Ti si se izdrogirao, rekla sam mu; i ne

priznajem da su ovo tvoje stvarne riječi, dodala sam. Rekao mi je da se ne glupiram. Šta su to 'stvarne' riječi? On izgovara te riječi; znači - on ih i misli, na pameti su mu, i šta ja sad tu izigravam, nekog psihijatra? Hoću li ga sada pitati i o odnosu s majkom? Stvarne su to riječi, stvarnije ne mogu biti, život je to, on odlazi i ne zna kad će se vratiti i ne može mi ništa obećati ni garantovati, i, ako bih se baš igrala psihoanalitičara, evo, priznaće mi i on sam da mu je lakše ako zna da ću odmah naći nekog novog da me vozi, jebe i zabavlja, i zato me izaziva da mu priznam, što mu ne bi priznala, ionako je sada svejedno, pa došao je za mene, vodi me u provod, izlizaće me od glave do pete, biće mi prelijepo, ostaće mi u dobrom sjećanju, ali što ne bi jedno drugom priznali da je takvo vrijeme u kom smo se našli, kada se ništa ne može obećati, i uvijek je to i bilo presmiješno - obećati bilo šta, pa zar nije tako?

Htjela sam vrištati. I vrištala sam, u sebi. Ali, nisam imala snage bilo se kakvim argumentom ubacivati u njegovo kokainsko brbljanje; ponajmanje argumentom da ga volim do neba. Ćutala sam, i pustila ga da vozi i priča. Vozio je bez cilja. Zapravo, cilj je bio pronaći neko skrovište za seks, za šta je bio napaljen kao životinja. Pustila sam ga i da mi strgne gaćice čim je, kod nekog seoskog puteljka, zaustavio auto. Za razliku od pret-hodnih puta, tog dana nije prestajao s pričom ni dok smo vodili ljubav. Išao mi je na živce. Ne znam koje je sve droge utrpao u sebe, ali mogao je svašta istovremeno raditi - voziti, jebati, pričati, lizati, smijati se - osim što, činilo se, mene uopšte nije primjećivao. Je li znao da sam baš ja pored njega? Ako jeste, zasigurno ga nije bilo briga šta sam osjećala. Zaustavljao je auto, bezobzirno se praznio u meni, po meni. Moje su jadne gaćice bile mokre od njegovih svršavanja. Spuštala se noć. Prolazila me jeza, postalo mi je hladno.

'Molim te,' rekla sam mu. 'Hajde da uđemo negdje, samo da popijem čaj ili nešto, hladno mi je, sva sam mokra.'

Skrenuo je s magistrale prema moru, opet u neki mračni puteljak. Ugasio je motor, podigao krov i upalio grijanje. Zagrlio me. Pomislila sam da je napokon koka počela vjetriti iz njega.

'Čuj,' rekao je, 'imam loš predosjećaj. Bolje da ne idemo u kuću u Budvi. Kraj ljeta nikada nije dobro vrijeme za mene. Trebaju mi pare, hoću da se smirim negdje, otvorim piceriju, neku glupost, i zato idem na put, ali . . . nemam dobar osjećaj.'

Znala sam, već mi je rekao, da ga njegovi neprijatelji žele ubiti prije suđenja organizatoru mnogih pljački i ubistava u zemlji i inostranstvu. Ziko bi na tom suđenju bio glavni svjedok. Zato je sada išao na sjever Italije, da obavi svoje poslove, ali i da se skloni. Pitala sam ga zna li italijanski. Rekao je da zna dovoljno za svoj posao. 'Znam aperto i chiuso,' rekao je i smijao se. A poslije toga, neko će vrijeme boraviti u mjestu Villagio Secchia, skroz gore prema Austriji, u sred ničega. Znao je tamo neke dobre ljude. Dosadan život, a, opet - dobra konekcija sa Modenom, Torinom i Milanom. 'Ako vidim da moram predugo ostati,' rekao je, 'poslaću ti poziv da dođeš kod mene. Ako hoćeš. Ali zašto bi došla? Bolje da ne dolaziš. Niko ne smije znati gdje sam, nikome ne bi smjela reći gdje ideš. Premlada si mi za te zajebancije. I,

166

tako, lakše mi je sada da te ostavim. Ostavljam te, dakle. Ostavljam te, ljubavi. Ostavljam te samu, bez ičega od mene. To je baš pizdunski, znam. Nisam bio fer prema tebi, pogrešno je bilo vrijeme. Sve je pogrešno. Boli me to. I zato, evo, donio sam ti neke pare, šta ja znam. Ne znam šta drugo da ti ostavim.'

Izvadio je svežanj njemačkih maraka iz pretinca kod volana. Odgurnula sam mu ruku kada mi je pokušao dati te pare, uvezane lastikom za kosu. Brzim pokretom uzeo je moju torbicu sa poda auta, utrpao svežanj u nju. 'Ne zezaj,' promrmljao je. 'Zadrži to.'

Pare su ostale u torbici. 'Onda ću od njih kupiti kartu, kad budem dolazila kod tebe,' rekla sam.

'Ima tu dovoljno. Ima i za kartu, a ima i za tebe, samo za tebe,' rekao je. 'Nemoj davati bratu, jer će ih sve droga pojest'. Dobro ih sakrij.'

Ostali smo tako još par sati, u njegovom autu. Položila sam glavu u njegovo krilo, skoro sam zaspala. Slušali smo radio dok nam sva ta *dance* muzika nije dosadila. Stavio je kasetu, svakave ex-Yu hitove iz osamdesetih; nismo mnogo govorili. Komentarisali smo muziku, pjevušili. Ziko je imao lijep glas. Izgledalo mi je kao da zapravo neće sljedećeg dana otputovati. Pomislila sam da se predomislio. Bilo nam je tako lijepo tamo, na puteljku za nigdje, gdje smo bili sami, s muzikom. Vjerovala sam da nikome više od toga ne treba. Ipak, kao da se i sam prisjetio skorog putovanja, iznenada je, negdje pred ponoć, upalio farove auta. 'Moram rano ustati,' rekao je i odvezao me natrag, do moje zgrade. Tamo mi je, na rastanku, na usne spustio nježni, tužni poljubac koji nikada neću zaboraviti.

Danima sam sjedjela kući, čekala da telefon zazvoni. Naš je telefon ionako rijetko zvonio. Nestrpljivo sam prekidala razgovore sa tim rijetkim i nepoželjnim pozivačima, da bi linija bila slobodna za Zika. Nije zvao. Sjećam se, brat je tih dana bio mnogo loše, gotovo na samrti. Majka i otac nisu na mene obraćali pažnju, vodili su ga svakoga jutra u morački manastir na odvikavanje, pa onda uveče išli po njega. Nisu imali srca ostaviti ga tamo nekoliko mjeseci ili godinu dana. Njihov razmaženko.

Ostajala sam kući sama, nisam nigdje izlazila. Počela sam nazivati broj Zikove majke, tamo gdje sam ga prije najčešće pronalazila, i spuštala sam joj slušalicu. Jednom mi se učinilo da u pozadini čujem Zikov glas i ostala sam na vezi, osluškujući. Mislila sam: vratio se, i nije mi se javio. Njegova je majka pokušavala prekinuti poziv, ali nije uspijevala, jer sam ja nazvala. Spuštala je slušalicu, dizala je, a ja sam opet bila tamo, s druge strane, i tiho sam disala, osluškujući je li to Ziko kod nje u dnevnoj sobi. Počela me psovati i kleti, a onda se požalila osobi koja joj je bila u gostima, obraćajući se tom čovjeku njegovim imenom. Ja sam napokon dobila potrebnu informaciju - da to nije bio Ziko - i spustila sam slušalicu. Ali još sam bila ljuta. Zašto nije zvao? Odlučila sam kazniti Zika tako što ću otići u grad i kupiti sebi neke skupe stvari od para koje mi je ostavio, a koje sam držala sakrivene vrećici uložaka za menstruaciju, koju još nisam dobila, od njegovog odlaska.

Kupila sam farmerice, džemper, haljinu, cipele s visokom štiklom i jedne čizme. Zaista sam se bolje osjećala. Sve to kod šanera koštalo je samo dvjesta-pedeset maraka. Bio je tek septembar, dani još uvijek topli, puni sunca. Pomislila sam kako bi ih Ziko i ja lijepo skupa provodili. Na plažama, u konobama. Otišla sam kući, brzo se presvukla u novu haljinu i štikle, i odjurila van, zamišljajući da ću, u šetnji gradom, njega sresti. Osjećala sam uzbuđenje, laganu vrtoglavicu, težinu u grudima. Željela sam ga. Hodala sam po gradu, srela neke prijateljice, otišla s njima na piće, platila im piće, naslušala se komplimenata, smiješila se svima. Prolazili su sati, a ja se nisam htjela vratiti svojoj tužnoj, mračnoj kući, s bratom-ovisnikom na samrti, s nemuštim roditeljima zgrčenog čela. Išla sam od jedne prijateljice do druge, ispijala kafe, gledala u šolje, ponešto pojela na brzinu. Jedna od tih prijateljica u šolji mi je vidjela neki vrijedan poklon iz inostranstva, meni namijenjen ali nikada uručen. Smijala sam se. Nagovorila sam je da odemo u 'Tajnu', klub-kafanu, sve je to bilo isto tada, kafane, klubovi, slušali su se narodnjaci, pilo se i lomilo, baš sam to htjela.

'Tajna' je, kao i obično, bila puna političara i krimosa. Mogla sam prepoznati sve te face. U jednom od separea sjedio je i predsjednik sa svojim društvom. Blizu separea, vjerovatno kao obezbjeđenje, na jednoj se stolici šepurio i onaj ružni muškarac koji je prijetio Ziku kada me odveo u riblji restoran na ručak. Bilo je i mnogo djevojaka koje su igrale ispred separea, ili po stolovima. I ja sam tamo plesala do iznemoglosti, ne po stolovima, ali flertovala sam sa svima, pila. Drugarica je morala kući. Otpratila sam je do njenog stana, i napokon krenula prema svom.

Ne znam koliko je bilo sati. Ne znam jesam li bila sama na mostu. Ništa ne znam jer mislila sam samo na

Zika i ljubav sa njim; i pomalo, a opet zbog Zika, na svoje nove štikle na kojima sam tako dobro gazila, dok mi se žersej nove haljine mazio s guzom, grudima i bokovima. 'Doći će,' razmišljala sam. 'Znam da će brzo doći. Svi će se njegovi problemi magično riješiti, i on će brzo doći. Priznaću mu sve, da mi je san da živim tamo gdje i on živi, neka me preseli kod njegove majke da zajedno ona i ja gulimo krompire i parčamo kokoške i telad za zamrzivač, a on nek radi što hoće.'

I tada - u sred mojih maštarija, u suštini nevinih, u sred mog nešto manje nevinog lebdenja po slabo osvijetljenom mostu - neko me otpozadi kao pokupio, pomeo s lica zemlje, ščepao me za grlo i oko struka, podigao i ugurao u nekakav auto koji se odmah pod punim gasom zaletio sa mosta i jurio ravno, ravno, samo ravno, nemam pojma gdje, vjerovatno prema bulevaru, pa još dalje, van grada, dok su meni nečije ruke začepile usta, zaklonile oči, čupale me za kosu, cijepale mi novu haljinu. Batrgala sam nogama. Skinuli su mi štikle sa stopala. Bilo ih je dvojica na zadnjem sjedištu, oko mene. Grubo su mi stiskali grudi. To me jako boljelo, sjećam se. Šamarali me i udarali po glavi, ali tu bol nisam osjećala. Valjda zato što sam još uvijek bila pod dejstvom alkohola. Naprijed su bili vozač i jedan suvozač. Taj je suvozač rekao: 'Reći ćeš nam gdje je Ziko i nećemo te ubiti.'

Ubiti? Ja sam nekako očekivala da će reći da me neće silovati. Ali, ubiti? Pa što onda nisu njega ovako oteli i ubili dok je bio tu, u gradu? Što bi čekali da ode a onda mene ubili? U trenu sam shvatila da ga hoće ubiti vani, da su čekali da otputuje.

'U Italiji je,' odmah sam im rekla.

'Gdje u Italiji?' pitao je suvozač.

Prepoznala sam glas onog ružnog mladića iz restorana u koji me Ziko jednom odveo; onoga koji mi je još tada rekao: 'Valentinice, hodaš s lešom.'

'Ne znam,' rekla sam. 'Po Italiji, valjda, putuje po Italiji.'

I opet me taj tip nazvao 'Valentinice.' 'Ne misliš valjda mene da zajebavaš, Valentinice?' rekao je. 'Tvoj se dilber samo s tobom vidio prije nego što je otputovao. Mora da ti je izlanuo gdje ide, ti si njegova balerinica, vjerenica, imao je planove s tobom. Da te čujem.'

'Kunem se,' rekla sam. 'Nismo imali planove.'

'Zaustavi ovdje negdje,' rekao je taj suvozač vozaču. 'Čim čujem 'kunem se', odma' znam da mi se laže.'

Izveli su me iz auta. Bili smo u šumi, grad je ostao iza nas. Šamarali su me dok nisam pala na koljena. Onda su me udarali po ušima, po glavi. Da se na meni isprazne, ali bez tragova. Nisu sakrivali svoja lica. Bila su to obična, nepamtljiva, gruba lica, jakih vilica, oteklih arkada, uvučenih očiju; glave u tami, kratko pošišanih kosa. Samo je vozač ostao u autu, u golfu. Suvozač me nogom srušio u ležeći položaj. Legao je preko mene. 'Gdje u Italiji?' ponavljao je dok je ulazio u mene. 'Ubićemo te ako ne kažeš sve,' rekao je. 'Zašto te ne bi ubili? Bezvrijedna si.'

Ona dvojica sa zadnjeg sjedišta stala su iza moje glave. Cerili su se. Kad bih u očaju odmakla lice od suvozačevog, izvrnula pogled, ta bi dvojica mahnuli prema meni svojim pištoljima.

Suvozač je svršio u meni. 'Ubićemo te,' opet mi je

rekao. Onda se obratio svojim prijateljima. 'Ali prvo je vi jebite.'

'U nekom je selu,' rekla sam. 'Kod Modene. Ne znam kako se selo zove. Zvuči kao sekvoja, ali ne znam, života mi mog i bratovog, ne znam ništa bez to. Nemojte me više dirati, molim vas, molim vas.'

'Što da te ne diramo?' neki od njih je rekao. 'Nisi luda pa da te žalimo.'

Ipak su me silovali svi osim vozača. Više me peklo nego što je boljelo. Nisu me tukli, samo su mi po nekoliko puta uvalili svoje penise - hladne i neljudske, osjećala sam se kao da mi uvaljuju baterijske lampe ili vodoinstalaterske alatke - svršili su, odmah ustali i okrenuli glavu od mene. Vozač me poslije odvezao do ulaska u grad. Sa zadnjeg sam sjedišta uzela svoje nove cipele.

Kući su već svi spavali. Povratila sam, istuširala se, obukla pidžamu i nagutala majčinih tableta za spavanje. Haljinu sam sakrila ispod kreveta. Sjutradan sam se kasno probudila, nikog nije bilo kući. Napila sam se vode, opet povraćala, bacila haljinu u smeće. Cipele su još bile upotrebljive, ali bacila sam i njih. Navukla sam očev mantil preko pidžame, izašla da izbacim smeće, vratila se kući, popila tablete i zaspala. Kada su se roditelji i brat predveče vratili iz manastira, ništa me nisu pitali. Iako me sve boljelo, nisam imala modrice. Nigdje. Samo ogrebotine na koljenima, vrtoglavicu i bolove u ušima, vilici, zubima. Nije mi padalo na pamet da išta prijavljujem policiji. Pretpostavljala sam da sva četiri napasnika sarađuju s policijom. Golf koji su vozili bilo je policijsko auto, toliko je i meni bilo jasno.

Nakon par nedjelja, telefon je zazvonio, opet sam trčala da se javim. Bila je to Mima, moja najbolja drugarica - ona s kojom sam kao učila dok sam bila sa Zikom, i koja mi je rekla da on nije čuvar svetih tajni nego obični problematični stariji momak. Glas joj je drhtao dok mi je govorila da je Ziko ubijen u Italiji. 'Izrešetan je,' rekla mi je. 'Prosuli su deset metaka u njega. Najmanje.' Trudila se da zvuči distancirano od činjenica koje mi saopštava. Nisam joj zamjerila. Znala sam da misli da je bolje tako: pokušavala je i mene zalediti svojom hladnoćom. Ipak, njene je prave osjećaje odavalo drhtanje u glasu.

Kada je zapečaćeni kovčeg sa Zikovim tijelom napokon isporučen u Crnu Goru, otišla sam na sahranu, odvezao me brat - baš je te sedmice bio na uzlaznoj životnoj putanji, i zadovoljan sobom - ali smo se oboje sakrili iza nekog debelog hrasta. Brat nije ništa pitao, a ja sam mislila da će me Zikova majka, ako me ugleda, prozrijeti; shvatit će da sam ja izdala njenog sina, poslala pse na njega.

Nisam dobijala menstruacije. Mislila sam da je od šokova. Jednog sam zimskog jutra, mozga i dalje otupjelog redovnim ispijanjem bensendina iz roditeljskih zaliha, morala istovremeno i sebi i majci priznati da sam trudna. I da ne znam s kim sam trudna. Ali znam da je poodmaklo, rekla sam, preko pet mjeseci je.

'Poslaćemo te kod rođaka u Herceg-Novi,' rekla je majka gledajući u trpezarijski sto. 'Rodi tamo, pa radi s tim što hoćeš. Ne miješaj me u to.'

Ustala je, odnijela svoju praznu šolju od kafe do kuhinje, vratila se s krpom u ruci, i počela snažno trljati po samo njoj vidljivim flekama na stolu.

Tada sam donijela odluku da ću otići, ne samo u Herceg-Novi, nego još dalje, i nikada se ne vratiti.

Ti su mamini rođaci bili Hrvati i, siti provokacija koje nisu gubile na intenzitetu, upravo su se te zime spremali za preseljenje u Zaton, kraj Dubrovnika.

U Dubrovniku sam, u maju devedeset-pete, rodila Nikoletu-Ninu. Rođaci su me odveli u dubrovačko rodilište, tamo sam brzo izbacila iz sebe djevojčicu, bez i jednog jauka - babice su zahvaljivale Gospi na tako mladoj, ali tihoj i discipliniranoj rodilji. Odmah sam rekla da će joj ime biti Nikoleta. Sada mi se to čini tako djetinjastim, i ne sviđa mi se kćerkino ime. Ali, pobogu, pa kako ne bi bilo djetinjasto? I bila sam dijete; dijete u Hrvatskoj dok još je bjesnio rat, a moji su zemljaci smatrani agresorima. Htjela sam se uklopiti, izbrisati svoje porijeklo i djetetu nadjenuti *katoličko* ime.

Za razliku od mene, tihe, hrabre rodilje, Nikoleta je bila glasna beba, mada sićušna, poput pileta. I stalno gladna i budna. Kratko smo ostale u bolnici, nas dvije. Iz bolnice smo otišle u iznajmljenu sobicu u Platama. Od samoga sam je umora, čini mi se, počela zvati Nina, da smanjim broj izgovorenih slova, i negdje uštedim malo snage. Činilo mi se da je Nina stalno gladna i budna, ali, koliko se sada sjećam, podnosila sam to bez samosažaljevanja - valjda zbog mladosti. Ženi kod koje smo živjele čistila sam kuću, čitave dvije sezone, samo za hranu i stanovanje. Bilo je tu dosta posla, gomila stranih izvještača, turista-avanturista. Nikad dužih sezona, činilo mi se. Ni to mi nije teško padalo. Čudo je sloboda; sloboda od pogleda, komentara i prošlosti.

Dvije godine kasnije, u Cavtatu, u hotelu Croatia,

upoznala sam Gideona. On je bio gost hotela a ja sam tada radila na recepciji. Taj sam posao dobila u međuvremenu jer je jedna od mojih rođakinja promovisana u šeficu recepcije. Gideon Black došao je pogledati u kakvom su stanju veliki hrvatski hoteli koje je jednog dana, nakon rata, namjeravao kupiti. Ispričala sam mu tužnu, lažnu priču o tome kako sam se tu našla, tako mlada, s kćerkicom. U priči skrojenoj za Gideona nije bilo silovanja, samo poginuli zaručnik - predstavljen kao ratni heroj.

Gideon Black mnogo mi je pomogao. Odveo nas je u London devedeset-osme, da bi Nina po propisima krenula u englesku školu od svoje četvrte godine, a prije toga savladala engleski kao prvi jezik. I dalje nisam mogla znati čija je Nina. Ličila je na mene, i još više na mog brata, njenog ujaka Dragana. Nisam je mogla mrziti, nisam je htjela dati na usvajanje, jer postojala je mogućnost da je ona moje i Zikovo dijete, da je ona to nešto, neki dio njega što mi je htio ostaviti kada je odlazio. Toliko sam od Balkana mogla prihvatiti - dio mrtvog mladića, moje prve i možda jedine ljubavi.

U Londonu sam imala stalno prisutni osjećaj zahvalnosti. Dvadeset-četiri sata dnevno, svakodnevno, godinama tako, ja sam bila zahvalna. Gidi me htio zbog seksa. Brzo sam to shvatila; on - nikada. Još uvijek misli da me iskreno voli. Ne može me iskreno voljeti kad se nije potrudio stvarno me upoznati. Ali, ne mogu samo njega kriviti za to. Muškarci koji se zaljube u seks ne žele taj osjećaj mijenjati. Njima je to raj. Besplatan raj, misle. Naravno, ništa nije besplatno, ali neke žene - ja, na primjer - osjećamo zahvalnost i radimo stvari zahvalno i bespogovorno. Gidi me tretirao kao prostitutku. Pristajala sam na to. Ipak mi je mnogo dao - spasenje, prije svega. Spasenje mog djeteta. Bila sam njegova odabrana prostitutka. Zato, godinama nisam rekla 'Ne', kad god me htio i kako me god htio. Naručivao mi je kako da se obučem, šta da obujem, kako da mirišem, kakvu kosu želi, vaginu, usne; koju ulogu da odigram. Gadilo mi se to, ali odradila bih sve. Ponekad, u lošijim danima, kad bi mi se na licu ocrtao lagani prezir ili nezadovoljstvo, vikao je na mene, taj moj divni, uglađeni engleski muž. Derao se da sam lijena glupača. Vikao je na mene pred gostima. Ćutala sam i klimala glavom na svaku njegovu kritiku, ali nije ga ni to zadovoljavalo. Dugo je ostajao povrijeđen zbog mog prethodnog, sasvim slučajno neveselog, pristajanja na seks. U ulogu se trebalo uživjeti punog srca; ne tako malodušno, shvatila sam. Ali počela sam gubiti elan, lutati po kući, sakrivati se, zaspijevati u sobi koja je ubrzo postala 'moja', i u koju sam dovukla Ninu, da me štiti. Nina je odrasla, otišla na svoj sprat, a ja sam i dalje tvrdoglavo ostala u svojoj sobi. Dobro je, kućerina ima svojih prednosti.

Zahvalna, skromna i nesigurna, vaspitavanje Nine prepustila sam Gideonu. Njemu je to bilo zadovoljstvo, a ja je ni u park nisam znala izvesti kako treba. I Battersea i Hyde park za mene su bili preveliki, komplikovani. Imala sam napade panike da ćemo se obje izgubiti, ili izgubiti jedna drugu; čak i da ću je namjerno ostaviti samu u parku a ja ću bez okretanja koračati, koračati i koračati sve do kraja svijeta. Svoje sam strahove ispričala Gideonu. Odmah je zaposlio našu prvu dadilju-Filipinku, ali i sam je mnogo vremena provodio s Nikoletom.

Ja sam živjela za dan kada će sve crnogorsko, balkansko izvjetriti iz mene.

ZIMA 2013,
decembar pred Božić

Godinama, londonska je zima nije plašila, niti bacala u očaj. Naprotiv, donosila joj je smirenje. Dani kratki poput iluzije, i rani mrak, što se lukavo i neosjetno uvuče u kutove soba i širi onu jedinstvenu, zimsku sjetnu bliskost. Gidi i ona kući su već u četiri popodne; Nina dođe pola sata kasnije. Oko šest svi ispijaju čaj, i uz čaj jedu lagane pite, kao poslednji obrok dana. Nakon čaja Nina se povlači u svoj prostor, tamo uči ili provodi vrijeme u studiju, sama ili s prijateljicama, dok Gidi i Valle u biblioteci čitaju uz klasičnu muziku, ponekad gledaju filmove, uz konjak, viski, džin-tonik i vatru u kaminu oko koje se neko drugi pobrinuo, a ujutru će šolje, čaše i ugarke u kaminu neko drugi pospremiti. Zima je buđenje po mraku, pomirenje s nepružanjem maksimuma nikome na svijetu. Još jedno neispunjeno obećanje roditeljima da će se vidjeti za pravoslavni Božić.

Engleska viša klasa, kojoj Gidi pripada, zna da je i ljudima hiberniranje potrebno, ne samo životinjama. Oni to sebi mogu priuštiti, tu odluku da se zimi neće nervirati, da se neće mnogo truditi ni oko čega. I božićne su večere tihe, samo njih troje i Dragan, koga uvijek tada nagovore da im se vrati, barem za praznike.

Ovo je prva londonska zima u kojoj je Valle nervozna. Nervira samu sebe. Nervira je život što tutnji kroz nju, poput mahnite, planinske rijeke. Nije naviknuta nositi se s tim. Trnci su joj u nogama po čitave dane, čak i noću, kad legne u krevet; kosa joj vibrira, i stomak. Ne zna bi li se smijala ili plakala. Pravi brze pokrete, preduzima previše akcije. A Nina je počela izlaziti noću. Petkom i subotom ostaje do kasno, do dva, tri sata iza ponoći; Valle je budna dok se Nina ne vrati kući. Ne provjerava je, Gidi joj to ne dozvoljava; ali je čekaju, oboje, svako u svom prostoru.

Ujutru, pred izlazak iz kuće i odlazak na posao, Valle ljubi Gidija kao oca, mada svog pravog oca nikada nije poljubila: zagrli ga i cmokne dva puta, ostane obješena oko njegovog vrata i gleda ga u oči. Gidi prihvata igru, pomiluje je po kosi, uzvrati poljubac. Uzdahne, dok zatvara za njom vrata od kuće.

Valle odlazi do Knightsbridgea i stanice za podzemnu, brzog koraka, skoro da trči, dok joj se kovrdže i grudi tresu kroz siva decembarska jutra, prokseći im. Dugo se pod zemlju spušta pokretnim stepenicama, promaja joj divlja po licu, kosi, po vratu bez šala. Ništa joj ne smeta. S osmijehom na licu, s tihom ljubaznošću prema smrknutim licima saputnika, ona putuje do svoje kancelarije u Sackville streetu, u centru Londona, blizu Regent i Oxford streeta. Baš joj godi što pola dana mora provesti tu, u epicentru gužve i neprekidnog turizma. U toj je gužvi ona samo lice u gomili. To je prirodno stanje stvari, kao što i treba biti u velikom gradu. Ne mora se sakrivati i lagati; na pauzi, može samo izaći iz kancelarije da uhvati zraka, nešto pojede, ispuši par cigareta - i već je u svijetu iluzija, kao i svako na cesti, naročito oko Božića, kada ljudi izgledaju dobrovoljno pogubljeni, uronjeni u neku privatnu bajku iz koje, barem pred velike potrošačke praznike, žele istisnuti realnost koliko je to moguće. Stoga Valle ne osjeća grižnju savjesti, ili strah da će biti ulovljena u kakvoj laži i prevari. Pa i sama se Laureen, njena šefica, žali da je zidovi ne drže, i nagovara je na bijeg iz kancelarije, na koktel-kao-ručak, na avanturu. Laureen, tipična Engleskinja, ne gnjavi pitanjima o Stormu. Pretpostavlja da je tu nečeg bilo, nečeg ne baš profesionalnog, ali to nju raduje, ispunjava, jer šefica je trenutno u avanturističkom, *risquè* raspoloženju, i oprostiće Valli naslućeni izlet u strastvenu afericu.

A Valle zna glumiti, i zna da će se njena gluma jednom isplatiti. Zato pušta šeficu da bez nje ide u potragu za avanturama. Laže je da će ona radije ostati na poslu, završiti dosadne obaveze poput telefoniranja, nagovaranja, podsjećanja, ulagivanja, komplimentiranja i naplate. Valle sve to zaista i obavi, efikasno i brzo - jer želi sebi napraviti prostor i vrijeme za Zika. 'Ako nešto moraš hitno završiti, daj da ti to završi najzauzetija osoba,' jedna je od mudrosti njenog muža.

Ponekad se na kratko sastane sa Zikom, u vrijeme prve pauze. Izađe na pločnik ispred zgrade u kojoj radi, i on je tamo, oslonjen na svoj crveni Fireblade, ili čuči na cesti, u žabljem čučnju pokraj svog motora; priđe joj čim je ugleda, ponekad samo da bi joj rekao da mora negdje ići, možda otputovati na par dana. I ode, nestane u gužvi. Ipak, kadgod je to moguće, ugrabe se vidjeti u vrijeme ručka. Ništa se unaprijed ne dogovaraju. Ziko odglumi gradskog kurira, i ako je u blizini centralnog Londona, on kod recepcionerki u zgradi gdje Vallina fondacija ima kancelarije ostavi za nju koverat s imenom restorana u kojem će ručati. Valle cijelo jutro iščekuje hoće li u vrijeme ručka kovertu pronaći ili ne. To daje veliki smisao svakom novom danu. 'Cure moje, niste ni svjesne koliki smisao,' misli ona dok uzima papir od mladih recepcionerki. Zapravo, djevojke toga možda i jesu svjesne, jer ta je strastvena, izluđujuća neizvjesnost tako usko povezana s mladošću, i Valle je i dalje i sama u nevjerici, nije se nadala da će joj se opet u životu pojaviti slatko iščekivanje tajne ljubavi.

Ako na recepciji nema koverte s imenom restorana, Valle ne očajava. Sama odabira gdje će ručati, odšeta do tamo, uz plamteću nadu da će je Ziko ipak pronaći. I pronašao je, nekoliko puta. Pojavio bi se, a njeno bi srce poskočilo poput gumene loptice. Kratko bi vrisnula, kao da svaki put, iznova, vidi duha. Bila je to najljepša igra na svijetu. Ili barem u njenom životu. Voljela je popiti po dvije čaše proseka uz ručak. Pričali su, ili samo sjedili u tišini, posmatrajaći jedno drugo s osmijehom. Ziko bi je ponekad motorom odvezao u svoj stan i vodili bi ljubav tamo; ponekad bi se provozali po gradu; sjedjela je pripijena uz njegova leđa, na malom, podignutom sjedištu za sitne suvozače na Firebladeu koji su morali, pored malog rasta, biti i prilično neustrašivi, da se tek tako vozaju na tom sjedalu, poput mačke na tankoj grani. Valle nije znala da može biti neustrašiva. Mogla je, uz Zika. Njemu je potpuno vjerovala.

Onih dana kada se ne bi pojavio, Valle bi pretpostavila da on nije u Londonu. Slali su ga u Ameriku, često; ponekad u Irsku, ili u Bonnyhead, u Škotskoj, tamo je valjda bilo istureno odjeljenje njegovog tima; po jednom u par godina u Rusiju. Ovoga je decembra bio u Bloomsburyju - studenti su opet imali proteste. Pričao joj je o tome; o policajcima koji gube živce, i veoma su različiti od njega, ne vide daleko, a i slabije su plaćeni, teško mu je sarađivati s njima.

Ljubav sa Zikom udahnula je romantiku u njen odnos s ostalim članovima obitelji. I Zika je smatrala članom porodice. Opet je zavoljela kupovanje božićnih poklona, mirisne svijeće, prskalice, vilinska svjetla i dekoracije; radovala se kićenju bora i kuvanju komplikovanih jela; ugošćavanju ljudi, ispijanju kičastih alkoholnih pića; biranju nježnih poklona za koje je znala da će se primateljima baš ugoditi.

Poslednji je dan prije početka praznika. Na ručku su u 'Zafi' restoranu - Ziko i ona. Prvi put su tu. Restoran je italijanski, ugodan, hrana osrednja. Gidi tu sigurno nikada neće doći i dovući svoje društvo - 'Zafi' je u podrumu zgrade Selfridges robne kuće. Valle gotovo može čuti Gidijev prezir, koji počinje iščuđavanjem oko imena restorana. 'Kao da je kopile od *Zafferana*,' sigurno bi rekao. 'Pa to ne može biti dobro.'

Ziko je naručio teleću šniclu, rastegla mu se preko ruba tanjira. Kada je s njom kao da je na odmoru, kaže joj. Kada je ona pored njega, on gubi tu svoju čudnu vještinu za koju je dobro plaćen. Valle zna da on obožava svoj posao, da će se time baviti do smrti. Do prave smrti. Upravo joj govori kako će podučavati 'guštere' koji posjeduju njegov dar, kako da ga najbolje iskoriste. I možda ne samo 'guštere', kako ih on naziva; možda će i 'civile' podučavati, jednom, kada bude prestar za motor i ulice. Ona je već navikla da se razgovori s njim šire pomalo natprirodnim načinima, poput magle preko londonskih mostova. Ziko, ovaj londonski Ziko, polako izgovara riječi, nerijetko ostavljajući toliko prostora između njih, kao da želi provjeriti ima li Valle dovoljno strpljenja za njega. Naravno da ne želi to provjeriti. On ništa od nje ne očekuje, ne traži. Samo se prepušta. U početku joj je njegov način govora bio neobičan, ali više nije. Sjetila se da je i prije mrzio viku i dramu, jedino mu je ritam bio drugačiji - imao je plimu i oseku cetinjskog akcenta, sada izgubljenu među stijenjem engleskih konsonanti.

'Misliš da mnogo ljudi posjeduje taj dar?' pita ga Valle.

'Da, mislim', kaže Ziko. 'Svi to imamo. Samo što sam se ja iz mrtvih vratio otvorenih ventila. Osjećam, vidim, namirišem, tragam. Možda sam više životinja nego čovjek, jer mi smeta premnogo priče, ljudskih glasova. Kod ekipe, kod kolega, poznat sam kao čovjek koji može sve da pronađe, da namiriše sve što je izgubljeno. Tako da - možda sam pronašao tebe. A možda ti mene.'

'Možda si ti na mene nabasavao, hoćeš reći? Ili mi se namještao da te nađem? Svjesno ili nesvjesno?'

'Otkud znam. Viđao sam te, naravno. Naše su intuicije sakrivene u nama pod maskom želja koje se ispunjavaju na totalno uvrnute načine. Imala si takva iskustva, sigurno. Znam samo da je svijet spiritualan i sve će nas više biti svjesnih toga. Ti si, recimo, već na tom putu.'

184

'Ja?' pita Valle. 'Ja baš nisam. Nemam povjerenja ni u kakav svoj predosjećaj. Čak vjerujem da je uvijek najbolje uraditi suprotno od onoga što mi instinkt govori.'

'Ljubavi,' Ziko joj stisne ruku položenu na sto. *It takes a spirit to find a spirit,* kaže joj tako. Samo duhovi vide druge duhove. 'Zato si me našla. Prešla si na drugu stranu. Hoće to tako kada se živi dvostrukim životom u stranoj zemlji. U početku to loše izgleda. Ali, nije to loše. To je duplo življenje. Shvatićeš.'

'I, kad shvatim, šta ću s tim?' nasmije se Valle. 'Zaposlićeš me u službi, kod sebe?'

Ziko se nije smijao. 'Znam da ubrzo neće biti tajna da u službi rade ljudi s posebnim sposobnostima,' govori joj. 'Zapad će se valjda okrenuti prihvatanju duhovnosti, ili će ga progutati mrak. To ti je raskrsnica budućnosti. Zapad ima blagostanje i uticaj. Kad se ima blagostanje razvija se spiritualizam. E, treba ga širiti dok se ima uticaj. Volio bih do tada ostati dovoljno snažan da mogu dalje prenijeti moje znanje i iskustvo.'

'To sebi vidiš? Budućnost učitelja?'

'Ne kada sam s tobom,' nasmiješio se. 'Ali da, vidim to.'

'Žao mi je što ti baš ja ubijam tu sposobnost,' kaže Valle. 'Vidiš da nisam mnogo duhovna, ipak.'

'Opusti se. Jedan je dio mene ubija kada sam s tobom. Mogao bih se posvetiti otkrivanju razloga, ali nemam vremena. A i ne želim. Možda -

'Možda šta?'

'Možda još uvijek želim samo tebe kada sam s tobom. Danas želim baš dugo da sam s tobom. Nemoj se vraćati na posao.'

Valle na trenutak pomisli kako ni ona kada je s njim

ne može vidjeti ništa drugo, čak ni uprošćenu, blisku budućnost, one rutinske obaveze: hoće li stići na sljedeći sastanak, kupiti poslije toga nešto u Whole Foodsu, takve stvari. Vidi samo njega, usliši svom nagonu - i njegovom - i onda čeka. Na njega. I tako dan za danom. Noćima: spavanje bez pravih snova, uz poneki grč u nogama ili osjećaj propadanja. Ništa dalje od toga.

Kasnije, kod njega, zagrljeni i goli, leže na kauču. Nije se vratila na posao. Znala je da se neće vidjeti više od mjesec dana. Gidi će nju i Ninu za Božić i Novu godinu voditi na Maldive; a kada se vrate Ziko neće biti tu, sve do februara.

Ziko je grli, čvrsto priljubljen uz nju. Zariva ruke u njenu kosu, nježno, kao da je masira; ona njega miluje po ožiljku kraj usne. On zna biti tako miran, držati je pri sebi, poslije ljubavi dijeliti mir sa njom. Savršeno se uklapaju njihova tijela; ujednačeno dišu. Valle ne želi to pokvariti glupim pitanjem bi li joj on ipak sada dao broj svog mobilnog telefona, ili barem kućnog, da mu samo može glas ponekad čuti. Ili, sebično, poslati fotografiju sebe. Ništa ne pita jer u njene misli, kao iz velike daljine i kroz maglu, uplovljavaju nečiji stihovi. Nešto kao:

Po odajama morskim dugo smo prebivali...s djevama morskim...dok glasovi nas ljudski ne probude, a onda smo potonuli...

Da, gotovo je sigurna da su baš tako zvučali ti davno pročitani stihovi, ali nikako se ne može sjetiti ko ih je napisao. I mozgala je i mozgala o tome, ko je bio stihoklepac, ime joj je bilo na jeziku, na ivici kore mozga ili neke pretkomore, grebala je po tački ispod koje će sinuti ime autora - pogrebi i pomiriši, pomislila je - ali tako ušuškana u Zikov zagrljaj, ipak se nije sjetila.

'Smrt nije strašna,' šapnuo joj je Ziko tada. 'Smrt je magična i mirna, poput ovog trenutka.'

* * *

Na Badnje veče, u kući na Eaton Sq, kod njih su na večeri ujka-Dragon, Dikki i Dikkijeva djevojka, Iris. Stari glumac i njegova mlada djevojka sve su češće u Londonu. Valle se svemu tome veseli, čak i druženju sa Iris, za koju, kada je ugleda na vratima, pomisli: 'Dobra, stara Iris - uvijek tako nevesela, ali od glave do pete u zlatnim detaljima,' iako je prije ove večeri samo jednom vidjela. Ali Valle kao da zna baš sve o njoj; zna da je Iris negdje do petnaeste godine živjela u prebrojnom plemenskom savezu, u blatu kakve vlažne ruske zabiti kojoj naravno nikada neće ni ime spomenuti. *Well*, da nije 'samo malo niža od metar-sedamdeset' (laž u koju sada i sama vjeruje), i Valle bi, u tim godinama, imala istu priču odbjegle manekenke. Ovako sićušna, bježeći iz svoje zabiti, s mnogo 'prtljaga', a bez diplome, najsigurnije joj je bilo prvo se udati, pa onda plėsti priče. Znala je kakvog muškarca treba: starijeg, otmcnog i suzdržanog; zavoljela ga je lako, već u mislima. Onda ga je i pronašla; i postala Mrs Gideon Black. Iza takvoga se imena mogla dobro sakriti. Moglo se dugo tako živjeti; ali ne zauvijek.

Iris na usnama ima zlatni karmin koji bi većini žena komično stajao, ali njene ga lijepo izvajane usne - ni tanke ni debele - čine živim. Obučena je u dugu zlatnu haljinu od čupave viskoze koja se vuče po podu. Preko ramena nabacila je kratku bundu puder boje - opet nekako zlatnog odsjaja. Haljina ima izrez preko lijeve noge skoro do struka, i dekolte dubok skoro do pupka. Iris ta haljina izvrsno stoji, ne pomjera se čak ni dok se djevojka naginje da poljubi Valle, skida bundicu sa sebe, i odlazi prema sobi za prijeme veličanstvenim, zvučnim korakom. Valle se pita je li haljina nekim posebnim eko-ljepilom zalijepljena za osunčanu kožu mlade žene. Brzo baca pogled na Irisine ruke, i u njima primijeti kroko-dil-torbicu neodređene marke. Zadovoljno se nasmiješi - torbica nije zlatna - što znači da je ona za mladu ženu odabrala savršen poklon.

I Dikki je osunčanog tena. On i Valle nisu se baš rastali kao veliki prijatelji nakon one večere, ali podra-zumijeva se da to je bio samo govor alkohola, kada se iznose činjenice što malo zabole, pecnu, no ne promi-jene odnos ljudi koji i nisu imali dubok odnos, a nikada ga i neće imati; odnos koji treba držati na onom nivou gdje stariji muškarac, dugogodišnji prijatelj tvog muža, tebi kao mlađoj ženi udjeljuje dvosmislene komplimente, a ti mu govoriš da je lud. Dikki na sebi ima kaput od kamilje dlake i previše otkopčanu, bijelu košulju, čija je bjelina u tonu s njegovim zubima. Dikki do smrti neće iznevjeriti svoj imidž kič-ljubavnika, a i zašto bi? On ljubi Valle, tri puta u kutove usana. Nadlanicom joj, kao slučajno, preleti preko grudnjakom nezaštićene bra-davice dok joj na ulaznim vratima uručuje bonsai-drvo narandže, u čiju je saksiju smjestio četiri poklon-koverte s natpisima Harvey Nicholsa. Četiri. Sjetio se i Dragana. Vallini se obrazi zažare od zadovoljstva. Oprostiće mu čak i hvatanje za bradavicu. Štoviše, srećna je što i ona ima lijep poklon za Dikkija i njegovu Iris. Njemu Georg Jensen narukvica, a za Iris - zlaćana Prada torbica.

'Krasno izgledaš,' šapuće Dikki. 'Blistaš. Kriješ nešto, ja sve vidim.'

Valle se nasmije. 'Zapravo sam otkrila kuvaricu u sebi,' kaže. 'Svašta vam spremam za večeru.'

'Ne valjda u toj haljini?' pita Dikki, i rukom pređe preko Vallinog struka sve di polovine boka. 'Kakva divna nijansa crvene. Toplo, podatno. Svila i kašmir?'

'Dikki,' kaže mu. 'Ima kod nas jedna izreka. Sto godina -'

'Neodoljiva si, a još i kuvaš,' prekine je glumac. 'Oprosti, draga, ali nisam ti večeras u fazonu staroslovenskih izreka. Gidi!' naglo poviče. 'Moj stari ratni druže, dođi izbavi me od ove tvoje opasne žene!'

Gidi je u sobi za prijeme, sa Iris. Stari ratni drug stari je džentlmen, prije svega. Dame se nikada ne ostavljaju same. Valle kroz krošnju bonsai drveta sa sitnim plodovima naranče vidi muža kako sipa neki prozirni aperitiv u kristalnu čašu s porodičnim grbom; za specijalnu gošću, mora da je rekao pritom.

'Da ti pomognem, sestrice?' pita je Dragan koji se odnekud - vjerovatno iz svog 'podzemlja'- stvorio u holu ispred nje. Lijepo je obučen: tamnoplavo odijelo, bijela košulja. Nije se obrijao, ali lice i kosa svježe su oprani, hvala Bogu.

'Odnesi ovo drvo u dnevnu sobu, molim te. Stavi ga na komodu pored bora,' kaže mu Valle. 'Ima tu i poklon-vaučer za tebe. I, nemoj sada otvarati koverte.'

'Uvijek kažeš riječ previše, Vaki, uvijek. Tako povređuješ ljude. Ili samo mene? Pa nisam baš tol'ki idiot, da bezglavo trgam poklone prije nego što se svi napijemo.'

'Oprosti.'

'Malo si mi o-ka-pe, a?' pita je Dragan. 'Jesi okej? Je l'
te uhoda još uvijek progoni? Nisi ga dovodila kod mene
na provjeru ajdentitija.'

'Sve je pod kontrolom,' kaže Valle. 'Osim prženih cvje-
tića. To je predjelo. Prženi *fiorelli*. A ne kuvani. Moj izum.'

'Samo ti bježi u kuhinju,' govori brat za njom dok ona
već navlači kecelju preko haljine. 'Iznad šporeta, sama sa
svojim mislima. Stari ženski trik.'

Dragan je u pravu. *Fiorelli* su izgovor za još posla
u osami kuhinje. To je i bio njen cilj, i zadovoljstvo što
ovoga Božića ugošćuje više ljudi: uz čašu šampanjca
smještenu pored šporeta i uredno dopunjavanu, Valle se
planira neprestano i brzo kretati po kući, udovoljavajući
gostima, dok će joj u srcu plamtjeti čežnja za Zikom.

'Samo da znaš,' Dragan joj šapuće na uho, iznad ulja u
kojem cvrče cvjetići. 'Ja se raspitao. Neko ko stvarno ima
sposobnosti, te kao ta tvoja uhoda, ne može ih tek tako
gubiti u nečijem prisustvu. Elem, ako ti meni nisi izmis-
lila čitavu priču - izmislio je taj tip tebi. Miči budalu od
sebe.'

'Okej, okej,' Valle se smije. 'Miči se ti od ove šerpe s
uljem, izgoreće ti brada.'

Dobar je ovaj Božić. Napokon i to da dočeka. Kuća na
Eaton Squareu oživjela je, ispunjena miazmom pomije-
šanih glasova, smijeha, muzike i mirisa svijeća, parfema,
pečenja i prženja. A samo je ona za to odgovorna. Razlog
za poduhvat oživljavanja kuće večeras će zanemariti. Kao
što je rekla bratu: uhoda je pod kontrolom. Duboko u
njoj.

Fiorelli, cvjetići od tjestenine, s bundevom i pinjola-
ma, hrskavi, brzo prženi u maslinovom ulju, njena je to

zamisao, njena varijanta grickalica uz aperitiv, umjesto sveprisutnog sirovog povrća i humusa, ili tortilja čipsa i raznih umaka. U rerni se još peku ćureći bataci premazani medom i ružmarinom, s krompirom, lukom i paprikama. Čorba od brokolija, Gidijeva želja, već je gotova, samo joj treba uvaliti listiće artičoke i loptice rikote. I dezert je gotov: vanila *cupcakes* za Ninu, ukrašeni čokoladnim notama, gitarama i mikrofonima (ukrasi kupljeni, ostalo domaće); za odrasle: štrudla s jabukama i cimetom, kao što je pravila njena majka, osim što je Valle smislila i dodala tajni sastojak - mrvicu javorovog sirupa, da zamijeni šećer. Bilo je tu dosta posla, ali manje nego što je Valle - do ove godine, sasvim neiskusna praznična kuvarica - očekivala. Sav se taj posao po kuhinji, uz dobar kuhinjski pribor, mogao strpati u dan i po. Ništa za nekoga čiji organizam neprestano treperi, ove zime.

Valle odnese jednu zdjelu hrskavih cvjetića u dnevnu sobu. Tamo svi, osim Nine, još uvijek stoje - između kamina i bora do plafona koji je sama dovukla sa Farmers Marketa, i okitila ga domaćim biskvitima s glazurom bijelom poput snijega - i smiju se nekoj Dikkijevoj anegdoti, dok u rukama stiskaju čaše s pićem. Nina sjedi na jednoj od sofa, pored koje odbačen leži par njenih baletanki. Gole je noge podigla na sofu i podvila pod stražnjicu, jedva prekrivenu prekratkom haljinom koja je, na drugi pogled, zapravo malo svečanija tunika; nervozno gricka donju usnu dok kucka neku, reklo bi se, veoma dugu poruku na svom telefonu. Mladi jadi. Sve će to proći, poželi joj reći Valle, ma ko da je u pitanju. Draga kćeri, tvoje se ljuska nije još ni raspukla do kraja. I neka nije; bolje da se što kasnije raspukne. Valle poželi zagrliti i poljubiti svoju kćerku, zaštiti je poljupcima i zagrljajima. Možda je prekasno za to. U svakom slučaju - sada to uraditi bilo bi previše javno.

Valle pije i dok služi goste, ne jede ništa, samo pije, želi dovesti sebe do stanja potpunog ushićenja. Starog glumca to oduševljava, Iris je ravnodušna, Nina kucka po telefonu, a njen Gidi i Dragan sumnjičavo je posmatraju. To joj je posmatranje najlakše prekinuti time što će Ninu zamoliti da odloži telefon, barem kada je za stolom.

Nina se mršti, 'Mrzim *cupcakes*', kaže joj. 'Zašto misliš da zauvijek imam sedam godina i da ću zauvijek jesti cupcakes, to su najgrozniji kolači, kao da sam pojela ušećerenu gumu od auta. *Fff-reak-cakes*.'

Valle bi tako rado skočila sa stolice, hitro, brzo poput bljeska munje, uhvatila kćer za potiljak, zabila njen mali nos u tacnu natrpanu kolačima s debelom kremom od vanilije na vrhu. Pokazala bi joj ko je tu majka, koga se mora slušati i poštovati.

Po običaju se suzdrži.

'Šta je stvarni razlog mržnji?' pita, uz široki osmijeh, pokazujući time toj svojoj maloj da zapravo ne želi čuti nikakve loše vijesti ove noći.

'Ništa. Izlazim večeras', Nina joj prosikće u lice, kao da priželjkuje šamarčinu. Valle slegne ramenima. 'S prijateljicama', pojasni, sada već ublaženim tonom.

Valle joj ne vjeruje, ali ona nije ta koja joj može zabraniti izlazak, to može uraditi Gidi koji se upravo hvata za želudac, traži od nje Rennie tablete, prejeo se, bilo je tu svega, govori, previše putera, prženja, znaju Italijani zašto se torteline kuvaju a ne prže.

'To nisu torteline', govori mu Valle dok Nina ustaje od

stola i saopštava svima da odlazi. 'To su fiorelli.'

Gidi joj govori da nije stvar u nazivu, Valle uzvrati da jeste stvar u nazivu, u poznavanju pravog naziva, tu se krije tajna.

'Ma kakva prokleta tajna?' viče Gidi. 'Opet izvaljuješ gluposti. Ovakva se jela ne prže!'

Valle slegne ramenima u nadi da će Gidi prestati. On ne prestaje, mrzi je sada, zlobno govori da je u tome razlika između njega i nje: ona misli da se svega prva dosjetila, svojom bahatošću poništava sav prethodni ljudski rad, trud i umijeće; dodaje da je to zato jer ni za šta nije školovana, nema strukturu, sve u životu smišlja u hodu. I kćerku je tako htjela podizati, no tada je barem bila i ona dijete. Trebalo je od tada 'porasti', a za odrastanje, za odrastanje *tu* - Gidi svojim kažiprstom lupka sljepoočnicu - ipak je škola najvažnija. 'Škola *zna*, i njena je funkcija da to znanje prenosi, to znanje da za sve postoji valjan razlog. Pa nisu Italijani glupi, imaju vjekovno iskustvo u spremanju hrane, i znaju - da je tjesteninu dobro pržiti, odavno bi je pržili.'

Dikki pokuša domaćicu odbraniti upadicom da svijet mijenjaju ljudi koji mijenjaju ono što je naizgled nepromjenjivo.

Valle glumcu želi reći da se ne mora truditi oko odbrane domaćice - *Welcome* u stvarne porodične odnose ovdje, Dikki.

Gidi prezrivo odmahuje rukama. Gle' kako odvratno mlatara tim rukama starca.

'Svi moraju znati znanje,' govori Gidi. 'Pa tek onda provocirati svojim talentima. Nikoleta, zapamti ovu scenu, i uči, dijete moje.'

Valle želi vrisnuti 'Nikoleta čak i nije dijete tvoje, ti, stara budalo!'

Vrisak proguta kao knedlu - prženu knedlu, ha ha - pitajući se, dok se njena Nina prezrivo osmjehuje, jesu li ti njeni ukućani uopšte svjesni da joj svojom nezahvalnošću, svojim omalovažavanjem i histerijama, samo olakšavaju savjest, tjeraju je iz ove velike kuće u jedan mali stan zagušen itisonom? Kad bi samo znali koliko ona uživa u njihovoj slabosti što se pretvara u ljutnju i uvrede. Ona tu slabost sakuplja poput kišnice, da je iskoristi u vrijeme suše motiva.

Valle ustane i ode do prozora od kuhinje da špijunira Nikoletu, baš kao i njeni roditelji što su nju špijunirali nakon što bi izašla iz stana. Želi vidjeti gdje to njena kćer odlazi, u kojem smjeru. Vidi je da ulazi u nebo-plavi Mini Morris koji kroz noć i maglu oko sebe širi metalni odsjaj te vedre boje. Isti je kao Stormov, ta metalik-plava nijansa; valjda je sada takav Mini moderan. Nikoletine malobrojne prijateljice ne voze, ili barem do sada nisu vozile, ali ko će ga znati, pred očima joj je slika nje i Zika, i kako je ona ulazila u njegov auto, koljenima, kao i Nina sada. Genima se ništa ne može zabraniti.

Valle je sada sigurna u to: Ziko je Ninin otac. U trenu, ona to jednostavno zna. Pa naravno da joj je on otac, a ne nijedan od onih bezličnih 'ostalih'. Na licu njene kćerke nema ničeg brutalnog. Čak i kada ga Nina unakazi šminkom, to je lice satkano od mekanih obrisa. Sada, kada je Zikovo lice izmijenjeno ranjavanjem, pa godinama, čak i plastikom, Valle je prilikom njihovih susreta više pažnje pridavala nekad manje važnim detaljima: ušima, dubini pogleda, pokretima. Mislila je da te detalje, koji su ostali nepromijenjeni, kod njega prepoznaje od prije; možda, ali prepoznavala ih je i od skorije - bili su to detalji koje je sa Zikom dijelila i njena kćer.

Valle ga mora večeras vidjeti. Ne može biti sama u trenutku ove spoznaje. Mora to oko zajedničkih detalja, oko zajedničke prošlosti, uopšte svega što ih veže, podijeliti s pravim ocem svojeg djeteta. Otići će kod njega, odnijeti mu onu ukradenu balerinicu, time mu pokazati da je bila i kod njegove majke, koja je baka njihovoj Nini.

Dragan se prikrade iza nje.

'Nina ima dečka,' govori joj u uho na njihovom jeziku. 'Opusti se, ona i ja pričamo o svemu. Mene više ti zabrinjavaš.'

'I hoću da odem od vas,' Valle želi reći. 'Iz ovih stopa da odem. Jer ja sam mlađa od Nine sada,' želi vikati. Neće ništa od toga izgovoriti. Neće dozvoliti nijednoj emociji da prevlada.

'Ne brini ti za mene,' glasno izgovara, umjesto krika koji joj nadima grudi, krika da je svi ostave na miru, nahranila ih je, napojila, donijet će Rennie tabletu svom starom, odvratnom mužu, bratu je već rekla da ne mora brinuti, ali ona sada mora otići, pobjeći kod Zika, reći mu da imaju dijete, da je njihova veličanstvena, luda ljubav proizvela prelijepu Nikoletu. Vodiće ljubav s njim, zamoliti ga da je vozi kroz londonsku prazničnu, tihu noć na svom motoru, s crnom kacigom na glavi, iza koje je nikada niko neće prepoznati.

U kuhinji, ona iz jedne od ladica vadi kutiju tableta za probavu, odnese to Gidiju.

'Ne brinite za mene,' opet kaže, obraćajući se svima.

'Odoh malo na zrak, vratiću se brzo, na vrijeme za kaficu ili čaj.' Žao joj je što više nemaju Gordona i Loru, Labradore koje je trebalo izvoditi, i na čiju je dlaku Nina, ispostavilo se, bila alergična, pa su ih morali poslati na selo. Gordon i Lora bili bi savršen izgovor za noćne šetnje.

Brat je uhvati za nadlakticu. 'Ne,' oštro šapne prema njoj, kao da je ona njegov pas koji treba dresuru. Valle se bori za slobodu, hoće van, otrgne se iz stiska bratove šake, grabi prema svojoj sobi, da uzme srebrnu figuricu balerine, i neku jaknu.

'Ne,' ponovi brat. 'Nemoj ići napolje u tom stanju.'

'Pusti je,' poviče Gidi za njima. 'Moraš je pustiti. Samo, molim te, reci joj da se pazi upale pluća.'

Valle se okrene još jednom, s osmijehom zahvalnosti na usnama, vidi da glumac Dikki sve to posmatra s oduševljenjem. Ona mu poželi čestitati na spremnosti da centar pozornice te noći prepusti ostalim učesnicima predstave. Iris se dosađuje, ništa ne primjećuje, sada je ona ta koja kucka po svom telefonu. Uskoro će valjda otići da povrati sve što je pojela.

* * *

Valle je pijana, lebdi kroz noć poput odlutale kurvice, na štiklama, u haljini pripijenoj uz tijelo i u staroj jakni u kojoj je nekada šetala pse. Hoda unatrag, očekujući da se kroz mrak i maglu probije osvijetljena pločica slobodnog taksija. Nije joj hladno, opet je stalno topla, kao one godine prije nego što je Ziko ubijen-neubijen. Nije ponijela telefon. Ziko i ona nikada se ne zovu i ne dopisuju. Mada joj je moglo biti lakše s telefonom uz sebe sada, zbog one aplikacije za dozivanje taksija. No, nema veze, ako ništa ne naiđe, hodaće do Zikovog naselja. On će je vratiti. Samo što joj hodanje do tamo oduzima dragocjeno vrijeme tokom kojega bi ona radije ljubila Zika, bila u njegovom naručju, ispod njegovog tijela i mirisa, bila glina u njegovim rukama, ili mačka sklupčana u njegovom krilu.

'Taksi!' razdere se kroz noć kada ugleda osvijetljen natpis.

U taksiju shvata da kod sebe nema ni prebijene funte. Počne panično pretresati džepove stare jakne. Od pronađenih sitnih kovanica uspije sastaviti skoro četiri funte, iznos koji je taksimetar već prešao. Negdje kod sedam funti, taksi je blizu Zikovog naselja. Osam i po funti, i on je parkiran ispred kapije. Valle svojim zaslađenim glasom zamoli taksistu da je sačeka par minuta. Taksista vrti glavom, sumnjiva mu je. Sviđa joj se što je sumnjiva jednom taksisti koje se svačega nagledao, mora da se vidi da je pijana, pa još ovako raščupana, na štiklama. Izađe iz vozila, prođe kroz kapiju naselja koja se nikada ne zaključava, hrabro se prošeta pored bučne grupe mladih ljudi koji puše i duvaju ko-zna-šta, praznik ili ne, njihov je život uvijek i samo ta ovisnost, ona ih dobro razumije, ne osuđuje ih. Nije istina: osuđuje ona i njih i sebe, ali uvijek traži opravdanja. Samo još večeras, kaže sebi, još jednom mora vidjeti Zika, a onda će imati više od mjesec dana sanjarenja o njemu, sumnje, straha, čežnje.

'Bejbi!' čuje povik, ne okreće se. 'Bejbi,' opet, i to je njegov glas, ovog puta izmijenjen, obojen intonacijom zajedničkog im jezika. Okrene se i vidi ga, čuči poput žabe. Od onoga dana kada je bio sav modar od 'sparin-govanja' Valle je primijetila da mu čučanje lakše pada od stajanja. Svi u toj grupi, pa i on, imaju kapuljače navučene skoro do očiju. Ali ona im ipak vidi oči. Svi gledaju u nju. Ziko glumi da je pripadnik bande iz kraja.

'Hej, bejbi, šta radiš, gdje ideš?' Ziko-Toby pita je na engleskom, ustajući iz žabljeg čučnja. Dok hoda prema njoj, obješenjački, ona se kratko nasmije njegovoj ulozi problematičnog kvartaša. Naglasak mu je savršeno pogođen, centralni London bez mnogo škole.

'Gdje idem?' odgovara ona, istovremeno ga, tim jednim pitanjem, pitajući mnogo više, poput: *Možemo li kod tebe? Šta radiš tu s ovim ljudima? Poznajemo li se mi pred njima? Ko sam ja, ko si ti?*

'Čekaj,' kaže joj i prilazi. Oko njih, najtiša noć ikada, u Londonu.

'Ljubavi,' tiho joj govori, i dalje na engleskom, 'radim večeras. Jesi li ti okej?'

Ona ne pita ništa oko tog njegovog posla. Samo mu kaže da je okej, htjela je biti s njim, malo, a sada shvata da ne može, ali trebaju joj pare da plati taksi kojim je došla do kapije naselja i koji je sada tamo čeka. Treba joj 20 funti, da bi se vratila, ukoliko je on ne može vratiti motorom. Ziko bez riječi vadi dvije novčanice od 10 funti, pa onda još jednu od dvadeset, sve joj to stavlja u ruku, ona se ne buni, ne zna na kom bi se jeziku sada bunila.

'See you later,' kaže joj Ziko, surovo, čini joj se, ali možda tako mora, glumi svoju ulogu za koju se odlično transformisao, sve do proširenih zenica. Ona još ne odlazi, želi ga, tako varljivo mladog i buntovnog. Stoje jedno naspram drugog, gledaju se. Uvijek je znao staja-

ti najljepše na svijetu. Bacila bi mu se u zagrljaj, toliko ga želi; sve bi mu dala, tu, na cesti. Njih dvoje imaju zajedničko dijete; zauvijek pripadaju jedno drugome. Želi mu vrisnuti u lice, i dalje poluprekriveno glupom kapuljačom, da kako ne vidi da su njih dvoje sami tu, na cesti, jedini stvarno budni dok ostatak planete spava. Toliko sreće i nesreće između njih. I Nikoleta, njihova Nina je između njih; njihova slatka, bezobrazna i neraskidiva veza. Trebalo bi da imaju poseban odnos i sada, dok on kao radi, dok je gleda kao da mu je ona tek neka povremena londonska ljubavnica, i daje joj pare da je time zaštiti, što je već jednom, davno, uradio.

'Evo ti ovo,' kaže mu i pruži prema njemu figuricu balerine. On je uzme od nje, brzo pogleda šta je i strpa je u džep od jakne.

'*Thanks*,' kaže.

Valle osjeti da je nečiji pogled prži, ne samo Zikov, nekome je iz grupe kvartaša još interesantnija nego njemu. Okrene se i vidi da jedna od djevojaka, visoka lijepa crnkinja, stoji u ljutitom stavu s rukama prekrštenim preko grudi, i gleda u Valle prkosno, pogledom ratnice koja bi ubila za svog ljubavnika. Valle se osjeti prestarom za sve to, otrijeznjenom za sve to, okreće se da što prije ode, žurnim korakom prema kapiji. Kroz tišinu ružnog *John Keats* naselja odjekuju njene štiklice, sada tako ponižavajuće. Tamo, kod kapije, odjednom sirene, frka. Dva policijska auta ulijeću, prozvižde pored nje, i uz škripu guma i kočnica zaustavljaju se tik ispred Zikove grupice kvartaša.

'Ziko!' poviče Valle, ali ona za njega ne postoji. Pa naravno, on više nije Ziko. On se odvaja od grupe, prilazi policajcima s rukama dignutim u vis i kapuljačom pomaknutom s glave. 'Sve je ovdje cool,' Valle ga čuje kako im govori.

'Imali smo poziv,' odgovara jedan od policajaca.

'Lažni poziv, kolega,' kaže Ziko i pokaže policajcima nešto što kao da izvuče iz rukava. Napokon pogleda prema Valle. 'Idi kući!' brzo joj kaže na njihovom jeziku.

Valle se trgne i potrči kroz kapiju, srećna što vidi da je njen taksi ipak još uvijek čeka. U trenu, pored nje, prema ulazu u naselje, prođe nebo-plavi Mini Morris metalnog odsjaja, isti kao onaj u koji je prije manje od sat vremena ušla Nina, sjela u njega skupljenih koljena. Storm. Valle se zagleda kroz staklo automobila, i vidi ga za volanom. Mjesto suvozača prazno je. I ono je bio Storm, ispred njihove kuće, napokon joj je jasno. Mini Morris ubrza, pojuri dalje i ona ne vidi, ali osjeća, zna, da je Storm ugledao, prepoznao i ubrzao, jer do maloprije bio je s njenom kćerkom, s kćerkom žene s kojom je proveo tri mjeseca, i čijoj jedinici on sada prodaje kokain, drogira je.

Šta je ovo, bruji u njenoj glavi, kakav je ovo život? Ne samo što se za nju kače surovi tipovi, nego im je, izgleda, i njena kćerka magnet. Nina to nije zaslužila; Valle se osjeća odgovornom. Došlo joj je da se sruči na ledeni asfalt i zavrišti od nemoći da pobije lošu energiju prave londonske noćne ceste, a ne one koju Nini i njoj pruža Gidi, štiteći ih.

Umjesto bacanja na asfalt, ona pretrči ostatak puta prema taksiju, i poželi zagrliti taksistu, jer joj se čini da je on jedina doza normalnosti u ovoj noći.

'Molim vas, natrag, prema Belgraviji,' kaže mu.

Ulazeći u kuću, Valle odmah pita za Ninu. Da, Nina je tu, potvrde joj; došla je prije petnaest minuta, poželjela im je laku noć, odmah otišla u svoju sobu; da, izgledala je kao da joj se nešto dogodilo, možda bi trebalo otići do nje?

Valle se penje uz stepenice. Vjerovatno svi misle da je divna majka, da je izašla pratiti Ninu, da je nešto proklju- vila, malu poslala kući uplakanu, a ona se evo vratila kao da ništa nije bilo. Pokuca na vrata Ninine sobe. Naravno, nema odgovora. Pokuca još jednom; ništa.

Nema snage otići natrag, gostima, Gidiju i Draganu. Niko od njih ne mora znati da je Nina nije pustila sebi. Tako je umorna, od svega. Popiće jaku tabletu za spavan- je. U kombinaciji s alkoholom koji je popila, i ako je niko ne bude budio, tableta će je komirati na desetak sati. Kada se probudi, ona zna da je Gidi neće ništa pitati; on je praktičan čovjek, važno je da su svi na okupu - slijede pakovanje i odlazak, dug put avionom, gledanje film- ova, spavanje, čitanje. Na nekoj maldivskoj plaži, kada bude izgledalo da je sve u redu, ona mora pitati Ninu za Storma. Mora proći kroz to sučeljavanje, kao i kroz kuru ponovnog odvikavanja od Zika, čiji se novi život zapravo ne razlikuje mnogo od starog. Ali njen da, njen se život razlikuje, i to mnogo. Do prije sat vremena bila je mlađa od Nine, a sada je starija od Gidija. Stalno tako, od nemila do nedraga, od mladosti do starosti, prošlosti i sadašnjosti, bez budućnosti, a ne smiruje se, i ne vjeruje sebi. Hipnotik, sada joj treba jedan od Gidijevih hipno- tika. Samo on tako zove te proklete zolpije, *hypnotics*, kao da su na višem stupnju od običnih 'tableta za spav- anje', a stoput su podmuklije od raznih '-zepama' što ih je koristila njena majka. Eto, progutaće 10 miligrama hip-notika. Sve je ona od svoga muža usvojila - njegov način izražavanja, njegove navike, vjerovatno i njegov miris. Do kraja mu pripada. Sada će zaspati. Na nekoj će plaži bolje razmišljati o svemu.

PLAŽA

'I want you
You've had your fun you don't get well no more
I want you
Your fingernails go dragging down the wall
Be careful darling you might fall
I want you
I woke up and one of us was crying
I want you
You said "Young man I do believe you're dying"
                                    Elvis Costello[8]

    Na maldivskoj plaži, ispred vile 93, Gidi leškari u hladu palme. Preko ruba nečije debele biografije u tvr-

---

8) *Želim te*
   zabavila si se i više nećeš takva biti.
   Želim te,
   po zidu grebu tvoji nokti.
   Pažljivo, draga, nemoj se srušiti.
   želim te,
   probudio sam se i jedno od nas je plakalo.
   Želim te,
   'Mladiću,' rekla si mi, 'mislim da ti je odzvonilo'...
   Elvis Kostelo, Želim te

dom povezu, svojim curama koje ulaze u more dovikuje da su premršave.

'Suve smo kao ukljeve,' odgovara Valle iz plićaka, dok topli vjetar nosi njene riječi po praznoj plaži. 'Kao ukljeve!'

Gidi se smije. On zna što su ukljeve. I Nina zna za ukljeve, jer im je njen ponekad nostalgični ujka-Dragon dobro opisao izgled, miris i ukus te čudne ribe. Nina se zvonko nasmije.

Ali Gidi se ne prestaje smijati. Valle se plaši te njegove spremnosti da bude tako bezgranično srećan što je u društvu svojih cura. Ona bi ga htjela vidjeti smrknutog, ljutog, razočaranog njome, Nikoletom, brakom. Ali, ne. Gidi je zadovoljan svakog minuta na Maldivima; govori da će se nastaniti tu, s njih dvije, pa i Dragan može doći. Zar im nije divno tako, zar se savršeno ne slažu? Valle mora sebi priznati da Gidi tu izgleda bolje nego ikada. Da, ikada. Od one božićne večere kod njih kući, on jede samo voće, povrće, ponekad ribu. Ne pije alkohol, puši električne cigarete. Obrijao je smiješne, staromodne engleske zulufe. Sunča se, što prije nikad nije, prije je bježao sa sunca, u hladovini pušio cigare, nije plivao, samo je rijetko šetao po plaži u košulji i šeširu, s mobilnim telefonom na uhu. Sada je preplanuo, plivanje mu je probudilo ramena, izravnalo leđa i trbuh, naziru se mišići ruku. Njegovoj potpuno sijedoj kosi prija so iz okeana, čini je valovitom, naizgled gušćom. Sve to nakon samo prve nedjelje Maldiva. Na muškarcima se brzo primijeti kada poboljšaju stil života, čak i u poznijoj dobi. Srećnici.

Vrijeme kao da stoji, no ipak je prošlo već pola odmora. Rano se bude, popiju kafu i čaj u vili, električnom se vozilicom odvezu do restorana na doručak koji traje sat-dva, jer već uz doručak počinju čitati, prvo fotokopirane primjerke engleskih novina, onda svoje knjige, lijeno ustaju od stola, sporo odšetaju do bifea po još voća, još voćnog soka, još vitamina, zdravlja. Tako su daleko od stvarnog života, od kojega su, u stvari, odavno udaljeni, ali sada i fizički. Gidi želi do granica nemogućeg produžiti svaki trenutak udaljenosti od Londona. Nina je na tele-fonu, ili piše muziku i tekstove za svoje pjesme. Valle odbrojava dane, zalogaje, šolje duplog espresa. Po toj se zamagljenoj vrelini ona sporo razbuđuje, gotovo nikako. Oko podneva, svakoga dana, počinje je boljeti glava. Ide plivati, ali i okean je topao i po dugom pličaku, oko nje, slobodno plivaju mini-ajkule i raže. To je za nju previše avanturizma. Ne opušta se ni plivajući, steže ramena, glava je još jače boli. Počela je svakodnevno piti Nurofen i koka-kolu, to joj je uz espreso glavna dijeta. Ipak, trudi se da niko ne primijeti njeno odbrojavanje dana do povra-tka u London. Smjesti glavu u hladovinu, a tijelo prepusti pečenju, upijanju jakog sunca sve dok njegove zrake ne prodru do najdublje tačke njene utrobe, tamo gdje čuva Zika, gdje se spaja s njim; tamo gdje se upravo otapa jedna davno smrznuta suza koju nije mogla ni sa kim podijeliti. Uživa u tome. Vraćaju se slike: na kauču su, na podu, ponovo na kauču, i Ziko je gladno ljubi i liže po svim prevojima tijela, zatim je smiruje sporijim ritmom, drži je u svom toplom, udobnom zagrljaju, dok se vrti i vrti Elvis Costello i njegovo *I want you*, a Valle ponovo svršava gotovo gubeći svijest, i kroz tu skoro-nesvijest ona ga želi pitati otkud mu ta pjesma, zašto ta pjesma, ko mu je pokazao taj ritual, koja žena; ali ništa ga ne pita. Ne pita ga jer on nije više onaj stari Ziko; on je nova, veoma privatna osoba, sa sasvim novim i neobičnim izborom muzike u stanu koji se s tom muzikom nikako ne poklapa, i ona poštuje njegove izbore. On je stalno uvjerava da je njegov prostor i njen prostor, da se i ona opusti i pleše, glumi, plače, smije se, radi tu što hoće. Ipak je dio njega morao ostati samo njen stari Ziko, satkan sav od meda i jadranske soli. Jer, eno tamo, u njegovoj maloj dnevnoj sobi, na stočiću pored televizora, opet su njene gaćice i njegov pištolj jedno preko drugog, kao i nekada, kao i uvijek. Na ovom odmoru, na plaži, na rubu trepavica neprestano balansiraju londonske scene sa Zikom, i licem joj se širi osmijeh, sasvim poseban, kojega nije ni svjesna. Njeno zadovoljstvo uglavnom naglo prekida Gidi, kao da zna o čemu razmišlja. Mora da mu smeta taj njen nekontrolisani osmijeh, nikada njemu upućen. Počne je daviti pričama o stresu realnog života u Londonu, iznosi planove o životu na drugim ostrvima, dalekim, divljim i sunčanim.

Gidi je i prije znao maštati o stalnom preseljenju na rubove svijeta, na turističke destinacije poput Meksika, Balija, Alpa. Neće mu kvariti snove, kao što je on pokvario njene. Odlazi u more, osvježiti stomak i glavu.

Dok hoda po plićaku mlatarujući rukama i glumeći plivanje, Valle pogledom prodire ispod vode, provjerava ko se tamo skriva i vreba, i hoće li se o nju očešati ajkula ili raža. Razmišlja o tome kako i Gidi vreba, i na svoj je način ubija. On želi da njena srž potpuno nestane, da od nje ostane samo sjena, okvir. Pomogao joj je da zaboravi na pravu sebe, na Valentinu, i još joj uvijek u tome pomaže. Nikada je nije pitao, nikada je i neće pitati, što joj se dogodilo prije nego je njega srela, kakvo joj je bilo djetinjstvo, mladost, kakva je bila u ljubavi, ko je bio Nikoletin pravi otac, kakav je to čovjek bio, mlad, star, lijep, dobar, zao, kakav, ko? Zaljubio se u izgled i mladost one Valentine, a sada voli lažnu Valle. Ovu trenutnu Valle prezire, ali čeka da i ta faza prođe. Englezi su genijalni čekaoci. Ipak, kako on može tako živjeti, bez spoznaje koje je pravo lice njegove žene? Dok je bila mlađa, mislila je da je Gidi toliko pametan da vidi kroz nju, da vidi sve što nikada nije pitao. Sada zna da on ništa ne vidi, nije vidio; samo je s ushićenjem prihvatio njenu želju za metamorfozom i pomogao joj je u tome. To je njegov jedini grijeh, ali taj je grijeh neoprostiv sada, kada je Ziko ponovo u njenom životu, kada je jasno da je on Ninin pravi otac. Trag dima pruža se prema nebu iz pukotine privremeno uspavanog vulkana; za njim će prokuljati lava, ako sve to Valle opet ne zaustavi. Zašto bi zaustavila? Zašto? Ugušiće se ako proba opet zaustaviti. Zato misli da je Gidi ubija tom beskrajnom radošću što je ona, Valle Black, njegova žena, što je Nina njegova Nikoleta Black, njegova kćerkica, što će im njihov Gideon sve pružiti dok tako stoje stvari.

'Nina!' poviče na kćerku. Morala je prema nekome nešto povikati.

'Daaa?' lijeno joj uzvrati Nina, plivajući do nje.

Sjednu u plićak, jedna pored druge. Nina s očiju skine masku za ronjenje. Promijenila se, odrasla je, smirila se tu, na ovom čudnom školjskom otočju. Opijena je vrelinom, ili ljubavlju. Vjerovatno više nije djevica, mada njena promjena nema ozračje seksa; više je to promjena usljed zaljubljenosti, romantike.

'Mama,' kaže joj, 'plivaj slobodno. Bejbi-ajkule ne grizu, to su domaće ajkulice, s korala, vegeterijanke. A raže peku samo u samoodbrani, kad ih naljutiš.'

'Ne znam ja šta njih može naljutiti. Izgledaju mi kao stvorenja koja se naljute bez razloga. Imam osjećaj da im nisam simpatična.'

Nina se smije. Srećna je. Kako može jedna osamnaestogodišnjakinja, koja ima ljubavnika a nije s njim, biti srećna s mamom i tatom na moru? Čak ni njen dragi ujak nije tu, odlučio je praznike provesti u svom domu za duševni mir. On je kao raža, nikad mu se ne zna okidač za bijes, regresiju.

'Kako napreduje album?'

'Super,' odgovara Nina. 'Odlično mi ide. U zoni sam. Mislim da je to zbog rutine ovdje, lakše se planira dan. Prija mi.'

'Tata bi se preselio ovdje,' kaže Valle.

'Tata bi se stalno svuda preselio. Ali dozove se pameti kad lokalni problemi iskoče iz granica rezervata za hotelske goste. Niko od nas ne može duže od dvije nedjelje bez smrdljivog Londona.'

'Ne možeš bez Londona?' pita Valle. 'Ili bez te tvoje nove ljubavi o kojoj si samo ujaku pričala?'

Nina se zagleda u svoja uska stopala, poče ih prekrivati bijelim pijeskom plićaka. 'Ponekad se najljepše voli iz daleka,' tiho kaže. 'I uz stvaranje.'

'Možda bi i mene tako više voljela.'

'Oprosti,' odgovori joj kćerka. 'Oprosti ako sam se ponašala kao da te ne volim. Pišem i jednu pjesmu za tebe.'

Valle poljubi Ninu u mokri, slani obraz.

'Ja samo nisam sigurna kakav ti primjer dajem.'

'Zašto to kažeš, mama?'

'Zbog mog braka s mnogo starijim muškarcem.'

'Kakve sad to ima veze?' pita Nina, već manje nježno.

'Pa tvoj je momak skoro deset godina stariji od tebe, rekla bih. U tvojoj dobi to je mnogo, to je -'

'Odkud ti ta glupa informacija? Nemoguće da je od ujka-Dragona.'

Valle je zatečena, vidi iskrenost u Nininom pogledu, čuje iskrenost u njenom glasu i pitanju, i brzo odluči da ni ona neće lagati. 'Vidjela sam te u kolima, u plavom Mini Morrisu onog umjetnika Storma na čijoj smo izložbi bili prije godinu dana.'

'Ah.' Nina se osmjehuje. 'Pratila si me kada sam izašla s božićne večere.'

'Naravno.'

'Mamice,' Nina je grli. 'Mamice, luda si. E pa slušaj onda. Taj Storm ima mlađeg brata koji je presladak, koji je čak i od mene malo mlađi, ali super je tip, deset puta talentovaniji od Storma, čije je, *by-the-way*, pravo ime *Stanley*, zamisli to!'

Valle ne mora ništa zamišljati; ona mnogo već zna, previše. Pita se koliko Nina zna, ili koliko će toga uskoro saznati.

'A Stanleyjev se brat zove Jerome,' nastavlja njena kćerka. 'I, mama... Ja. Volim. Jeroma. O, Jerome je tako, mm, mljac. *Sorry*. Ne plaši se, molim te, još ništa nije bilo, kunem se, ali... mljac. Spremna sam.'

'Nina!'

Pa ova je njena kćerka pravo zlato. Kako je mogla Valle ne primijetiti, sve do sada, koliko je dragocjena ta njena mala? Gle' kako samo poštuje sebe, kako mudro ide korak-po-korak do novog, tako važnog, iskustva. Valle joj vjeruje da 'još ništa nije bilo', odnosno da nije još bilo 'svega'. Nečega mora da je bilo kad tako uporno mljacka na pomen tog dječaka. Njena umjetnička dušica; Valle pretpostavlja da Nina želi sebe prvo dobro pripremiti na veliku ljubav da bi je, tu prvu, veliku ljubav, mogla istovremeno proživljavati i analizirati za zapise, za muziku i riječi. Na zemlji je, ta lijepa djevojka, kao da joj je Gidi zaista otac. Možda je i ona, Valle, nekada bila takva? Čini joj se da se pomalo sjeća, sada, kako je nekada znala što hoće i radila je na svojim planovima, na svojim koreografijama, vrijedno učila za ocjene. Onda je počeo rat, razbio sve slike u komadiće rasutih ružnih uspomena.

Nije to važno, u ovom trenu, dok se grli s Ninom a njene je polumokre kovrdže golicaju po ramenu, ispod pazuka, po vratu. Uvijek na moru Valle zaključi kako Nina najviše njoj liči, više nego ujaku, kome je najsličnija u Londonu, gdje je blijeda i gdje bezdušno pegla svoje kovrdže naslijeđene od majke, od bake.

'Mislila sam, one noći, božićne, vratila si se rano, naglo, odmah otišla u svoju sobu. . . Mislila sam da si bila s njegovim starijim bratom, da te povrijedio.'

'Mama. On je samo Jeroma doveo do nas, da se na kratko vidimo, i razmijenimo poklone. Vidi,' Nina joj pokaže malu minđušu u uhu, žuti kamenčić u zlatnom gnijezdu. Valle to vidi prvi put. 'Citrin. Jerom nosi drugu u njegovom uhu. Zato sam otrčala u sobu, da stavim minđušu u uho. Poslije mi nije bilo do razgovora s napadnim Dikkijem i njegovom Iris.'

'Draga moja djevojčica.'

Nina uzdahne. 'Ja sam njemu dala prvu verziju jedne svoje pjesme,' kaže. 'Sad mi je žao što sam mu, realno, dala parče papira. To nije čak ni konačna verzija. Ali, kao, tu se vidi kako stvaram. Pomislila sam da će kroz to najbolje vidjeti mene. Kakva glupost. To je samo papir.'

'Sigurna sam da njemu to nije samo papir.'

'Jesi?'

'Jesam, sto posto. Kao da ga znam. Jesi li mu pričala o roditeljima, da si bila na prvoj izložbi njegovog brata?'

'Da. Mislim da sam mu to pomenula, kad smo se upoznali, kod moje Aggie, na rođendanu. Odmah mi se svidio i brbljala sam svašta, ne sjećam se tačno, ali mislim da sam pomenula odlazak s vama na Stormovu izložbu.'

Tada začuju Gidijev glas koji upozorava cure da prekinu tajne razgovore jer se veliki tata približava plićaku. Valle razumije mješavinu sreće i nesigurnosti koja odjekuje u glasu njenog muža. Osjetio je da se zbližavaju, izvan njegove kontrole, da započinju razgovore koji njega isključuju.

'Š-š-š, nemoj sada pred tatom o tome. Odmah bi me pitao gdje 'taj mali' živi, a on i Storm žive u najružnijem mogućem kaunsil naselju u Pimliku. *John Keats*,' Nina zakoluta očima punim sunca. 'Ali njegov je stan nekako magičan. Nadogradili su potkrovlje-atelje, puno svjetlosti, kao da si na moru. Bila sam tamo jednom, na ručku.'

PROLJEĆE 2014

'And I've had recurring nightmares
That I was loved for who I am
And missed the opportunity
To be a better man.'

Muse, Hoodoo[9]

Njen se bog Mars vratio s martom. Opet mu je rekla istu, dosadnu stvar, da mu se uželjela.

'I ja tebi,' kaže joj. Sjaj mu je u očima, ali ne i uobičajena nježnost. 'Ostani danas, opusti se tu. Priušti sebi jedan samo tvoj dan.'

Ona više nije sigurna da to može. Nešto se promijenilo. U njoj, u njemu? Nije sigurna.

Iscrpilo je dotadašnje obilaženje njegovog stana u koji je svakodnevno navraćala, sve dok ga napokon nije

---

9) *Imam uvijek isti košmar:*
   da bio sam voljen zbog onog što stvarno jesam
   ali propustio sam šansu
   postati bolji čovjek.
   Muse, Hoodoo

zatekla tu. Ove martovske nedjelje, banula je kod njega oko podneva, prije nedjeljnog ručka u svojoj kući. Ninu i Gidija slagala je, rekla im da mora skoknuti do Whole Foodsa, da su joj miješane mahune iz Whole Foodsa sada neophodne, kao da je trudna. Zato kod Zika sada nije mogla dugo ostati; zapravo nije mogla sebi priuštiti jedan samo njen dan.

Žao joj je što je Ziko nije vidio dok je još imala duboku preplanulost s maldivskog bijelog pijeska, koju je samo zbog njega i taložila po sebi.

Dan je lijep, bez kiše. Za London - dovoljno. On je umoran, neobrijan, ima podočnjake i neodoljiv je, njen ćudljivi heroj, koji želi biti običan, nevidljiv. Ne pita ga gdje je bio, kako mu je bilo tamo odakle se vratio tek prošle noći.

Umjesto toga, postavlja mu nemoguće pitanje, na koje unaprijed zna odgovor. 'Može jedan krug motorom po gradu?'

'Ne mogu,' kaže Ziko. 'Crknut sam od umora. A i, čuj ovo molim te, imam vezu s jednom malom tu, iz kraja, vidjela si je one noći, za Božić. Lažna veza, ali ona to ne zna. Treba mi za nešto, moram je držati još neko vrijeme. Mala je pakleno ljubomorna. Stalno sve prati s prozora. Jedva čekam da je otkačim.'

'Je l' barem dobra u krevetu?' pita Valle. Želi mu se osvetiti što više nema nježnosti u njegovim očima; pokazati mu da joj je svejedno s kim on ima veze 'u kraju', u tom odvratnom naselju.

'Trudi se,' kaže Ziko. 'Samo da ne ostane trudna.'

Valle se kao nasmije tome. Ne može vjerovati da sve to sluša, a onda pomisli da su ona i Ziko odavno preskočili tu vjerovali-ili-ne fazu. 'Pa zar me mala nikad nije vidjela da dolazim?' pita.

'Jeste. Njoj sam rekao da si ti lažna veza, i da mi ti trebaš za nešto.'

'I da jedva čekaš mene da otkačiš.'

'Da.'

'I ona je to prihvatila?'

'Mora to prihvatiti, to mi je posao, toliko svako može znati o mom poslu. Ali rekla je da postavlja jedan uslov, a to je da mogu samo s njom da se vozim na motoru.'

'Što se uhvatila baš za motor, ta budalica?'

'Pa to, još je beba, shvati je. Ona misli da je Fireblade moja najveća ljubav koju valjda hoće da zajaše. I još je kao čitala negdje kako je strast prema motoru najsličnija strasti prema prelijepoj ženi-demonu. Za sebe je umislila da je ona ta prelijepa žena-demon, koja vuče u smrt, i gnjavi me da je naučim da vozi motor. Onda je ona malo vozila, malo više pisala nekakve stihove o trouglu puta koji se otvara i nas dvoje zajedno završavamo u zagrljaju strasti i smrti. Pojma nema ni o čemu, osim o tome ko šta diluje po ovim naseljima. Trebala mi je zbog toga.'

'Ubija me ta priča,' kaže Valle.

'Koja priča? Ma, pusti to, to je samo mladost, sjećaš se? Opsesija smrću, narcisoidnost, tako nešto.'

'Mladost i malo drogice, hm?' pita Valle.

Ziko se nasmije. 'Nisam ja onaj tvoj kolumbijski umjetnik-diler,' kaže. 'Naprotiv, dok sam tu, on po ovom kvartu ne smije da operiše. Napokon je to shvatio.'

'Ne mogu da vjerujem,' kaže Valle. 'Pored onoliko talenta da valja drogu? Zašto?'

'Vanjice moja, u drogi je i dalje najviše para. U stvari,

nisam siguran je li mu to razlog. To ti je kao s vožnjom motora. Postoje razni razlozi. Najčešće velika lova i zarada, a ovamo pranje para kroz umjetnost. Mislim da ovaj dodatno i voli svo to ludilo. Inspiriše ga. Pa, njegov je talenat za njega samo sporedna djelatnost jer on je oštećen. Oštećena roba. Majka ih je sve napustila čim mu se rodio mlađi brat.'

'Kako napustila? Misliš, umrla je?'

'Je li ti on to rekao, da je umrla? Ha, jadnik. Ostavila ih je, otišla. On je išao u Kolumbiju, tražio je tamo odakle je. Onda je zastranio s drogom. Kapiraš? Oštećen je, majka ih je napustila, nestala je. Ja sve to znam. I osjećam to kod njega, te rupe. Inspiriše ga da posmatra propast tinejdžera. Da. Ne samo da posmatra, već da baš on, kao neki jebeni umjetnik, doprinosi tome. On prvo, kao, kreira propast, pa onda kreira rađanje bolesnog umjetničkog djela. A svog malog brata itekako štiti od te prljavštine. Najrađe bih ga sačekao jedne noći tu i premlatio. Ali ne smijem, nemam dozvolu za to. Pokvaren, sebičan tip, hladan kao led. Nemoj mu se nikada vratiti.'

'Naravno da neću,' kaže Valle. 'Zašto bih se vraćala njemu? Imam tebe.' Zastala je. 'Imam li tebe?' Ziko samo ćuti. 'Ziko, ne radi mi to. Ne odguruj me od sebe.'

'Naravno da me imaš,' škrto joj kaže.

'Mogu li ti onda postaviti jedan uslov, poput one tvoje male?'

Zikovo se lice još više uozbilji. 'Tvoj jedini uslov mora biti da ne saznaju tvoj muž, kćerka i brat,' kaže. 'Kako ne shvataš da se uz mene možeš opustiti? Meni možeš skroz vjerovati. Nekako sam mislio da sam uspio to da ti prenesem. To, koliko je u životu važno imati povjerenje u nekoga.'

'Šališ se?'

'Ne, Vaki, zašto bih se šalio s tim?'

'Povjerenje -' započe Valle.

'Da,' prekine je Ziko. 'Povjerenje. Sto puta sam ti rekao da je ovo naš prostor i da se opustiš tu. Toliko ti mogu ponuditi. Mislio sam, kad si mi donijela onu balerinu, da si shvatila to, da si unijela nešto svoje kod mene, i da će ovo biti tvoj, recimo, hram, ružan i mali, ali ipak hram, plesni studio, bilo što. Sada ne znam zašto si mi je one noći uručila. Treba da bude kod tebe. Ali nema veze, nećemo više o postavljanju uslova.'

Valle želi reći da samo prostor nije dovoljan, da njoj treba i sadržaj, ali sluti da bi to bilo suvišno, površno. Uostalom, njegov je pogled tačka na kraju tog razgovora.

Nekoliko trenutaka samo gledaju jedno u drugo, i on je zatim uzima, svojim je divnim, krupnim, četvrtastim rukama zgrabi za kosu, privuče je k sebi i počne je ljubiti, skidati odjeću s nje. Ono što joj je zapravo rekao bilo je da i ona ima još jedan život, nepovezan s njim; da je sada kod njega jer to je njen izbor, uželjela mu se, želi ga u sebi. Da nije ni ona tako naivna. To on misli. Ali ona jeste naivna. Ponadala se da će Ziko biti zauvijek njen, naročito sada, nakon svega. Ono što Ziko ne zna je da njen brat već zna za njega; da je njena kćerka i njegova kćerka. Samo ona nosi te terete; opet je njoj teže; opet nešto guta dok on luta. A on, kao i svaki muškarac, misli da je njemu teško, da će žena uvijek moći sve da ponese, i još se na kraju puta dobro i poseksa, jer ona stvar nije sapun i slične gluposti koje, i pored svega, čak i pored probuđene svijesti jednog Gidija ili spiritualnosti novog

Zika, ostaju ukorijenjene predrasude o ženama kao vješticama koje se mogu kazniti bez grižnje savjesti jer njihov je glavni organ nepotrošna roba, survivor!

Ali sada, on je ljubi po tijelu, i ona će ostati u tom trenutku. Liže je, prevrće je da bi se divio njenoj guzi, gura svoje prste u nju dok ona zatvara oči od užitka, ali on pretjeruje, želi je čitavu za sebe, ona zaječi od boli, otvori oči, ugleda srebrnu figuricu balerine na stočiću s telefonom. Pljosnati, crni kućni telefon, Zikov pištolj i, ovoga puta, umjesto njenih gaćica, ta lijepa, dragocjena balerinica, na staklenom stočiću, u uglu sobe. Bol je prošla, sada je sve opet užitak, ritam, bestjelesnost, opet je ona premlada, elastična djevojka, podaje mu se u cjelosti, i dahće u ritmu njegovog posjedovanja; nikada nije upoznala nekog tako fizički inteligentnog kao njega, on kao da zna kada tijelo treba da preuzme ulogu gospodara, kada da se mozak ponovo popne na tron.

Ostaju potpuno goli u malom, pretoplom stanu. Svi su prozori zatvoreni, navučene su zavjese, koje su narandžaste. On je tu zatekao te zavjese, rekao joj je. Zašto bi ih mijenjao? Dobro služe čemu treba da služe. Ostali je namještaj naručio u jednom danu, i tako - živjeće tu dok mu to posao nalaže.

'To je, znači, naša balerinica,' kaže Valle.

'Kako si znala baš nju da uzmeš iz moje sobe?' pita Ziko. 'I bila je namijenjena tebi. Bila je plijen iz jedne čiste kuće, koliko se sjećam. Dok sam radio kuće, u svakom sam sefu, pored keša i nakita, zaticao prljave tajne. Pedofilija, zoofilija, sranja, sranja, samo sranja svuda. Ova je figurica bila poput amajlije. Tada sam sve trpao u te jastučnice. Nikad nije bilo vremena za razmišljanje.

Strpao sam i balerinicu, iz te djevojačke sobe, u toj kući bez sranja. Poslije mi je bilo žao što sam neko dobro biće odvojio od ove amajlije. Utješila me pomisao da ću je tebi pokloniti. Onda sam nestao. Ali ti si je ipak uzela, kao da si osjetila.'

'I vratila je tebi.'

'Da.' Na Zikovo lice odjednom kao da pade siva koprena dosade. Malo je pričao o prošlosti i ne bi više.

'Ne voliš me.' Valle ni sama ne zna zašto poteže zagušujuću temu voljenja. O čemu bi drugom s njim pričala? Tako je ćutljiv. Ne odgovara joj na pitanja. Ne voli pričati o prošlosti.

'Obožavam te,' kaže joj. Njegov je glas osušen dosadom, pogled uperen u prozor, u narandžaste zavjese, kao da bi najrađe jednim skokom s kauča izletio kroz taj prozor i otrčao što dalje od nje.

Nezadovoljna je, nervozna. Sve što osjeća je da ga gubi. Ne sviđa joj se to, to 'obožavanje', praćeno njegovim poznatim osmijehom kao da mu je ovo barem pedeseti život kojeg se sjeća, dok ostali obični smrtnici tek žive svoje smiješne, jadne prve živote.

Valle ustaje s kauča, proteže se, u stomaku joj grč, čvor. Gladna je, i pušila bi. Otvara Zikov frižider gdje vidi Volvic vodu s limunom, nekoliko limenki Shark energetskog napitka i plastične bočice Pro-activa. Tamo je i paketić oprane, miješane salate, Havarti sir, jaja, chorizo kobasica, staklenke načetog pesto sosa i nektarine. On je posmatra dok ona prebira po frižideru.

'Vjerovatno je svemu istekao rok,' kaže joj, s kauča. 'Naručićemo nešto. Šta ti se jede? Pizza, kinesko, japansko, Persian?'

'Popiću jedan Shark. Moram kući praviti ručak, obećala sam.'

'Donesi meni jednu vodu, molim te.'

'Šta ti uopšte jedeš?' pita ga. 'I kad jedeš?'

'Ne brini ti o tome.'

Valle proba laktom bijesno gurnuti vrata od frižidera, da se sve zatrese. Nije joj uspjelo. Vrata se nisu potpuno ni zatvorila. Gurne ih koljenom. Raščupana, gola, s bocom vode i limenkom Sharka u rukama, ona počinje vikati. 'Čuješ li ti sebe? Odgovore koje mi daješ? Grozan si, skroz si mrtav prema meni! Zašto si mi se uopšte prikazivao, zašto? A sad se ponašaš kao da sam ti ja neprijatelj!'

Ziko napne trbušnjake da bi se iz ležećeg položaja podigao u sjedeći. Taj je njegov pokret mladića natjera da pomisli da on 'obožava' samo sebe. 'Ne viči,' kaže joj. 'Znaš da to ne podnosim.'

'Da, sve znam o tebi. Na cijelom svijetu ja sam ta koja zna najviše o tebi.'

'Pa ne deri se onda.'

'Grozan si prema meni,' stišala je sebe. Ruke joj se i dalje tresu. 'A samo te ja stvarno poznajem. Ako me nisi htio, zašto si mi se prikazivao, zašto si prilazio? Možda zato što si u tom trenu shvatio da u ovom tvom novom svijetu samo mene imaš? U stvari, pravo je vrijeme da saznaš da imaš još nekog -'

Ziko je prekine. 'Prikazao sam ti se jer mi te bilo žao,' kaže. 'Znao sam da si me vidjela, nisam htio da misliš da ludiš. Dođi, sjedni pored mene.'

'Sada ludim više nego ikada,' govori dok mu prilazi.

'Dođi,' ponavlja on. 'Spusti te glupe boce na pod, dođi

da te grlim.'

'Bijedno se osjećam,' Valle legne, stavi glavu na njegovo rame. 'Izjebano se osjećam,' govori mu dok miluje njegov ožiljak kraj usne. 'Gore nego kad su me izjebali tvoji neprijatelji.'

Nije planirala to izgovoriti, tek tako mu reći; ali njeno se priznanje idealno uglobilo u taj trenutak. Makne ruku s njegovog ožiljka, pokrije svoje oči, i plače, neutješno, glasno. Baš je briga podnosi li on to ili ne podnosi. Ali, dobro je, on je još jače grli, polegne je pored sebe, ljubi je po vlažnom licu. Ona mu kroz jecaje priča o onoj davnoj, ružnoj noći. Nije sigurna razumije li on o čemu ona priča. I samoj je sebi nerazumljiva. Ali on ponavlja da zna o tome, da sve zna, te su životinje samo htjele nju, nju su željeli kao muškarci, silovatelji, ne kao neki osvetnici, samo kao mizerni, nesrećni muškarci, mesari, kaže joj, nije ona ništa o njemu odala, imali su informaciju već od nekog drugog, platiće svi za to, platiće.

Valle se smiruje, pita ga može li onda biti mekši prema njoj, može li? To bi je utješilo.

'Volio bih to, ali kako?' kaže joj. 'Ja više to ne znam. Ne znam drugačije bez kao ovo što sam sada. Recimo, sjećam se nekih detalja iz tog vremena, kad smo bili mladi, jurili onom prokletom zemljom. Podsjetila si me na tu epizodu s balerinom. Jesam li bio srećan? Ne znam, valjda jesam, s tobom. Sjećam se tebe, mirisa tvoje kose dok vijori po vrelom vazduhu. Taj osjećaj dok sam bio pored tebe, a između nas nešto miriše, diše, živi - mislim da je to bila ljubav. I dovoljna mi je ta jedna ljubav. Sada sam i ja oštećena roba. Ne mogu se nadati ljubavi. Ali ti si opet tu, i lijepo mi je ovako. Sebe iz prethodnog života ja se i ne sjećam, niti prisjećam. Toga sam tipa stvarno otresao, kao prašinu. Moraš me shvatiti sad. Ti znaš šta mi je posao, je l' tako?'

'Samo donekle,' kaže Valle. 'Znam da možeš pronaći izgubljene stvari. K'o Sveti Antonije.'

On uzdahne. 'Dobro, to je dio priče. Ekipa se više zeza sa mnom oko toga. Ali, od one sam kome, od posjete smrti, dobio jednu posebnu vještinu, sposobnost. Valjda je mozak sam posegnuo za nekim svojim dubljim dijelom jer mu je površinski sloj bio raznijet. Ne znam. Niko tačno ne zna. Ali, vidim određenu vrstu dima na mjestima na kojima neko želi da napravi, kao, masakr, terorizam, nešto strašno. Dim, indigo-siv i kao pišti iz asfalta, iz zemlje. Ili, ako su uhapšeni nevini ljudi, vidim njihovu auru nevinosti, aura im je čista od tog dima, svijetla. Taj je dim valjda jako loša energija, ono kao smrad od tvora kad se ispusti, tako neko s jako lošim namjerama ispušta lošu energiju i ja to vidim. Teško mi je o tome da pričam.'

'Shvatila sam,' šapne Valle.

'Komplikovano je,' nastavi Ziko. 'Ali, kad sam svega postao svjestan - da sam ne samo preživio, nego još dobio i ekstra kvalitete, da engleski govorim kao maternji, da imam vizije - ja sam prigrlio sve to. Kako? Odlučio sam da onaj ubijeni ja ostane mrtav. Tako sam jedino mogao da nastavim dalje. Kad mi je to uspjelo, ni majci da se ne javim, nikome, ustanovio sam jednu strašnu stvar, a to je da u stvari nema veze što sam pokidao sve konce. Nije bilo tuge. Stvarno sam bio mrtav.'

'Volim te,' Valle mu uspije reći, nježno, kao djetetu.

On nastavlja. 'A ovo ti je čisti kapitalizam ovdje. Ja

imam rijedak dar, to se dobro plaća, ali neće mene murja da drži samo zbog toga na velikoj plati. Zato moram sam da pronalazim rupe, tako to zovemo, i da ih krpim, sam. E, to je malo zajebanije. Nije baš tako spiritualno, ljubavi.'

'Okej. A ja te gnjavim glupostima tipa kad si jeo, šta si jeo.'

'Ne brini, sve je to meni super, i onaj prljaviji, grublji dio posla mi je super, nego imam sad problem. Imam problem.'

Zastao je tu. Previše je rekao, vjerovatno.

Ona neće ništa pitati, srećna je što je upotpunio sliku zbog nje, da bi se ona osjećala bolje. Željela je saznati što je problem koji on sada ima. Ali ne, neće pitati. Poljubiće ga. Čim ga počne ljubiti, želi seks s njim. Nezajažljiva je, kao da uvijek misli da je to poslednji put. Ne može kod nje ništa normalno. Dobro krije psihozu susreta s njim. Ne želi opet da ga izgubi; nekako osjeća da hoće, i još će ga jednom izgubiti.

On je zamišljen, zagledan u plafon, ne reaguje na pozive njenog tijela da ga još jednom uzme, prije nego što se odvuče natrag doma, i to bez mahuna. Gidiju i Nini reći će da ih nije našla, da nije našla nikakvo glupo povrće i da joj se nose s očiju, već jednom. Namjerno će nešto iscenirati da bi je ostavili na miru.

'Prvo sam mislio da moja sposobnost slabi kada sam s tobom.'

Valle se umiri, prestane ga izazivati i opet se samo privije uz njega. 'A sada?'

'Prijalo mi je to, kao pauza od posla. Samo ti i ja, pričamo, vodimo ljubav, nema ništa izvan toga, nema dima, svjetlosti, boja, samo boja tvoje kože, očiju, odmor, pravi odmor. Ponekad je teško stalno sve jasno vidjeti.'

'Dobro, i? Jesam li ja i dalje problem?'

'Ne, ljubavi. Moj ti je problem što nisi ti uopšte nikada ni bila problem. Moja sposobnost stvarno slabi. Manifestovala se ovako: prvo osjetim jak miris. Oštar miris. Onda zvuk, zujanje, cičanje, škripa. Onda vidim to što vidim: dim, aure, promjene, tumačenja mi se formiraju sama. Sve je to oslabilo, kao kod starog auta. Ili motora. Sve funkcije. Sve je u kosmosu isto, sve oko nas i mi sami, sve je energija, a energija te odabere, pa se i ona umori u starom kućištu, i pređe na drugoga. Nekome je potrebnija, sada. Kod mene se u poslednje vrijeme samo rijetko pojavi, sve slabijeg intenziteta. Znam, baš kao što sam je znao prepoznati, tako sada znam da - biće to uskoro gotovo. Onda sam najebao.'

'Zašto?'

'Kad se to moje iscrpi, neću smjeti da krijem da nisam više za samostalne projekte, za veliku platu. To bi bilo ne-etički, a vjerovatno bi šefovi brzo i sami provalili. Onda će me ovi s vrha poslati da baš ono uličarim, smanjiće mi platu, loviću se sa sitnim dilerima po kraju, sve je to za ljude, ali ko zna, možda će i oni probati da me se riješe, ja sam niko i ništa, a mnogo znam. Nemam nikoga, a ako nemam ni ovaj posao, jebeno je, shvataš, ovaj mi je posao sve i pošteno ga radim. A još možda probaju da me, ono, skroz maknu.'

'Da te ubiju?'

'Događalo se. Nekima. Čuo sam ponešto. Ili ih optuže za izdaju, deportuju. Mi samostalni agenti, mi smo svi neke čudne priče, psi lutalice, samotnjaci, nikome ne falimo. Ja lično previše sam star za pustinjske ratove, po tim zemljama u koje mnogi odu da završe karijeru.'

Ona odlučuje da je sada pravi trenutak. 'Ti imaš mene. I Ninu,' kaže mu dok leži tako, privijena uz njega.

'Ne smiješ ostaviti muža zbog mene,' sve je što on na to odgovori.

'Ali,' nastavlja Valle, 'Nina, znaš, ona je -'

'Da,' kaže Ziko, i ruku kojom joj je do tada milovao kosu, on nježno položi preko njenih usana. 'Da, znam.'

'Šta znaš?' pita Valle dok joj se puls ubrzava. To je trenutak, informacija koja će ih ponovo i zauvijek zbližiti.

'Znam da je ona već tinejdžerka, i otići će uskoro, i ti misliš tada ćeš ti sa mnom i na kraj svijeta. Bolje ne.'

Trenutak je prošao, nepovratno, i sasvim smišljeno s njegove strane. Ziko ne želi da mu se saopšti 'velika istina.'

'Znaš,' prošapuće Valle. 'Nadala sam se da ćeš mi ovoga puta ponuditi zajednički bijeg negdje. Bilo gdje. Išla bih. Mislila sam, zato si mi se pokazao. Uzećeš me za ruku i odvesti daleko,' nasmije se, svjesna da ponavlja djetinjaste planove svog prethodnog ljubavnika. 'Da živimo bajku dok traje.'

I Ziko se nasmije. 'Bijeg,' kaže. Uzdahne. 'Mislila si - sve ili ništa. Ja sam mislio - jedno drugom ćemo pružiti ono što nam najviše treba. Bez dodatnih opterećenja. I ostaćemo tako, najljepša tajna, iskrena podrška. Ti i ja, i nema trećeg.'

Dakle, to je to. Nema trećeg. Rekla je da ga zna najbolje na svijetu. I zna ga, sada bolje nego ikada. Sada zna da on ne želi čuti ništa o Nini. On ne želi znati ono što sigurno već zna. Daje joj do znanja da ne želi odgovornost, da Nina već ima oca. Valle osjeti olovnu tugu, kao da je izgubila veliku životnu bitku. Ne smije biti razočarana; ne smije pokvariti magiju njihovog ponovnog susreta. Mora odrasti, znati što hoće, znati što on hoće. I, mora ići kući.

'Nadam se da znaš koliko meni značiš,' kaže mu.

'Hvala ti.'

'Čuješ njega, hvala ti. Ne bih htjela gnjaviti s tim. Ne bih voljela biti tvoji okovi,' to joj čudno zvuči, shvata da je pomalo zaboravila jezik, ne zna imaju li 'okovi' uopšte jedninu. 'Znaš, ne želim biti ball and chain oko tvojih nogu.'

'Ti si moja duša,' on je stisne jače uz sebe. 'Moja radost.'

'Hoću li te više vidjeti? Onako, samo pitam, nema drame.'

Ziko se nasmiješi. 'No drama, no worries,' kaže joj.

'Jer sada moram kući. Sve si mi ovo ispričao, tako divno, iskreno, a ja sad moram kući. Nisam surova zbog toga?'

On odmahne glavom.

'Volim te,' još jednom mu kaže.

'I ja tebe. Mnogo te volim, mnogo uživam u tebi. A kad se god intenzivno u nečemu uživa - bolje je to uzimati u malim dozama.'

Valle zadrži dah: nešto bi rekla na tu njegovu Zen-like umotvorinu; nešto mora reći, pitati - ali ne zna šta.

Ziko skrene pogled prema prozoru. 'Balerinica ostaje kod mene,' kaže.

Kaže to umjesto zbogom, pomisli Valle.

Plakala je na putu prema kući. Htjela se ušunjati prvo do kupaone, onda do kuhinje, praviti se kao da je sve normalno, da je, kao, tražila mahune, svuda po kraju, nije ih našla, i evo je sada tu, iznad šporeta. Prije bi stalno, greškom, pri ulasku u veliku kuću, prvo iz džepa izvadila ključ od Zikovog stana. Tipični Marfijev zakon, podsvijest, krivica. Sada je odmah izvadila pravi ključ, u trenu shvatajući da u džepu i nema onog drugog ključa, od malenog stana u John Keats naselju. Na brzinu prepipa sve džepove, ispred očiju joj bljesne slika tog ključa kako se klati u bravi Zikovog stana. Ostao je tamo.

U kuhinji, dok rasijano sprema najprostije penne s povrćem koje je zatekla u frižideru, iza leđa joj se prikrade Gidi.

'Ubuduće,' kaže joj, i ona se naglo okrene, iznenađena njegovim glasom. 'Ubuduće,' ponovi Gidi, ne gledajući u Valle, nego u čašu s viskijem i sodom koju drži u ruci, 'ubuduće, dakle, kada budeš išla na ta tvoja jebanja, nosi svoj usrani mobilni telefon sa sobom. Ti si luda žena, bipolarna preljubnica, sklona samoubistvu. Ne želim te nositi na duši.'

'Dobro.' Valle mu nema potrebu baš ništa drugo reći.

'Dobro?'

'Dobro.'

'Fino. Gladan sam.' I ode Gidi negdje, u neku od soba njegove kućerine što odzvanja prazninom koju su za sobom ostavile prave vrijednosti nakon što su napustile adresu porodice Black.

Valle se ne plaši Gidija, praznine, samoće - ničega se ne plaši. Ona samo želi razmišljati o Ziku dok utrenirano sprema ručak, dok bespotrebno sjecka veliku količinu povrća na veoma sitne komade. Ziko ne želi ostaviti nikakav trag za sobom. Nikada. On nikada nije zavolio sebe dok nije dobio ovaj posao. Sada voli svoj posao, i sebe kroz to; u tom je poslu pronašao mir, svako ima pravo na svoje poimanje mira, na svoje poimanje svega. Ziku se u njegov mir ne treba miješati. Ona se htjela umiješati, probuditi ga činjenicom da je Nina i njegova kćerka. Nije to dopustio. Prvo, on je muškarac i drugačije razmišlja: ne može znati je li Nina stvarno njegova; zatim, Nina je u Gideonu dobila mnogo boljeg oca od svih potencijalnih bioloških očeva; na kraju, što će njemu to saznanje? Valentina se pojavljuje u mom životu, i ja gubim dar bez kojega sam ništa - mora da je to barem jednom pomislio. Pa jeste, na neki način, kada se opustio s njom, njegova je izuzetnost počela jenjavati. A sad mu još treba uvaliti kćerku, koja možda i nije njegova, i koja tek ne bi željela takvo što saznati, da njen pravi otac nije pouzdani bankar Gideon Black nego bezimeni, zvanično odavno umrtvljeni uličar.

Mudri Ziko. Ostaviće ga desetak dana na miru. Dovoljno je primiriti se desetak dana, i ljudi će zaboraviti na bilo kakav ispad. Taman dok joj ne dođe i prođe menstruacija. Tek će poslije toga otići do njega, gađati kamenčićima u prozor da joj otvori, i reći će mu da je uvijek tu za njega, da mu je ona kao sestra, kao najbolja prijateljica, a ne samo ljubavnica, da ga neće gnjaviti.

IZLOŽBA (1. april 2014)

'Let's start over again
Why can't we start it over, again
Just let us start it over, again
And we'll be good,
This time we'll get it, get it right.
It's our last chance
To forgive ourselves,'

Muse[10]

Ne bi išla na izložbu; išla bi na izložbu. I tako tri dana, klackalica u mozgu, od kada je saznala da su, preko Nine i malog Jeroma, na otvaranje Stormove nove izložbe pozvani svi članovi porodice Black, s Draganom u paketu.

---

10) *Hajde da počnemo iznova*
   Zašto ne možemo sve početi iznova
   samo nas pustite još jednom sve da počnemo
   i bićemo dobri
   ovog ćemo puta sve, baš sve uraditi kako treba
   jer ovo je naša poslednja šansa
   da oprostimo sebi samima.
   Muse

Čini se da je Storm uspješno zaokružio svoj umjetni-čki pohod na mozak tinejdžera, na tu tešku fazu brujanja i ekspanzija u mozgu i tijelu. Reakcije kritike koja je već bacila preliminarne poglede na radove, mogle bi se sažeti u, ponovljenom ali intenziviranom, opisu Stromovog talenta kao 'spoja školovane discipline jednog briljantnog crtača sa raspojasanošću i samouvjerenošću umjetnika-vizionara.'

Ili, 'WOW', što je Nina uzvikivala dok je čitala kritike.

Umjetnik je izložbu nazvao 'Teenage brains & Some Mothers.' Prethodna kolekcija - iako skoro potpuno prodata, Valle to zna, ona i dalje prati Stormov rad - otpremljena je u Njujork. Storm je zvijezda; jedini ozbilj-ni kandidat za Saatchi nagradu Nove Senzacije, a mogao bi dobiti i Thurnera; mlađem će bratu kupiti stan zbog čega je Jerome nesrećan, rekla joj je Nina; Jerome voli usrano *John Keits* naselje i stan u potkrovlju.

'On ima svoj ponos, mama,' - Nina je u ljubavnom zanosu - 'svoj integritet. Jerome će sam sebi zaraditi i kupiti stan, kuću, sve što poželi; on je talentovaniji od Storma; on ima neki dublji mir od svog starijeg brata.'

Nina je u pravu. Ti mladi ljudi upravo su genijalni u svojim zapažanjima. Njihovi su mozgovi utrenirani, razrađeni učenjem. Uz pomoć još uvijek svježih lekcija iz logike, psihologije, filozofije, oni lagano, u letu povezuju činjenice.

Valle se prisjeća Stormovog nemira dok je bio s njom. Ojećala je njegovu čežnju za urođenim mirom, kao da ga je nekad imao, pa izgubio. Možda ga jeste imao, ali ga je bio primoran prenijeti na svog malog brata, kada je shvatio da će ga odgajati; morao je bratu uručiti svoj mir, za spasenje barem nečije duše. I to je vrijedno divljenja. Na kraju balade - dobri su to momci. Valle više nema nikakvih osjećaja za Storma; kao da nikada i nije bila s njim.

Zato, da, konačna je odluka, na sam dan izložbe, da će ipak otići. Sigurna je da ni on ništa prema njoj ne osjeća, niti ikada razmišlja o njoj. Njih se dvoje na izložbi mogu ljubazno nasmiješiti jedno drugome, rukovati, i nastaviti, svako svojom putanjom. Uz to, njena kćerka ima plan, da na izložbi svom ocu predstavi svog prvog ozbiljnog momka, ni manje ni više nego mlađeg brata samog umjetnika!

Valle je hladna dok se sprema za izlazak. U svojoj je kupaoni, gola ispred ogledala. Šminka se, na kapke nanosi tamno ljubičastu sjenku. Gidi ulazi bez kucanja. Ona mu se u ogledalu nasmiješi. Njen muž, zatečen tom iznanadnom ljubaznošću, odmah pravi grešku.

'Moja dobra stara Valle,' kaže dok je hvata za gole grudi, ljubi u vrat.

Ona se strese, naježi. Njen muž to pogrešno shvati, kao buđenje seksualne želje. Možda i jeste, ali ne za njegovim seksom.

'Nemoj,' odgurne ga. U ogledalu, njene su oči hladne i plitke. 'Zašto si došao ovdje?'

'Imam pravo doći, ući u svaki kut ove kuće.'

'Da, podsjeti me na to, ne dozvoli mi da zaboravim da sam tu obični uljez.'

'Hej, gospođo Black,' Gidi nastavlja, dodirujući je i dalje. Ona se jednom rukom šminka, drugom ga rukom odguruje od sebe. 'Ti si gazdarica ovog prostora,' nastavlja Gidi. 'A ja sam gazda. Mi smo tim, sjećaš se?'

'Kao kroz maglu.'

'Baš si psihički loše ovih dana.'

Valle ga želi ubiti, da, ubiti. Slaba je. Nema snage, ni vremena, pred odlazak na izložbu kidati konce kojima je Gidi povlači natrag, njemu. Odlučuje svojim bijesom raniti sopstveni identitet.

'To je zato što mrzim sebe kao gospođu Black.'

'Šteta. Bilo je elegancije u tvojoj odluci da prihvatiš prednosti i ograničenja gospođe Black. Lijepo ti je stajala ta maska.'

'Da, kao da sam nosila moderne stvari mnogo sezona, a u suštini sam žudjela za farmericama.'

'Pa obuci farmerice večeras.'

'Ne večeras.'

Fali joj Ziko. Išla je do naselja par puta, nijednom tamo nije bilo njegovog motora. Bilo joj je fizički loše od toga koliko joj je nedostajao. Boljele su je kosti i mišići, imala je vrtoglavice. Ponekad bi pomislila da ima alergijske reakcije na sve ljude koji nisu On; ili barem gripu, ili rak. Pila je hipnotike za spavanje, duple doze od po pet valjda *miligrama*. Nadala se da nisu grami u pitanju. Preko dana preživljavala je uz alkohol. Ta je kombinacija činila agresivnom, a tupom. Odmah nakon buđenja, ili u rijetkim pauzama između djelovanja hemikalija, bježala je u kupatilo, zaključavala se, tamo sjedjela na šolji dok joj noge ne utrnu i plakala dok joj kapci ne oteknu, držala se za stomak u kojem joj je bolno odjekivala praznina; u stomaku više nego u grudima. Mislila je kako joj je ovoga puta gubitak Zika teže padao nego onda, kada je bila gotovo dijete, i kada je vjerovala da je mrtav. A ne bi trebalo. Sada zna da je živ, i da voli svoj život, da je miran u njemu, i kad bi ona bila prava, zrela žena, a ne stara, a opet pogubljena djevojčica, bila bi srećna što on još uvijek postoji u istom svijetu kao i ona, što samo ona čuva njegovu tajnu, što ga čuva u sebi. Doći će to, valjda; ali za sada je boljelo - patiti za njim sama i u tišini.

'Kada možemo krenuti?' pita je Gidi.

Valle slegne ramenima. Okrutna je prema njemu, i baš je briga. Neka je muž otjera iz kuće. Neka je pljune sada. Samo da je ne ljubi više, u vrat, poput starog vampira; ni u vrat niti igdje drugo neka je ne ljubi. Ne može izdržati, presnažno krizira za Zikom.

'Budi spremna za 15 minuta,' naređuje Gidi. Kratke komande njegova su osveta.

Njena osveta: još jedno ležerno pristajanje na nevažne komande. I zato samo prošapuće: 'Okej,' leđima svoga muža, u ogledalu.

Niko tu nije na dobitku, ni naredbodavac, ni hladnoća, ni muž, ni žena, ni kuća, ni dom, ni - oh, kako je sjebana. Sjedne, onako gola, na klozetsku šolju, s glavom u rukama. Diše duboko da umiri nervozu. Samo da izađu van iz ove kućerine.

Podigne glavu i vidi da Gidi opet stoji na vratima njenog kupatila.

'Dušo moja,' kaže joj. 'Znam da ti je teško. Znam za Storma. Želim ti kratko reći - sve je u redu. Biću tamo uz tebe, zbog Nikolete i tog iznenađenja koje mi je pripremila. Znam da se ni tebi ne ide, ali ne moraš brinuti. Ja sam na tvojoj strani. Praviću se da ništa ne znam, da ništa ne vidim. Ipak, volio bih da jednom otvoreno o tome porazgovaramo.'

'O čemu?'

'O nama, o vama.'

'Ti misliš da mi je Storm ljubavnik?'

'Ništa ja ne mislim. Ono što znam je da se s njim potucaš po gradu, ali čekam da te prođe. Ne pitaj me kako znam, neko mi je nešto javio, malo sam pripazio na tebe, išla si često kod njega u stan, u ono vrlo surovo državno naselje. Plašio sam se, a nisam znao što uraditi, pa sam samo pazio na tebe. Iskreno da kažem -'

'Prestani!' zavrišti Valle. 'Stalno samo ti imaš to pravo na 'iskreno da kažem'. Ja nemam ništa s tim Stormom! Maltretiraš me!'

Prezire sebe mnogo više nego što je bijesna na Gidija. Kako je samo razmažena - a on je razmazio, on, njen muž koji je kao maltretira, sada. U trenu se prisjeti šta je prava bolesna ljubomora: njen je otac znao posmatrati na koji je način njena majka prala šoljice od kafe nakon što odu gosti. Ako je zarivala prste u neku šoljicu - ocu bi to bio znak da bi se majka 'dala, odma', bez razmišljanja' onome ko je iz te šolje pio; jer, navodno je neke šolje s gađenjem prala, sunđerom, bez dodirivanja kožom, dok je ove, od ovih muškarčina s kojima bi legla 'detaljisala'. O, Bože. Nema ona pravo da bude tako okrutna prema Gidiju. Iz kakve je ona nerazumne porodice njemu stigla, pa još uz to neobrazovana, izranjavana i 'označena' grijehom. Gidiju, naravno, sve to nije bilo važno; štoviše, divio joj se kako je izdržala živjeti u tom mulju sama s kćerkom, imati posao i biti ljubazna, topla i nasmijana. Zapravo je samo bila mlada i zaleđena u šoku.

Onda i taj njen brat. Pa, da! Njen glupi brat, slabić, koji je odbio da večeras ide s njima. Valle sada zna i zašto je odbio. Izdajnik, umislio je da mu je Gidi i otac i dobročinitelj - on je taj koji mu je rekao da je Valle 'u problemu', da 'ili ima ljubavnika, ili je potpuno pukla.' Ona zna da je tako bilo, može jasno sebi predstaviti tu scenu, njenog brata kako mlatara rukama dok sve to saopštava Gidiju. I još zna da je Gidi na te riječi odmah otvorio svoj debeli novčanik, ili ispisao ček, platio bivše policajce da je uhode. Opet joj je neki muškarac, gospodar njenog života, poslao druge muškarce da joj se šunjaju iza leđa, uhode je, s penisima umjesto kompasa. Jadnica. Oči joj se pune suzama, prezire to, bijesno obriše obraze hladnim dlanovima.

'Ne želim da me gledaš u ovom stanju,' kaže Gidiju, znajući da njen Gidi, ako ništa drugo, poštuje pravo žene na odabir toga ko će je gledati dok je gola i na WC šolji.

Gidi pokaže na svoj sat - oduvijek je mrzio kašnjenja, smatra to crtom inferiornog karaktera - i zatvori vrata od kupatila.

Stormu su dali Saatchi prostor na Sloane Squareu, i to onaj glavni izložbeni prostor, sve četiri sobe na najvišem spratu galerije. Sve za Storma, samo da im ne isklizne iz šaka, ne pobjegne u Ameriku. Galeristi ga vole, Valle to zna, mlad je, a opet zreo, originalan i odgovoran. Zato mu i plaćaju hotelski apartman. Vjerovatno je prerastao onaj mali hotel '4 cvijeta'. Možda se preselio u neki mnogo prostraniji atelje, ispod krova kakve niske zgrade u Čelziju. Zamislila je da bi mogao živjeti u Markham ulici, u jednoj od pastelno ofarbanih kolibica. Ispred ulaza u Saatchi galeriju, Gidi i Valle čekaju na Ninu i Jeroma da im se pridruže. Svi će se upoznati te noći. Valle se kaje što nije ipak obukla farmerice, kad joj je već i Gidi to predložio. Umjesto toga, u tijesnoj je kožnoj suknji i svilenoj Klajn bluzi vizantijsko-plave boje, prilično dubokog izreza; ima tanke najlon čarape, 5 dena, boja osunčane kože, ali sve na njoj hladno je pri dodiru s tijelom, hladan je za početak aprila i njen tanki kožni sako. Tamno sivi šal od alpake grebe je po vratu, od čega joj se koža još više naježi. Valle strgne šal sa sebe i strpa ga u torbu. Gladna je. Prisjeća se silnih pizza koje je pojela sa Stormom, u njegovoj sobi u hotelu-motelu, sjeti se topljenog masnog sira koji joj se rastezao preko golog stomaka i sisa, do usta, zalijepljenih za usta svog ljubavnika, tako budalasto; sjeti se svrabeža u vagini od šećera, od tijesta i piva. Išla je vaditi bris zbog toga. Čudo pravo da joj ništa nije uvalio, samo nezdravu hranu na koju je njen Ph reagovao kandidom. Da, za neke stvari trideset devet godina nikada neće biti 'dvadeset-pet modernog doba'. Hladno joj je, piški joj se. Gdje su Nina i taj njen Jerome? Svako stalno kasni, osim nje i Gidija, svako svuda kasni i oni ih čekaju, bez riječi. Večeras pogotovu bez riječi. Gidi puši, on ima svoje cigarete, svoje pušenje, kojemu se unaprijed raduje kada treba nekog čekati, ili o nečemu znakovito ćutati. Ona ne može još i pušiti, držati tanku cigaretu među hladnim prstima i poslije toga danima sebi smrdjeti.

Gidi preplašeno baci cigaretu na vlažni pločnik čim preko trga vojvode od Yorka ugleda kćerku kako izlazi iz taksija. Još na Maldivima, obećao je svojoj Nikoleti da više nikada neće zapaliti cigaretu. Nina trči prema njima dok njen Jerome kavaljerski plaća taksistu. Valle se nasmije. Njen smijeh, zvonak kroz čisto prostranstvo trga od Yorka, kao da izazove Jeroma da se, odmah nakon plaćanja, preko trga zagleda u nju, dok Nina razdragano korača nekoliko metara ispred njega, prema roditeljima, iskričavog koraka i pogleda; ovo je za nju važna noć.

Čak i izdaleka, Jerome liči na svog starijeg brata. Imaju istu boju kože, duboko maslinast ten, istu gustu kosu, pune usne. Jerome još uvijek nije Stormove visine, a možda neće ni dostići visinu starijeg brata. Koliko Jerome uopšte ima godina? Valle mu se smiješi sa stepeništa galerije, dok im se mladi par približava. Jerome ne uzvraća osmijehom; lijepo lice tog dječaka sada je uplašeno, šokirano. Zašto, zaboga? Nije valjda da ona i Gidi tako djeluju na njega. Tako strogo. Vjerovatno samo nisu opušteni. Nina ih je sigurno predstavila kao opušteni par laganih roditelja. A sada, kao prvo, obučeni su previše formalno; Gidi ima leptir mašnu, avaj, i crni sako od pliša. Na ulazu je gužva, stepenište je pretrpano ljudima koji strpljivo čekaju svoj red da pristojno uđu unutra, bez guranja. Ko zna, možda mali Jerome uopšte i nije preplašeno gledao baš u nju. Sada je Nina već uz njih, svi stoje i čekaju njenog Jeromea, koji je nestao u gužvi.

Nina cupka u mjestu, kao od hladnoće, ali Valle zna da je od treme. Ona siđe do pločnika, odšeta desno i lijevo, pa se opet vrati kod roditelja. 'Ne shvatam,' kaže. 'Gdje mi je nestao dečko?'

'Dečko?' Gidi se toboš iščuđava. 'Kakav sad dečko?'

'Jerome. Ovaj momak s kojim sam izašla iz taksija.'

'Mislim da je on već ušao, draga,' odgovara Gidi. 'Preplašio se od nas.'

'To mi baš ne liči na njega. Siguran si, tata?'

'Ti znaš da ja sve snimim. Samo se pravim naivan.'

Nina krene prema ulazu, roditelji je prate, ne progovarajući ni riječ. Kćerka preuzima ulogu vođe, i, poput svakog vođe, krije strah da će ispasti smiješna, da se nije dobro pripremila za borbu. Puštaju je da ih vodi, zajednička su joj podrška. Valle gotovo da voli Gidija, u ovom trenu, dok Nikoleta juriša zavojitim stepenicama prema poslednjem spratu, a njih je dvoje prate brzinom tjelohranitelja-vršnjaka.

Na četvrtom su spratu lijepi, mladi domaćini i domaćice, unajmljeni za taj događaj, probrani iz najbolje londonske agencije za iznajmljivanje poslužitelja i obučeni u dobro skrojene crne košulje i crni džins. Nude im čaše roze šampanjca, svježe usutog, uz srebrne tacne pune kanapea koji se cakle od svježine namirnica, škampi, lososa, povrća, na jastučićima peciva od, Valle bi rekla, organskog heljdinog brašna, da niko od gostiju ne dobije kakvu intoleranciju na hranu, nadimanje, neprijatnost. Prostor za izložbe Saatchi galerije može primiti veliki broj ljudi - koji se za Storma očekivao - podnijeti gužvu bez stresa, naprotiv: gužve tom prostoru najbolje pristaju. Valle vidi mnogo lica koja prepoznaje, zbog Gidija, zbog medija; mnogi od njih prilaze Gidiju, rukuju se s njim, sa njom, svi ukazuju na činjenicu da je mladić prosto nevjerovatan, kakva hrabrost, kakav pomak, odmak od svih uzora. Valle Stormovu umjetnost nikada nije smatrala hrabrošću; više je to za nju bila vještina koja obećava uranjanje u dubinu ako zadrži iskrenost dok se neminovno kuje u zvijezde. Ali, hrabrost? Pa, možda je dodao i hrabrost od kad su se njih dvoje razišli, možda je i ona na neki način na to uticala. Koncepcija izložbe takva je da su tinejdžerski mozgovi i staklene makete scena što ih takvi mozgovi uzrokuju postavljeni u prve dvije sobe; a da su 'neke majke' u sobama desno, gdje se ulazi nakon razgledanja tinejdžerskog projekta. Valle je vidjela uglavnom sve te staklenke, sve te slike mozgova; nekima je, po njenom mišljenju bespotrebno, dodao, kao duhovitost, još više seksualne eksplicitnosti. Čemu to? Pa bile su to lijepe slike i crteži i prije 'naduvavanja provokativnosti' - kako je ona to u sebi nazvala. Nudi joj se još šampanjca i ona uzima. Staklenke već imaju mnogo ejakulacije, sisetina, mufova, klitorisa, ili homoerotičnosti; baš je mogao crteže i slike ostaviti nevinijima. Pa, valjda zato ljudi govore da je to hrabrost. Ali, da. U daljini ona vidi pozadinu Gidijeve glave. Nema Jeroma. Jeroma dakle uopšte više nije vidjela. Pogledom potraži Ninu i vidi je, svoju jadnu kćerkicu, vidi je kako zvjera okolo, ne gleda radove, samo traga za Jeromom. Valle joj priđe. 'Sviđa ti se ovaj dio o tinejdžerima?'

'N-da,' kaže Nina. 'Ne znam,' spusti pogled. 'Učinilo mi se, dok sam radove gledala kod Jeromovog brata u ateljeu, da su pozivali na intimnost, da su mi govorili nešto kao 'ostani uz mene'. Sada nisam u to sigurna. Nešto strašno kao da se dogodilo.'

'Crteži su mu dobri,' kaže Valle. 'Kao kod tih mojih crnogorskih majstora o kojima sam ti pričala.' Vidi da Ninu to trenutno uopšte ne zanima. 'Uglavnom, sve ovo postići će astronomske prodajne cijene, i - prodaće se bez problema.'

'Heeeej,' začuje u tom trenutku iza svojih leđa. Okrene se i vidi Laureen, pripitu, naravno. 'Dobro je da sam te ovdje našla,' kaže Laureen. 'Ćao mala,' kratko poljubi Ninu i opet se okrene prema Valle. 'Idemo odmah negdje na večeru i piće, okej? Ovaj tvoj Storm je ljudima interesantan, mi smo ga odradile, pomalo i iskoristile, ali zapravo i nije nešto, da znaš. Ovaj tinejdžerski dio, ma slatko je to, ali onda onaj majčinski dio - da, baš se vidi da nema pojma o ženama. Dosadno. Nema potrebe da gubite vrijeme tamo. Vodim vas na večeru. Idemo.' Laureen ih obje grabi za ruke i pokušava izvući napolje iz izložbene sobe. Pijanija je nego što je Valle mislila.

'Moramo sve pogledati,' odgovara Valle. 'Ali kratko ćemo, ne brini. Vidim da je Gidi već ušao u te sobe za drugi dio.'

'Ma, Gidi će to i progutati,' neodređeno će Laureen, kolutajući očima prema Nini. Još uvijek ih obje čvrsto drži za ruke i ne da im da se pomjere dok mrmlja da sve je to glupavo, umjetnost je sranje, treba se držati zemlje, umjetnost je prevara.   Valle joj napokon kaže 'Popila si,' a Laureen uzvrati da nije još dovoljno i da se može kladiti da će i ona piti.

'Curo, nemoj ići unutra,' govori joj Laureen dok Valle istrže svoju ruku iz njene. Nina je već to napravila i nestala u drugoj prostoriji.

'Pa nije valjda toliko loše,' dovikne Valle Laureen u odlasku i vidi kako Laureen bespomoćno slegne ramenima. Rijeka ljudi kao da se razmiče pred njom - ili joj je se ova slika javila kasnije, poslije događaja?

Ušeta u prostoriju iznad koje piše *Some Mothers* i - odmah shvati, pogledom obuhvati da to je samo ona. Na svim platnima. Samo ona. Ona je, i samo ona, to veliko, raskrečeno, požudno biće, tako vjerno prikazana na platnima, s kojih kao da će sama sići svakog časa, i sama sebi u lice pljunuti zbog gluposti. Jer, prvo što ugleda njen je mladež između grudi. Na svim je slikama. U obliku poljupca je, i tako postavljen da se čini kako taj mladež drži ravnotežu aktova. Sve se ostalo vrti oko mladeža i odlepršalo bi da njega nema: njen zavodnički i zavedeni izraz u očima; položaj tijela odmah nakon orgazma, s pogledom još zanesenim, i živim, i, nesumnjivo, potpuno njenim.

Prva joj je misao da zna zašto je Jerome nestao. On je gledao ove radove dok su se stvarali, on je nju odmah prepoznao - ljubavnica njegovog brata majka je njegove djevojke. Kao u kakvoj petparačkoj seriji. Jerome ima integritet, ponos, rekla je Nina. Valle razumije zašto je pobjegao; Nina to neće još dugo razumjeti.

Začuje Ninin šokirani vrisak iza sebe. O, dijete moje - pomišlja Valle, prije nego joj se opasno zavrti u glavi. Neko je hvata za ramena i govori joj da se odmah okrenu i odu.

'Idemo odavde!' ponavlja taj neko. To je Gidi. Uvijek je to on.

U uglu prostorije, Valle, uprkos vrtoglavici, spazi Storma, okruženog krugom profesionalnih posjetilaca izložbi među kojima je, odmah pored njega, njegova trenutna 'djevojka za otvaranje izložbi'. Tako tipično, takav kliše, tako provincijalno. Cura je tako mlada da možda nije nimalo ili sigurno ne mnogo starija od Nine. Naravno, staro pravilo: nakon starije ljubavnice uvijek slijedi jedna premlada, da izbalansira osjetila. Ova Stormova uz to je i visoka, mršava, kose raščupane kao poslije seksa, jake šminke na očima i samo sjajila na blijedim, punim usnama; ima još neke rase u njoj, nešto orijentalno, indijsko, pakistansko, o sve je to tako moderno, zar ne? Tako predvidivo. Djevojčin zaleđeni osmijeh potpuno je nepovezan s njenim zvjerajućim očima. Njene oči predatorke, istovremeno čuvarice svog muškarca da ne postane plijenom, prve ugledaju Valle. Storm je spazi tek kada ga djevojka lagano laktom i trzajem glave upozori na približavajuću opasnost. Storm joj se čak nasmiješi, taj mali gad. Taj gad! *Bastard*! Govno! Lopov!

'Izdajice!' ona počinje vikati. Sada su je već svi primijetili. I svi znaju da je to ona: gola žena sa slika, s prepoznatljivim mladežom koji joj vjerovatno i u tom trenu proviruje iz preduboko otkopčane košulje; s orgazmom u pogledu, s predajom do kraja, s ranjivošću, možda i mentalnom bolešću. Storm je to dobro odradio, mora se priznati. Ali sada zaslužuje da to njegovo ljigavo oko umjetnika bude barem malo kažnjeno - neka svi znaju da će kad-tad biti iskorišćeni, pokradeni. Ništa je to u poređenju s nezasluženom kaznom koja je nju stigla. Ali gotovo je sada; ona mu, tu pred svima, na otvaranju njegove izložbe, mora reći da je loš čovjek.

'Izdajice!' i dalje viče, ne prestaje. 'Ljigavče! Tužiću te! Ti si lopov i diler droge, ti nisi umjetnik, ti nemaš dušu.'

Najedanput je tu, sasvim uz njega. Više je niko ne vuče natrag. Ne, neće mu pljunuti u lice. Uhapsili bi je, samo je to sprječava.

'Ti, malo govno,' kaže mu. 'Prodaješ kokain djeci, zašto, priznaj, zašto? Ne čak ni zbog novca. Zbog inspiracije! Oštećen si, ljigav, bolestan. Tužiću te.'

Hvata ga za nadlaktice i divljački ga trese, probuđenom snagom za koju nije ni znala da je tako dugo spavala u njoj. Neko Stormu iz ruke uzme čašu s pićem dok ga ona nastavlja tresti i naguravati do zida. Nevjerovatno, on se samo smiješi; iz njegovih usta ne izlazi ni riječ; njemu je sve to reklama.

Valle zna da bi ga mogla istinski povrijediti ako bi mu sada rekla da zna da ga je majka napustila, da nije umrla. Ali neće to reći. Biće on kažnjen kako zaslužuje, jednoga dana. Za sada je previše mlad da bi znao da je slava takođe lopov i izdajica, poput njega, da je iluzija, da će proći. Mrzi ga što je tako otporan na sve, na skoro sve, samo zato što je mlad. Kako će ovo preboljeti ona, koja to više nije, i koja ne može nakon ispada sebi šmekerski reći nešto kao: 'Auh, ludačo, koji si spektakl odradila *tamo negdje*' (to bi već bilo iza nje), izaći u neki klub, među ljude, utopiti bijes, razočarenje ili tugu u muzici, drogama, piću, među vršnjacima? Ovo će nju dugu razdirati i ona samo može čekati da vrijeme učini svoje.

'Nema budale do stare budale,' govorili su njeni roditelji dok su bili još mlađi nego ona sada.

Iza leđa čuje cviljenje svoje Nine. 'Mama, mama,' govori njena kćerka i štipa je po ruci. 'Molim te, mama, to je tako sramno.'

'Ali ja moram,' govori Valle isprekidanog daha, 'ja ti...moram pokazati...kako izgledaju govna...i...kako s njima...'

'Ne moraš,' izgovori Nina, prije nego što Valle odjednom izgubi tlo pod nogama.

To je Gidi podigao da je nosi, tako ludu, da je nosi odatle; Gidi koji zbog toga može sada umrijeti; njegovo je srce preslabo za to. Jer treba je nositi četiri sprata, pa preko trga, do nekog taksija. Valle se povinuje; Valle se umiri. Zbog svog muža, koji je nosi i teško diše; ali ne ispušta je. Napolju, spusti je na pločnik, nježno, ne gledajući u nju. Umjesto toga, pogledom traži slobodni taksi. U taksiju, Valle opet ima slom živaca pri pomisli na sve što je tek sada čeka. Guši se, hvata se za grlo, pokušava izaći iz taksija dok je još u vožnji; ne uspijeva, naravno, to se auto srećom automatski zaključa čim putnici naruče vožnju. Srećom po sve, osim po nju, misli ona. Počne gristi svoje nadlanice, da izgrize vene na njima, do krvi.

* * *

Budi se u bolnici: bolnička svjetlost, polupodignuto uzglavlje kreveta, tirkizni zidovi, žućkasto staklo na prozorima, medicinska sestra koja je potapše po dlanu, odmakne se i Valle iza nje vidi Draganovo lice. Samo trenutak, dva ne zna zašto je tu, onda se sjeti svega čega se može sjetiti - vrištala je na izložbi kada je prepoznala sebe na Stormovim aktovima; vrištala je jer su je svi izdali, iskoristili, jer treba biti hladna kučka jer samo tada psine neće kidisati na nju, na ženu; ugurali su je u taksi; u taksiju je nastavila dramiti, očajnički se batrgajući da izleti napolje, na ulicu, udarala je nogama u vrata - i pri tom je sjećanju sada stegne grč u stomaku. Čvrsto zatvori oči od stida i boli. Dragan sjedne na njen krevet, iz oka joj na sljepoočnicu, na jastuk, sklizne jedna suza. Nije privezana ni na kakvu infuziju, dobro je, barem to.

'Šta sam uradila poslije taksija?' pita brata.

'E pa bilo je svega, barem kol'ko sam čuo. Mnogo si vrištala po kući, htjela da se ubiješ, Ninu si udarila, Gidija isto, mene nisi, šteta što mene nisi, ali ja nisam bio prisutan. Nina je zvala policiju, a Gidi hitnu pomoć. Eto, to ti je to. Sve je u redu, ideš kući sa mnom, još malo.'

'Nina i Gidi,' šapuće Valle. 'Tamo su?'

'Gidi je tu, ispred bolnice, puši valjda pedesetu cigaretu. Sad će doći, svaki čas.'

'Uh.'

'Super ti je on. Smiren, totalno. Nemoj se plašiti da će te osuđivati. Vjeruj mi - osude i kritike neće biti, mada, ako ćemo iskreno, ova je noć za njega bila najveće poniženje, mislim -'

'Nećemo o tome, Dragane. Moraš naučiti kada da staneš.'

'Ja to moram?' pita Dragan. Valle umorno klimne glavom. 'Dobro, sestrice, kapiram. Nego, sve je on sredio, Gidi.'

'Šta je sredio?'

'Sve to, s Ninom, uglavnom. Ima plan, dobar plan. Ne brini, ja kad ti kažem.'

Valle zatvori oči, i ne uspijeva ih ponovo otvoriti. Smeta joj ta bolnička svjetlost i pritisak u glavi, bol u vratu. Tone u san. Zvukovi ulice, mora, nekakve pijace na obali mora, ulični prodavci, nadvikuju se, umiruju ih starije žene obučene u tamnu, zimsku odjeću iako je ljeto; u njenim je ustima ukus iz usta tih starih žena: kao na kozji sir, na kisjelo mlijeko. Ona sanja.

Valle se budi i vidi da sada Gidi sjedi kraj njenih stopala. I dalje je u plišanom sakou, ali bez leptir mašne. Ne gleda u nju, nego u medicinsku sestru koja ispunjava bolnički formular.

'Hej,' kaže Valle i dotakne mu lakat stopalom.

'Hej, draga. Jesi li se naspavala?'

'To jesam..'

'Hoćeš li ovdje nešto pojesti?'

'Ma, ne.'

Gidi je pomiluje po kosi.

'Oprosti mi,' kaže mu Valle.

'Sve je to već završeno,' odgovori joj Gidi. Zvuči kao da je u najmanju ruku poslao neku mračnu facu da pretuče umjetnika. 'Sve je oprošteno. Ne požurujem te, ali možemo ići odavde ako to želiš. Kad god to želiš.'

'Koliko je sati?'

'Skoro sedam ujutru.'

'O, Bože. Nina?'

'Ne brini. Nikoleta i Dragan su doma. I Laureen je tamo, kod nas, nadam se da ne zamjeraš. Ponudila se da dođe i pristali smo.'

'Laureen je svetica. Ali Nina...Hoće li Nina ikada više biti dobro?'

'Nikoleta? Što ne bi bila dobro? Ona je punoljetna! I, da, dobro je, odlično. Iznenađujuće dobro. Pitala me je li to normalno da ona sada, kao 18-godišnjakinja, misli više na tvoju dobrobit nego na svoju. I je li to znači da nije ni voljela tog malog...kako ono bješe? Neko hippy ime, ah, Jerome, ha!' Gidi uzdahne. 'Nikoleta je divno dijete. Čuj,' nastavlja Gidi. 'Bolje da ti odmah saopštim. Napravili smo plan, Nikoleta i ja. Vas dvije... Vama je najbolje da odete u Crnu Goru, što prije. Uskršnji praznici tek su počeli, imate tri nedjelje, barem. Što se mene tiče - ostanite koliko god želite. Malo sam i sebičan. Želim da budeš tamo koliko ti je god potrebno da bi, ukoliko mi se vratiš, više bila ovdje, srcem, dušom. Obećavam, i ja ću odrasti u međuvremenu. Beznadežno loše zvučim sam sebi, ali tako nekako mislim. Nadam se da razumiješ. Nadam se i da ćeš mi se vratiti, no to je sada manje važno. I Laureen se slaže s planom, ti znaš da je ona na tvojoj strani. Tvoj te posao čeka. Uzmi čitavo ljeto slobodno, ostani u Crnoj Gori do jeseni ako treba.'

Gidi nastavlja, živahno, pun optimizma i vjere u plan, govori joj kako je Nikoleta odmah, bez pogovora prihvatila njegovu ideju oko odlaska u Crnu Goru. 'Tako zrelo,' kaže Gidi, 'tako je zrelo reagovala.'

Razumjela je u trenu zašto je to dobar potez. Uostalom, Gidi misli da ona želi otići negdje, što dalje od Jeroma i malo lizati rane što se njen dečko prilično kukavički ponio, nestao kada je znao da će ga trebati. Tamo, u Crnoj Gori, tamo će pisati muziku, rekla je njemu, Gidiju. Uvidjela je da London nema smisla ako se iz njega povremeno ne ode u potpuno drugačije sredine. Ako se ne ode, onda se i u Londonu postaje provincijalka. I kao takva jedna londonska provincijalka, djevojka poput Nikolete bi ili počela tražiti muža, ili snobovske vrste zabava, ili bi završila ispod svojih mogućnosti, kao sluga u servisnoj industriji neke vrste.

'Morate otići,' govori Gidi, 'a sada je idealno vrijeme za to. Poklopilo se. I tebi treba majka, zašto da ne, kad je već imaš, još uvijek živu.'

Valle se promeškolji u krevetu. 'Onda,' kaže, 'onda, to je konačna odluka. Možemo kući sada.'

Odjednom, ta kućerina na Eaton Squareu jeste njena kuća. Sada to zna, kada joj je rečeno da će ići u zemlju koja joj je nekada bila jedini dom. Spremna je za tu zemlju, jer napokon zna da pripada Eaton Squareu. Ide na odmor, kod majke. I kod oca, ali majka je majka. I za nju, i za Ninu, i, na kraju krajeva - u njoj se budi mir i želja za saživotom tri generacije žena koje dijele iste gene. Spremna je za odlazak.

Na Zika je pomislila tek nakon što je potpisala formular da dobrovoljno napušta Chelsea Westminster bolnicu. Pomislila je i kako joj je tužno to što je tek tada pomislila na njega, njenu najveću ljubav. Znači li to da je ispražnjena, zaleđena? Ljudi bi rekli - *izliječena*? Ziko nije zaslužio, čak ni on, da zna išta od ovoga što se dogodilo na izložbi; nije zaslužio, ni on, on, njen Ziko, da ikada sazna koliko će uskoro, opet, dođavola, opet patiti za njim. Sve će to podnositi sama, bez pozivanja, bez noćnih lutanja, bez prijatelja, bez terapeuta. A zapravo, ni Zika ni Storma nikada nije voljela onoliko koliko je mrzila svoju usamljenost; zaludnost svog života koja joj je poput promaje duvala kroz ispražnjene emotivne džepove. Zapletene je misli odgurnula od sebe, nije ih htjela uz sebe, poput duhova, poput napornih umišljenih prijatelja. Znala je: kada se organizam ohladi, boljeće je, uz ranu od izložbe, i rana od Zika. Ali zarašće, sve će zarasti.

Nema ponovnog početka, prijatelju. Nema ponovnog početka. Opet joj se nečiji stihovi vrte u glavi. Svejedno, u glavi joj se još od prošle noći vrti od svega, od šoka, od hemije koju su joj ubrizgavali, od gladi - a sada još i ti stihovi, poput hipnoze. Zaspaće tu, na Gidijevom ramenu, dok je on drži ispod ruke i vodi niz bolničke stepenice, otvara joj vrata Audija kojeg vozi njihov lični šofer - sve joj je taj čovjek obezbijedio - pomaže joj da se udobno smjesti na zadnjem sjedištu. Ona mu, tamo, opet naslanja glavu na rame, 'Nema ponovnog početka, nema još jedne šanse, nema iskupljenja.' Sve to bili su mitovi, motivi za umjetnost. Ovo je pravi život, gdje se ovog trena čini da se može početi ponovo, s manje ljubavi, manje strasti. Ali - i to se samo čini, Valle zna, nema ni tu pravog ponovnog početka. Prijatelju, nema. Sve to samo su trenuci. Trenuci su najvažniji. Pustiće trenutke da budu ono što jesu, neće im odmah prišivati mitologiju. Jedino se tako može oporaviti.

NIKOLETA

APRIL 2014

Dragi tata,

Istina je, u malenoj sam zemlji. Znaš da je mama stalno tako zvala Montenegro, *malena zemlja.* Nerviralo me to. Smatrala sam da je mamino najjače oružje bilo ime zemlje njenog porijekla. Zašto je baš to izbjegavala? Montenegro. To mi je zvučalo kao gotika, egzotika, udaljeni topot kopita. Kao srednjevjekovna tvrđava, a oko nje - očuvana raskošna priroda. Nisam kapirala zašto me mama ne želi nikada tamo odvesti, u taj Montenegro.

A ipak. Ipak. Ovdje je sve zaista maleno, minijaturno, samo su ljudi ogromni i glasni, tako da izgleda kao da prostora ima još manje. Kada smo sletjele na podgorički aerodrom, izašle smo u nepodnošljivo topao zrak - ispunjen, moram priznati, opojnom kombinacijom mirisa čempresa i već ugrijane trave - i hodale smo preko piste do ulaza u zgradu aerodroma u kojoj ima samo jedna pokretna traka za prtljag, na koji smo svejedno čekale barem sat vremena. Nakon toga su nas, to jest mamu, kinjili na carini 'kako to da nije dolazila tolike godine, kako to da joj kćerka ne govori crnogorski, kako nije ništa nikome donijela, došla s dvije torbe samo?' Odmah sam shvatila dvije stvari:

a) dobro je što sam skoro čitavog života slušala mamu i ujka-Dragona kako se prepiru na crnogorskom jer ja ga zapravo sada dosta imam u glavi, to jest - u onoj sam fazi kada skoro sve razumijem (jer ljudi se tu uglavnom prepiru), ali ne mogu progovoriti; i

b) tu nema mnogo poštovanja za nečiji *private space.* Gotovo sam mogla golim okom vidjeti kako probijaju mamin private space. Ugh, bilo je gadno, tresle su joj i ruke i glas. Mislim da se odvikla od toga. Bilo mi je žao, prvi put u životu.

Kada su nas napokon pustili da izađemo iz te zgrade u kojoj nema nikakve klime, nepodnošljivo je zagušljivo unutra, počela je da pada, baš da se strovaljuje sa neba, neka užasno krupna vrsta kiše, koja od tada nije prestala. Kiša dakle pada već danima, i niko uveče nigdje ne ide, tako da znaš da mama nije lagala - zaista se ovdje ljudi plaše kiše. Uz trotoare kulja vodurina kaki-boje, i ljutito šišti dok kiša pljušti. Nejasno je izliva li se iz kanalizacije, ili se u istu ulijeva. 'Nepoznati su joj i izvori i ušća,' što bi ti rekao citirajući nekoga (oprosti, zaboravih koga a kod babe i dede naravno nema interneta, pa ne mogu guglati i praviti se pametna). *Ie,* lokve odmah postaju virovi, a virovi ludački teku nizbrdo, mada smo u ravnici, to jest u diskrepanci, kaže mama. I još je svačije prvo pitanje da li u Londonu stvarno stalno pada kiša. Dođe mi da vrištim. 'Nikada ovoliko kišurine nisam vidjela u Londonu! Uaaaa!'

Svojim poluzemljacima, mada se plaše kiše, priznajem jednu ludu hrabrost: kada su žedni, a to je vrlo često, samo odvrnu slavinu i piju vodu odatle, iz pipe koju zovu 'slavina', kao 'slovenly' se to izgovara, tako nekako. I mene tjeraju da odatle pijem. Stvarno, ne hvala. Ta je voda potpuno zamućena, ali njih fascinira što je, navodno, tačno onoliko hladna koliko to voda treba biti; odnosno 'ledna je'.

Ne brini, tata, ja ipak kupujem svoju vodu, oni mi se smiju i govore mi: 'Kupuješ Peckham spring ha-ha-ha.' Presavijaju se od smijeha, svi do jednoga. Navodno je to neka epizoda iz serije 'Mućke' koja je ovdje i dalje kult, čak me sažaljevaju kada im negativno odgovorim na (često) pitanje - živim li u Peckhamu ili barem negdje blizu Peckhama. O, Bože. Takođe, smiju mi se jer pijem vodu malim, čestim gutljajima, čak me imitiraju i smiju mi se, glasno. Ponekad mi u moje prazne boce uspu vodu iz slavine da me prevare. Vidim ih dok to rade, pustim ih da mi te boce donesu i zahvalim se, pravim se da ne kapiram jer očigledno ih to mnogo zabavlja. Zašto to rade? Nikada nisam upoznala ovakve ljude, čija su ponašanja neobjašnjiva, a šale surovije od engleskih. Oni su svi stalno, dakle, žedni (je li to nacionalna odlika, ili endemski dijabetes sa samo jednim izrazitim sipmtomom?) i loču, kao - ma, neću da vrijeđam životinje - ali loču i gutaju kao pred smak svijeta. Totalno dvadeseto stoljeće.

Već sam upoznala otprilike 1344 osobe iako sam tu tek nedjelju dana i nisam išla ni u kakvo pozorište, kino ili koncert. Kod babe i dede stalno dolaze gosti. Ne znam šta su. Gosti, rođaci, prijatelji, komšije... Ali svi se isto ponašaju, kao da je to njihov prostor.

'O, mala Londončanka, o, o,' svi govore isto, i prekrivaju me pogledima od glave do pete, tako da se do ušiju zacrvenim, a ti znaš da meni rijetko kada krv dopire u obraze. 'Smijemo li sad pušiti kod vas od kad vam je tu Londončanka?' Naučila sam kako se to kaže na crnogorskom - *ođepušit*. Ogavan jezik, sveprisutni glas 'đ', kao *j* u *juice*. 'Viđi je, viđi joj kosu, viđi viđi viđi đđđđ, izluđeću!'

Crnogorski je jezik intonacijom isto kao i crnogorska kišnica - bez izvora i ušća, kao da je sve jedna sumanuta, preglasna riječ, najduža na svijetu.

Kada napokon ovdje - *God, please!* - počnem pisati muziku, biće uvrnuta; pa, možda i ispadne neki originalni miks buke, bijesa, slova đ i - engleske stisnute gornje usne.

Ko zna kada će i hoće li to biti. Klavijature su preživjele let i prošle carinu, ali još uvijek tužno samuju u kutiji, obmotane pucketavim mjehurićima, utišane srebrnom ljepljivom trakom. Ova kiša i mene polako ubija. Koji je ovo *freaking* eksperiment, tata! Divim ti se - neka si nas poslao u nedođiju (da dođemo sebi u nedođiji) - a mamu mi i dalje žao, od one carine. *By the way*: žena samo spava, po čitav dan. Probudi se, onda ječi ispod pokrivača. Plače, ječi, pomalo gunđa, reži; sve u svemu - horror. Horror i ne-fer, barem prema meni. Mislim, ustane ona, zbog gostiju, pije kafe s njima, neistuširana, u pidžami, onda ide i opet ječi, reži, pa spava - kako joj to polazi za rukom? JA treba da budem takva. JA sam tinejdžerka i još muzičarka. I još jedinica. JA volim svoje tijelo i povrijeđeno mi je *iznutra*, kao da mi je stotinu kandži izgrebalo srce, ali JA, za razliku od moje majke, jačam svoju volju. Hvala Bogu da imam engleske krvi. Ovdje se izgleda svi predaju tijelu, instinktima.

Nedostaješ,

N.

Tatice,

Da, zbunilo te kako to da nema interneta, a poslala sam ti mejl. I još i pročitala tvoj odgovor.

Napisala sam ti ga kod babe i dede, a onda kompjuter nosila kod neke komšinice koja ima wi-fi. Nego, čudnije od toga je kako sam ti uopšte uspjela napisati pismo, i evo ti čak pišem i još jedno. Jer, jer, jer. Ma, opet ja i moje zapomaganje za mrvu privatnosti. Dosadna sam s tim, već i samoj sebi. Ali fali mi moj prostor, jako. Navikao si me na to da imam svoj sprat. Sada imam ujka-Draganov krevet u sobici koju dijelim s majkom. A mama je stalno tu, preko puta mene, u svom krevetu. Sad manje spava, više se pretvara da spava, a tiho plače. Znam da bi i ona voljela da bude sama, ali gdje ću onda ja? Meni su njeni roditelji stranci, ja ne pričam taj jezik, oni ne znaju engleski. Sebična je, mama. Kako ne shvati da je lakše - njenoj je rođenoj i od nje povrijeđenoj kćerki *lakše* da sve to pdnese ako *ona* ustane iz kreveta, izađe iz *naše* (OMG!) sobe i ode u kuhinju da tamo sjedi i pije svoje kafe sa svojim roditeljima, gostima i komšijama, nego da joj baka donosi po deset šolja kafe u sobu i onda ni baka nikako da izađe. A za bakom dodje deda, pa za njim svi gosti i svako ko se tu zatekao na izlasku iz ove urušene zgrade - ulazna vrata od stana nikada se ne zaključavaju, pa što se onda ne bi tek tako ušetavalo u spavaće sobe, molim lijepo? Inače, totalni teatar apsurda je ova zemlja. Gosti koji se najave da će doći nikada ne dođu. Umjesto njih, uvijek nenajavljeni upadaju neki drugi ljudi koji nikako da odu. Mamine se drugarice stalno najavljuju a još nisu došle. Ali zato su nam tu po čitav dan neki ljudi koje meni niko ne predstavlja a koji stalno žure jer 'moraju da idu kod toga-i-toga', a nikada ne odu tamo gdje su najavljeni. Ostaju kod nas, i to najduže u mojoj i maminoj sobi.

Ja onda šaljem mami streličaste poglede dok ona ispija kafu; u stilu: 'Hello, zar tebi ne smetaju sva ta lica na vratima, u sobi, iznad tebe, oko tebe?' Sva ta pitanja koja joj postavljaju, na koja mama, koliko kužim, ne odgovara, ali pitanja ne prestaju - zar joj ne smeta to? Izgleda da ona to ne primjećuje. Ne primjećuje ni to da svi puše, i tako nam, s cigaretama u zubima, sjednu na krevete - baš na posteljinu nam sjednu u robi kojom su sijedali ko zna gdje prije toga - a onda se sjete da nemaju pepeljare i gurkaju moj lakat uz riječi za koje znam da znače: 'Ajde mala, donesi nam pepeljaru.' Ne pitaj kako znam, ali znam. Koliko je ovaj jezik težak za naučiti, toliko su crnogorska lica laka za čitanje. Sve što izgovore, ovi domaći ljudi prate izobličavanjem lica, pogotovu očiju i usta, i veoma je lako razumjeti šta hoće od osobe kojoj se obraćaju.

OK. OK. Razmažena sam. Sabraću se. *That Too Shall Pass*. (Dragocjen materijal za moje kreacije, rekao bi ti.)

Još ovo i prestajem s kukanjem oko te teme: samo jedan, najsmješniji razlog uvijek upali da se svi pokupe i odu nam iz sobe. Otkriven je sasvim slučajno. Naime, ja sam tražila od babe i dede da uvedu wi-fi i naravno nisu, niti mislim da im je mama objasnila šta ja tražim i zašto. Ali kada uđu u sobu, prvo oni pa za njima ostalih pet-dodeset posjetilaca, i kad se ispuše i izviču i meni narede da odem po pepeljaru a ja to ne ispunim, u tom su trenu svi pogledi uprti u mene i ja grabim situaciju da babu i dedu podsjetim na svoj zahtjev oko interneta pa upitno izgovorim: 'Wi-fi?' na što odjednom svi ustaju i uz mnogo mahanja odlaze iz sobe odgovarajući mi sa: 'Bye-bye.'

Misle da sam im to ja prva rekla.

'Wi-fi?'

'Bye-bye.'

Kad se to dogodilo prvi put, promrmljala sam: 'What the f**k?' (oprosti ali morala sam) i uhvatila sam mamu kako se smije zagnjurivši brzo glavu u jastuk kao da joj ja branim smijeh. Sad obje malo istrpimo goste, pa ih ja otjeram iz sobe pomoću magične riječi 'wi-fi.'

Ipak mi šalji mejlove, a ne pisma poštom jer mislim da u teatar absurda neće stići ništa što pošalješ poštom. Juče sam vidjela dedu kako s poštanskog sandučeta struže papir koji sam ja tamo zalijepila. Na papiru sam napisala Mrs Black i zalijepila to ispod dedinog imena i prezimena, u nadi da ću tako lakše dobiti pisma i pošiljke. Ali je deda to ostrugao. Kada sam se žalila mami, objasnila mi je da je neko od Mrs Black flomasterom napravio Mrš Bljak, što znači nešto kao 'go away, yuck.' Zašto? Mama mi nije znala objasniti zašto. 'Zato,' rekla je i slegnula ramenima. 'Vuklo ih je.'

Mama i dalje ili čita ili spava. Ili plače, zapravo ponekad šmrče, i kao da guta suze, ne znam. Nije valjda, mislim se, da za onim Stormom toliko plače? Vjerovatno više od stida, kada se sjeti one 'noći od Izložbe.' Ili za propuštenim šansama, uopšte, što bi bila čista razmaženost. Obje si nas ti razmazio, sada znam.

Znam i da mi je pisanje muzike za sada potpuno onemogućeno. Napisala sam poneki nepovezani stih, poneki motiv. Nije povezano s kulturološkim šokom; povezano je - Oh, Nikoleta, ti stereotipu od tinejdžerke! - s ljubavnim šokom.

Jerome. Jerome. Jerome. Nedostaje. Nedostaje. Nedostaje.

Znam da se pitaš zar ne bih ovo trebala dijeliti s majkom. Ali ona je u svom ludilu. Njoj čak ni njene prijateljice još uvijek nisu došle da je vide. Vjerovatno su u njenom glasu osjetile da još nije spremna za bliska druženja. Još se oporavlja. OK. Od čega se oporavlja? Pitala sam je. Rekla sam joj, hej, ako se ja ne oporavljam, čak se i ne durim, od čega se ti oporavljaš?

'Dopaminska kriza,' rekla je. Jedva je to izustila, naša ranjena djevojčica.

Dopamin. Storm je bio njen dopamin? Nisko. Neću je osuđivati. Oprostiću joj. Rekao si mi da su osude otrovi za onoga ko ih projektuje. Vjerovatno si u pravu, kao i za zaključak da je i meni ovo potrebno. Vidim da je mama loše, stvarno loše. Ali, čekaj, pa ni meni nije mnogo bolje. Ipak, sada tek uočavam prednosti onoga 'biti mlad i lud'. Mama bi ustala ali nema snage za to. Ja još imam. Šta sad s njom? Pustiti je? Mislim da ću je barem ja za sada pustiti da potpuno utone, okopni. Izgleda poput ovisnice na oporavku. Nisam znala da ću gledati majku kako se raspada, a jedina će joj terapija biti vrijeme koje ću morati provesti uz nju, takvu. Materijal, materijal. Ponavljam to sebi. Materijal i lekcija.

Što se mene tiče: moje srce krvari za Jeromom iako je i on izigrao moje povjerenje, kao i mama. Zapravo je kod mene kvar dublji: imam i dopaminsku krizu, i krizu identiteta. I ne kukam. Ne previše. Ovo sa Jeromom i nije bila prava ljubav, ha? Ti stvarno voliš mamu. A ona? Jesi li ti njena velika, životna ljubav? Nisam više sigurna. Do ovoga sam trena vjerovala da si njen bog, kreator, guru, njen prvi i poslednji. Ulaziti sada u pitanja o ljubavi s tobom... Je li ti neprirodno to? Meni nije. Pokazao si koliko si širok. Trudiću se da budem kao ti.

Tvoja Nikoleta.

Hey, Dad, moj Giddy-Giddy-Dad,

Previše veselosti na početku pisma znači nervni slom na kraju, nije li tako? Možda. Za sada, to je samo znak da sam ostala zaražena visrusom bezgranične radosti maminih starih prijateljica kojima je napokon dozvolila da dođu i vide je nakon toliko - stotinjak? - godina.

Koliko se tu samo riječi izgovorilo u nepuna dva sata, dok mama nije rekla da je umorna i da bi opet malo odspavala! Neko mjesto u Ginisovoj knjizi rekorda trebalo bi da postoji za rekordan broj izgovorenih riječi u ograničenom vremenu. Riječi su skakutale, rojile se ili poput mlaznjaka letjele po sobi, rađale se i nestajale u eksplozijama - u skoro vidljivim eksplozijama - pomiješanim sa smijehom - Molotovljev koktel povika, smijeha i riječi, riječi, riječi bez pauza između njih. Da sam to snimala i sada ti pustila, ti bi poslao specijalce po mene i mamu, mislio bi da smo u realnoj opasnosti, a svi bi, nakon bespotrebnog provaljivanja trošnih vrata od stana - jer vrata su stalno otključana - zaključili da se to samo žene mnogo dobro zabavljaju uz kafu i cigarete, i nikakvu drugu hemiju. Ja sam samo slušala i trudila se da uhvatim makar i najtanju nit značenja. Bio je to savršen intenzivni kurs jezika.

Dakle:

Zid u maminoj sobi pretvorio se u vodopad. Kiša je padala tri dana bez prestanka i valjda probila fasadu zgrade baš na mjestu gdje je zid mamine sobe. Kiša je padala, mama je plakala, ja sam tražila wi-fi - od svega toga izvjestan je bio samo vodopad. Dobro, nije joj kišnica curila po glavi i krevetu, ali bilo je gadno. Svi znamo da je nezdravo, onda je još poočelo da smrdi. Napokon, stvar je u svoje ruke uzela baka. Uletjela je u sobu, netipično za nju, uletjela je poput uragana i počela da viče, mlatara rukama prema vodopadu; onda, da se krsti; ali, baka kao da ima deset ruku - nekako i mlatara i krsti se istovremeno. Bila bi idealna bubnjarka u mom bendu. Oh, well.

Poenta je, kako sam kasnije sama pohvatala, bilo to što je muž jedne od tih starih najboljih drugarica neki vodoinstalater-moler-popravljač svega i svačega, i ako Valentina sad, ovaj čas ne zovne tu drugaricu da se riješi problem prokišnjavanja, onda je tu, u bakinoj i dedinoj kući, više niko neće ni shvatiti ozbiljno, ni podržavati njeno stanje.

'A, ti, mala babina?' okrenula se baka meni i izgovorila ovo. 'Što ti veliš? Pa ne no jel tako?'

'Jes,' rekla sam.

'E, progovori ti naški,' veselo mi reče baka i cmoknu me, baš snažno, u obraz. To ti znači da sam progovorila crnogorski. Onda se okrenula mami i opet joj naredila da nešto kao ne bude jadna, bijedna, kako to da prevedem 'Eh, yaddo, yaddnitzeh,' ali izgleda da stvarno jesam progovorila crnogorski.

Uglavnom, baka se onda sagnula i počela da vuče majku iz kreveta dok se ova cerekala, dosta ludo, ali ipak je dozvolila baki da je odvuče do kućnog telefona u dnevnoj sobi s kojeg je pozvala tu svoju drugaricu čiji muž svašta popravlja; a ta je drugarica valjda pozvala ostale.

Znači, sve što sam do sada pohvatala od crnogorskog, ništa je u poređenju što ću od sada - nakon posjete starih drugarica i čudesnih eksplozija riječi, istovremeno prazničnih i pomalo opasnih.

Čim je čula da dolaze, baka je zamutila i ispekla veliku turu kiflica sa sirom ili džemom. Ovdje uglavnom to jedem i pijem njihove jogurte koji su kao droga. Imaju poseban ukus na koji se nepce navuče. Nemaju voća ni meda ni vanilije u njima, sasvim su jednostavni, tečni, meni čudesni. Faliće mi u Londonu, već znam. Isprva mi je smetalo što baka i deda u frižideru imaju uglavnom mliječne proizvode, i to od krava: jogurt, sir, mlijeko pa još baka stalno pravi nesto s bijelim brašnom - kiflice, *priganice* ili *gibanicu* - ali bilo je ili to ili kupus na sto načina s kobasicama užasno jakog mirisa koji se u sve uvlači. Tako da sam sada na tijestu i kravljim proizvodima, ali tješim se da to je privremeno i da neću dobiti rak od tolikih hormona i mukusa.

Mamine drugarice. Došle su njih četiri, s predvodnicom po imenu Mima kojoj se iz aviona vide liderski kvaliteti. Mima nije najviša od njih ali tako djeluje. Na štiklama hoda kao da je u patikama. Ima valovito isfeniranu kosu, neku štosnu maramu oko vrata. Lijepa je Mima, ali ja bih je radije strpala u farmerice i kožnu jaknu; ona vjerovatno misli da je 'prerasla to', a ja joj baš taj stil vidim u očima i osmijehu.

Sve četiri mamine su vršnjakinje, znala sam to od prije. Prvih pet minuta djelovale su starije od mame; nekako iskusnije i kao da su mamine rođene starije sestre, meni drage tetke, - odmah sam osjetila povezanost s njima. Gledale su u mene otvoreno i dugo, a to mi nije smetalo. Uzimale su me za ruke, milovale, govorile mami da sam lijepa, da sam ljepša od nje. 'Iako ti je majka bila vanserijska ljepotica,' rekle su meni. To sam lako razumjela. Riječ 'ljepotica' čujem najmanje pet puta dnevno. Naj-ma-nje. Nevjerovatno koliko se važnosti ovdje pridaje fizičkoj ljepoti. Za mamu govore da je bila ljepotica; pa onda za mene; a onda dokače i baku - i ona je bila takva, 'vanserijska' vrsta ljepotice. 'Ali ti si ljepša, mmmm, najljepša od svih,' nastavile su, odašiljući zvučne poljupce prema meni. 'Ljepša si jer si veselija, i neka si, tako treba da bude. Nisi rasla ovdje, pi', u ovoj rupi.' I kratko se namršte da mi dočaraju značenje 'rupe od grada.'

Ne vjerujem im da stvarno tako ružno misle o svom gradu, jer zapravo su one vesele, žive su, poput plamičaka su; i onda sam vidjela da im je u očima stalno neki kao poziv na smijeh, na malu životnu drskost, možda... Možda su mi u početku izgledale starije od mame jer su sve imale cipele s visokim štiklama, uske suknje i sakoe - sve one rade, došle su kod nas poslije posla, a dvije od njih imaju malu djecu, tek početak osnovne škole, koliko sam shvatila. Nijedna nema dijete ni približno mojih godina. Mama je jedina od njih poranila s tim. I taj stav imaju, iskusan i otvoren, stav koji govori da su tu jer je mami potrebna njihova pomoć (i jeste). Nakon prvog utiska o bliskosti, zagledah im se bolje u lica. Uočila sam da zapravo svježe izgledaju, mladoliko, i da sve liče jedna na drugu, opet pomislih: kao da su sestre. Valjda je to ta slovenska ljepota, pa još dugogodišnji saživot u maloj sredini - na isti se način osmjehuju, smiju, gestikuliraju; šminkaju, friziraju, sijedaju, ustaju, puše, čude se, maze... Osjetih se 'prozvanom' ili 'odabranom', kao da nas je odjednom posjetila neka sekta koja ima 'fizičku ljepotu' pod obavezno u svom programu - a mislim da se i mama tako osjećala jer na licu joj je bio zaleđen, začuđen pogled. U maminom pogledu nije bilo slatke drskosti kao u pogledima njenih starih prijateljica, nije bilo njhovog poziva na slavlje, na smijeh. Kod njih, to nisu namješteni izrazi. One su naprosto takve. Pročitala sam u tom trenutku mamine misli: da nikada nije trebalo da ode iz svoje zemlje - jer, gle' kakva se vratila. A kakve su one koje su ostale. Mamini su obrazi upali; ispod očiju umorne kese, futrolice, kapci otečeni, kosa s podosta sijedih u njoj. Bi mi je žao. I, mada sam još uvijek ljuta na nju, htjela sam joj reći da je bolje što je otišla jer njene prijateljice zaista su drage, i veoma su lijepe, glamurozne, nakićene pravim kamenjem, rekla bih, skupo mirišu, ali izgledaju kao oživljene fotošop verzije sebe samih, a mama je *cool*, tako polusijeda, polu-luda, polu-posjednuta na krevet iz djetinjstva... Mama je kao neka sitna vještica oslabljenih moći, feministkinja u tom ženskom krugu.

'*Mama fell in love,*' rekla sam im. '*Not with Dad. With an artist. I'm in love with that artist's younger brother. It's messy. We're both hurt. It's hard. It's a big family crisis.*'

One su me razumjele. Vidjela sam im to u očima. Onda su pogledale u mamu. Mama je i dalje gledala u mene.

'Što je to bilo?' pitale su je. 'Smiješ li pred njom? Razumije li ona naš jezik?'

'Ne znam koliko razumije,' rekla je mama, pogledala me s osmijehom u očima. 'Ali smijem sve pred njom.' Onda je na brzinu dodala nešto oko toga da ja ne znam sve, samo dio, valjda taj dio sa Stormom.

One su je molile. "Ajde, 'ajde. Ajde kratko." te riječi znam.

Cvrkutale su o tome kako će Zorro brzo doći, a pauza je kratka, i rekle su da nas 'sjutra' vode na 'jedno mjesto'. Sve sam to razumjela. *Yeah me!* Muž jedne od njih, taj majstor stvarno se zove Zorro. Vjerovatno se to ovdje piše s jednim 'r', Zoro, ali draže mi je da mislim da je s dva. Ujka-Dragon, čika-Zorro, ludilo u malenoj zemlji; prirodni filmski set za...recimo: 'Finalni okršaj super-heroja'.

Nisam se odala da skoro sve razumijem, osim kad baš ubrzaju pričanje. Željela sam da čujem tu pravu priču.

'E? E?' tako su je nagovarale da nastavi. To ti zvuči kao 'eh, eh'.

Mama je govorila brzo dok im je odgovarala, ali znam da je rekla nešto kao da 'stvaaarno' (još jedna česta riječ ovdje, znači 'really', kao da se stvarnost mora stalno potvrđivati, inače svi skliznuše iz nje) - dakle, *stvaaarno*, ne može sad u pet minuta sažeti dvadeset godina, pa će to drugom prilikom. Prokletstvo. Ali, čekam ja. Ionako, nemam šta drugo da radim tu. Čekam na sve i svašta. Nije to lako, ali nekako...ne znam...nije to ni loše. Lakše mi je jer znam da izgleda nije sve one suze prolila za nekim tako lošim čovjekom kao što je Storm.

Ubrzo zatim došao je čika-Zorro, namrgođen ali, vidi se, pouzdan, i sa cigaretom u zubima, naravno. Bacio je pogled na zid-vodopad, jednim odsječnim pokretom ruke pokazao nam svima da izađemo odatle, i sve smo se preselile u dnevnu sobu, u bakino carstvo, gdje je baka, kao i obično, vodila glavnu riječ, čak i dok je ćutala. Drugarice su još malo sjedile i brbljale, a mama je ćutala i stajala pored prozora, leđima okrenuta ulici. U tom kontra svijetlu, i, napokon, na nogama, a ne na leđima ili na dupetu, s cigaretom koja joj ovdje stalno dogorjeva među prstima, bila mi je drugačija, mlada, *stvaaarna* i, više nego ikad do tada - svoja na svome. Ipak, pet minuta kasnije, rekla je da je odjednom umorna i da bi odspavala malo na sofi u dnevnoj sobi. Jedna od prijateljica, Mima - ta njoj najbliža, čiji je muž ovaj majstor Zorro - reče: 'Idemo!', i sve ustadoše kao po komandi. Izljubile su nas, i grlile jako iako ćemo se već sjutra opet vidjeti. Kada su otišle, mama se čelom naslonila na okno od prozora, gledala van, i opet sam je čula da plače, tiho - jer, znam da nije htjela plakati, ali još uvijek je to jače od nje.

Eto, nije slom na kraju pisma koje poče veselo - ali jesu suze. I ja malo sada zaplakah. Radujem se što ću sjutra opet vidjeti te njene prijateljice; vode nas na jedno 'super-super mjesto' rekle su. Čika-Zorro je isto otišao, prije toga mračno nam saopštivši da tu će biti mnogo posla, oko tog zida, to se, rekao je, trebalo rješavati mnogo prije. Počeće kad stane kiša, obećao je. Meni izgleda kao da nikad neće stati.

Tata, dragi, nedostaješ mi, ovdje, da dijelimo ovo iskustvo. Pokušavam ti prenijeti što više mogu, ali atmosfera je vjerovatno neprenosiva, a veoma interesantna - potpuno drugačija. Sjetih se kako smo, kada sam bila mala (ali si ti ipak vjerovao da ću sve pohvatati) skupa gledali 'Crnu guju', i kada je Crna Guja pitao Boldrika: 'Ima li u anamnezi tvoje porodice slučajeva mentalnog zdravlja?' kako si se smijao i rekao mi da u našoj nema, a mene je bilo strah od tebe, tada, i sjećam se da sam pomislila da valjda onda u maminoj porodici ima mentalno zdravih. E, pa nema ni u njenoj; i to ne samo porodici, nego, rekla bih, u cijeloj zemlji. Samo što mi je to sada - što bi rekle njene drugarice - 'super-super'!

Bio si u pravu: dolazak ovdje - trenutno meni najpotrebnija škola.

Voli te Nikoleta.

Dragi tatice,

Tražiš da ti nabrojim razloge zašto mislim da mi je ovo najpotrebnija škola. Ne mijenjaš se. Volim tu tvoju stabilnost. Stalno si od mene tražio da pravim liste; i sada to tražiš, a sada znam da to tražiš zbog mene. Eto, vidiš, već sam nešto naučila. Možda bih to ionako naučila, i bez dolaska ovdje, ali tu imam više vremena - odnosno, prije bih rekla više prostora u glavi - da analiziram stvari i donosim određene zaključke. Zašto? Zato što ne razumijem jezik u potpunosti, ne razumijem mentalitet u potpunosti; ni atmosferu; ni suštinu življenja ovdje, suštinu vlasti koju deda zove režimom. Meni, za sada, ljudi izgledaju slobodni i srećni. Samo su mi zgrade 'režimske'. Vjerovatno je ipak deda u pravu. Ne gledam TV, ne gledam filmove, ne slušam muziku, i čak se ni sa svojim prijateljicama ne čujem, niti dopisujem. One očekuju da im opisujem svoje prebrođivanje boli za Jeromom, a ja sam, ovdje, najviše posvećena mami. Kako njima da pišem o mami? Mada, srce me boli za Jeromom; nekad manje, nekad više. Znam da mu se ne mogu javiti. To prosto ne bi išlo. Ali, u poslednje vrijeme, tu činjenicu da ga ne mogu zvati često namjerno prizivam i držim se nje. Držim se *za* nju, kao za slamku spasa. Jer, to što mu se ne mogu javiti daje mi misteriju. Znam da je tako i u njegovoj glavi. *Gdje je Nina?* Znam da se mora to pitati. Lako je mogao otkriti da nisam u Londonu; čak i ako je čuo da sam u Montenegru, on se - barem ga toliko poznajem - mora pitati kako, zašto, koliko dugo, što radim, o čemu ovdje razmišljam.

Uživam u tome da on to ne može znati.

A ja, ja se pročišćavam, osjećam to. Baš zato što mi je sve tako novo i neutemeljeno, ja sam se utemeljila sama na/u sebi. Pa još i brinem o mami. Znači, u misteriozno-novim okolnostima, ja brinem o nekome kome treba pomoć i ko bi zapravo trebalo da brine o meni. I tako - sazrijevam, uz svijest o svemu tome. Gotovo da postajem mistik, jogi, tako nešto. Učitelj i učenik istovremeno. Moj je duh probuđen i osjećaj je dobar; ne mogu reći *divan* jer ovaj moj osjećaj uključuje sporost, često i prizemnost, a 'divota' mi podrazumijeva radost, uzlet. Ali 'dobar osjećaj' ovdje mi je moćniji od 'divnog osjećaja'. Nadam se da razumiješ. Ma, sigurna sam da razumiješ. Zato si mi i rekao da ti napišem razloge: da bih i sama to još bolje razumjela.

Uz to, stvari postaju potpuno lude. Ne brini: smiješno-lude, fantastično-lude. Dakle, prihvatljivo-lude. Osim u saobraćaju, ali i to ću uskoro savladati - čim mi postane navika da zastanem pred pješačkim prelazom i na zelenom svjetlu za pješake i vjerujem samo onome što vidim a ne propisima. Ovo prihvatljivo-ludo odnosi se na događaj od juče, to jest od ponovnog dolaska maminih prijateljica koje su mamu izvukle iz kreveta, presvukle, obukle, očešljale - koliko je to moguće, meni naredile da se i ja što prije sredim jer nas vode na 'tretman'. Pomislila sam na kozmetički salon i poradovala se. 'Masaža?' pitala sam.

'Ooo, mnogo mnogo bolje nego masaža', rekla je Mima. '*Mucho mucho better*', dodala je.

'Kakva jebena masaža', rekla je Silva, isto mamina prijateljica, vjerovatno misleći da ja ne razumijem riječ koja znači 'f***ing'.

'Pa kakav onda tretman?' pitala je mama. 'Ne sjedi mi se po salonima da sređujem nokte i čupam dlake. Bolje da sjedimo ovdje i pričamo.'

'Maco, davno smo to prevazišle,' rekla je neka od njih, ili sve one skupa, ko bi to više mogao razaznati? 'Čupanje dlaka i odlazak u salone zbog *noktiju*. Mislim, *stvaaarno*...Opusti se i vjeruj nam, šta ti je? Ajde, ajde, brže, brže.'

I izvukoše nas iz kuće, a baka prosu čašu vode za nama. Kao da već nije svuda dovoljno mokro: kiša napolju, vodopad u sobi, pa još i prosuta voda po ulazu. Mamine su prijateljice opet sve bile na tankim, visokim štiklama, na kojima su poput gazela skakutale po lokvama. Mama i ja kaskale smo za njima, pitajući se gdje su parkirale neki od auta, i gdje će nas uopšte odvesti. Ali su one, sve četiri, i nijedna s kišobranom, skakućući preko lokvi, izbjegavajući pljusak i blatnjave travnjake, stigle do ulaza u jednu od obližnjih zgrada, tu stale, ispod nastrešnice ulaza, i počele se horski smijati. Kao u nekoj opereti. Sve što urade, meni je poput predstave, a najbolji dio predstave je što vidim da njima to nije predstava - sve to njihove su stvarne geste.

'Gdje ste nas ovo dovukle?' pitala je mama, grleći mene ispod kišobrana. 'Ispred životinjske zgrade. Stvaaarno sam mislila da više nikad ovdje neću doći.'

'E, pa, draga moja,' rekla joj je Mima. 'Ovdje na prvom spratu živi ti najbolji plastični hirurg u Evropi! Sjećaš li se Čupka? E pa, Čupko ti je *number one* sad za sve što se može kući odradit.' Ovo ti je sve slobodan prevod onoga što pohvatam u kombinaciji sa lako čitljivim izrazima njihovih lica.

'I?' pitala je mama, ne sklapajući kišobran.

'I,' rekla je Mima, 'sklopi taj kišobran i idemo gore, da te malo sredi prije nego što te izvedemo u grad. Neće te dušmani takvu gledat.'

Dushmani su neprijatelji, saznala sam u međuvremenu, a ne samo određeni čovjek, kao što sam prvo pomislila. Svejedno, sve su se počele smijati. Sve osim mame, naravno. Ona je samo stajala ispod tog svog crnog kišobrana, poput oronulog kipa kojeg bi zaista trebalo restaurirati. 'Budale,' rekla nam je. 'Izgubih pola dana na spremanje zbog neke glupe šale.'

'Ajde, depresivko, upadaj.' I uguraše je u ulaz, popeše na prvi sprat, pozvoniše na vrata. Kada je ta ulazna vrata otvorila neka gospođa, Mima je napokon mami iz ruku otela kišobran, sklopila ga i stavila pored stepeništa.

'A, dovele ste je, ipak,' rekla je ta gospođa potpuno glatkog, bijelog i zategnutog lica neodređenih godina. 'Zdravo, mila moja,' obratila se mami i poljubile su se, tri puta u obraze. 'Da te vidim,' gledala je u mamu. 'Bogami jesi mi se promijenila.' Napravila je pokret rukama ukazujući na mamine podočnjake. 'Sad ćemo te mi sredit.'

'Ma, čuješ, dovele smo je, nego,' radosno su uzvikivale mamine prijateljice.

'E, pa vidji kakav grozan dan. Što bi inače radile? A djevojčica?'

'To joj je kćerka. Ona nema ni 20 godina. Njoj eventualno malo pućnut gornju usnicu, a?'

Ja tada nisam razumjela da se radilo o mojoj gornjoj usni. Ali, sada to znam, da je i ona razmatrana, kratko; ne brini, ništa mi niko nije 'pućkao', ili već kako li se kaže.

Ta gospođa koja je otvorila vrata majka je od hirurga Čupka (Shaggy) kojemu je pravo ime Igor. Hirurg i dalje živi i radi kod majke u stanu, i to u zgradi koju zovu 'životinjska'. Bez obzira na sve zastrašujuće činjenice, ovaj je hirurg stvarno hirurg, s diplomom, s praksom u Francuskoj, Švajcarskoj, Danskoj - ali, nesrećno zaljubljen u Crnogorku, to jest Podgoričanku, zbog koje se vratio u ovaj ludi grad, koja ga je malo voljela, dok joj nije sve na licu i tijelu besplatno sredio - iako 'ta mala' nema još ni 25 godina - a koja ga je zatim ostavila, izbacila ga iz stana, ni stvari mu nije dala, promijenila bravu, dovela novog momka, i *Shaggy* Igor sada mora živjeti kod majke. 'Duga priča', zaključila je Mima ove informacije šapatom, kao da nije uspjela, uz pantomimu, zbog mene, iznijeti već sve detalje, i to još u hodniku stana. Kratko je namignula mami od hirurga koja nas je uvela u dnevnu sobu i pitala šta ćemo popiti. Sve su rekla da će još po jednu kafu, bez šećera, slađu, gorku; ja sam rekla samo čašu vode, iako sam znala da će mi dati vodu iz slavine; mama je ćutala i odmahnula rukom. Majka od hirurga otišla je u kuhinju, a naša je mama počela da sikće na prijateljice: gdje su je to dovele, neka sada popiju te njihove kafe i da se ide odatle; kako su se samo usudile; onesvijestila bi se sad ovdje od muke, rekla je.

Drugarice su joj se samo smijale, beskrajno su se smijale, smijehom neprekidnim poput duge rečenice-pasusa. Na kraju tog smijeha, Mima joj je rekla neka ne 'izvodi'. To je samo mala intervencija od 15 minuta da joj se izravnaju podočnjaci i popune rupe u obrazima zbog kojih izgleda kao da ima sedamdeset godina. 'Pogledaj nas', nastavila je Mima. 'Svaka je to uradila'. Mima je onda pobrojala šta je koja od njih uradila: ona je pušačke bore izgladila i malo osvježila usne. Silva je stavila hjaluron i botoks oko usta i u boru između očiju. Vlatka: botoks, podočnjaci, usta, mezo-niti. Anči? Ona samo usnu? Da, Anči navodno ima taj sloj masti ispod kože, ko Labradori, nema bora, srećnica.

I sve im je to Čupko odradio, za po oko dvjesta eura, ej! Pa gdje to ima? A mama se nećka. Ovo joj je poklon od njih, rekla je Mima, za sve propuštene rođendane.

Majka od hirurga donijela je kafe i moju čašu vode. Opet je s negodovanjem i cokćući jezikom pogledala u mamino lice. Onda se okrenula meni i pričala nešto kao: 'A znaš li kako ti se ja sjećam majke? Kao najslađe djevojčice u kvartu! A i ti si lijepa. Ljepotica.' Zagrlila me, snažno, privila na svoje prilično tvrde grudi.

Čulo se otvaranje ulaznih vrata, muški glas, kratko pozdravljanje i zaključavanje vrata. Onda je u sobu ušao Čupko. Sve su žene ustale kao da je ušao sam Apolon, a ne mali, debeljuškasti Čupko, zaista raščupan i zbunjen toliko da se zacrvenio. Žene su ga počele ljubiti i govoriti da pogleda koga su mu dovele. Mama se ljubazno pozdravila s njim. On joj je rekao: 'Valentina, draga, evo nas opet u životinjskoj, posle svih naših lutanja.' Zagrliše se, baš prijateljski.

Čupko je pričao engleski zbog mene. Baš dobar tip. Objasnio je, mami i meni, svoju popularnost među ženama riječima da sada svako svakog bocka po licu; zubari tvrde da su oni najbolji jer zaboga oni daju inekcije po cijele dane; kozmetičarke tvrde da su one najbolje jer one kao naslijepo poznaju tajne lica i kože; ali, *budimo realni*, plastični hirurg je plastični hirurg - i škola je škola. 'Evo,' rekao je Čupko, 'čak i ja sada bih mogao za sve vas napraviti dobar ručak, jednom, dvaput. Ali ja ne mogu raditi svadbe, keteringe jer nisam školovan za to. Škola je škola.' Tu me podsjetio na tebe.

Mislim da je mama tada odlučila da će pristati na taj infantilni eksperiment: popuniti obraščiće i izglačati podočnjake kod Čupka u životinjskoj zgradi.

Kada su hirurg i mama otišli u njegovu, pretpostavljam, dječačku sobu, gdje je sada radio zahvate po licu, pitala sam mamine prijateljice: 'Zašto se ova zgrada zove životinjska?'

Pogledale su se i slijegnule ramenima. 'Hm,' rekla je majka od hirurga kada su joj prevele moje pitanje. Probala je i da nabora čelo, ali to joj nikako nije uspijevalo. 'Mislim da je u ovoj zgradi bilo, davno još, kad to nije ni bila moda, najviše kućnih ljubimaca po glavi stanovnika, barem u ovom kvartu.'

Uglavnom, zahvati na maminom licu nisu trajali samo petnaest minuta. Ostale smo dva sata u stanu-klinici. Ovdje izgleda nema nigdje ostajanja ispod dva sata, kad već negdje dođeš i sjedneš.

Mama se pojavila blago otečena oko očiju i usana, ali sve u svemu - okej mi je izgledala. Kao da se naspavala. Prijateljice i majka od hirurga pljeskale su rukama i cičale od sreće. I mama se osmjehivala, mada je pokušavala da prikrije osmijeh zadovoljstva. Ja sam ustala i zagrlila je. Bilo je to kao kraj nekog poglavlja. Bila je kao nova; možda zbog cjelokupne atmosfere, kao praznične, uz povike veselja, aplauz, pojavljivanje obnovljene žene na vratima... Čudno.

'Mogla bih i ja sada nešto da popijem,' rekla je mama.

To je bilo juče. Danas joj je po licu par otoka i modrica, ali opet - izgleda mi bolje nego prije. I ne plače više. Barem od juče još nijedanput nije zaplakala. Možda joj je Čupko zatvorio suzne kanale pa plače u sebi. Svejedno. Utisak je kao da se odlaskom u životinjsku zgradu osvijestila; kao da joj je Shaggy hirurg i mozak bocnuo.

Umorih se od opisivianja ovog noviteta. Ali, zar nije vrijedilo? Znam da ti mama ne piše. Znam to jer ne piše nikome, ne otvara svoj kompjuter. Ne znam zovete li se telefonom. Ponekad ode u kupatilo s telefonom i možda ti kucka poruke, ili te zove. Možda i ne. Nema veze, tata. U svakom slučaju - znaj da je sa mnom i malo je bolje. A i ja sam. Nisam više dijete ali i dalje mi je dobro kad je mami dobro. Ova ovisnost o energetskom stanju majke (roditelja) valjda prođe kad se dobije sopstveno dijete. Do tada...

Tebe i mamu volim najviše. N

2. maj, 2014

Hey, ti! Zašto, oče? Zašto, Gidi? Nisam pijana. Znam da u sebi napadaš moj ton, moje manire. Nemaš prava na to. & No panic, please.

Mislim da sam ta koja treba da se ljuti, buni, vrišti, ili ćuti. Odabrala sam ćutanje. Budite srećni zbog toga, i ti i luda mi majka. Možete li zamisliti kako se osjećam? I stalno taj broj tri. Tri izdaje u trideset dana. Majka na izložbi, Jerome nakon izložbe, a sada, mjesec dana kasnije - ti si me izdao. Izdao si me odavno, ali saznajem tek sada.

Zar nisi ti jedini Englez među nama? Jesi. Onda, molim te, ostani Englez do kraja. Stisni gornju usnu i pusti me da propatim svoje.

Ti nisi moj otac. Ne znam ko mi je otac. Ne možeš, ne možeš i ne možeš nikada ni zamisliti kako boli što tu činjenicu plus nepoznanicu nisam saznala ni od majke, a ni od tebe - osobe koju sam do juče voljela najviše na svijetu. Saznala sam to od majkinih prijateljica koje sam nedavno prvi put u životu vidjela. Saznala sam to dok sam sa njima pila glupe kamparije s oranž đusom. Dok su mislile da sam toliko zauzeta svojim pićem, telefonom i nepoznavanjem crnogorskog da one predamnom mogu pričati kao pred mentalno hendikepiranom osobom u mentalno hendikepiranoj zemlji i situaciji.

Je li onda treba *ja* (koja nemam ni česticu engleskog gena u sebi) da odreagujem po engleski - pretvaram se da je sve što se ljudima dogodi u skladu s pravom prirodom stvari i čemu onda burna reakcija? - a tebe da pustim da zadovoljno protrljaš ruke i promrmljaš nešto poput *Well, eto, i to smo oposlili?* Uvijek tako: naviknem ljude na neku pozitivnu rutinu, i onda im nikad dosta. I ako im se sva ta nezasitost redovno ne utažuje - odmah panika, razočarenje, ljutnja. Zar ne misliš da bih mogla biti time iscrpljena, iako mi je tek 19 godina?

A kako bi bilo da me majka i ti malo ostavite na miru? Možda sam premorena od toga što liječim 'poluroditelje' koji bi trebalo da mi budu potpuna podrška do konačnog rastanka, obzirom da sam lijepo odrastala, pod staklenim zvonom, u Londonu, centru demokratije, bez ratova, povika, bez psovki - a onda...

A onda. Onda lavina šokantnih noviteta. A ja nespremna.

Pomišljam da je, za uspješan ostatak života, mnogo korisnije od ranog djetinjstva biti svakodnevno šokiran, plašen, podizan u nestabilnim okruženjima, jer će samo tako, ako se dijete iz toga iščupa, ono izrasti u debelokošca koji će sve lako prihvatiti, riješiti i preživjeti.

Molim te, ostavi me neko vrijeme na miru. I reci nekako ovoj mojoj ludoj majci da me i ona ostavi na miru. Ne mogu je gledati. A tek slušati! Sad je odlučila da počne da priča sa mnom.

Trenutno su mi okej samo baba i deda. Par neveselih čudaka koji me nisu lagali. Ne pretvaraju se da su mi više od onoga što jesu: baba i deda koji me prekasno u životu upoznaju a da bi odjednom postali bliski. Nekako smo na istom.

Tvoja ne, ne znamo čija,

nečija N. (N.N. ha!)

17. maj 2014.

Dakle. Spremna sam. Ili, barem, spremnija. Pišem ti kao starom, najstarijem prijatelju.

Prekrasni dani. Mjesec bez kiše, bez oblaka! Nevjerovatno. Proljećno je sunce ovdje zaista posebno. Baš blješti, poput suvog zlata, kao u ilustracijama bajki. I kao na oči da raste, jača, sve više i duže blješti dugim zrakama, i suši zrak ovog grada, čineći ga podnošljivijim. Svi kažu da će uskoro to sunce postati preintenzivno, ali da je maj najljepši. Grad je pun lijepih mladih, i ružnih starih ljudi. Šta im se dogodi? Zašto, tako lijepi u mladosti, lijepo, ili barem pristojno i ne ostaraju? Baka kaže 'Sirotinja, bijeda', ali ne mogu vjerovati da je samo to u pitanju. Kao da bijeda oronulih fasada na zgradama naglo pređe i na ljude. Čim ih napusti mladost, ubije ih ružnoća zgrada u kojima žive. A do tada - fascinantno - iza tog rugla i zapuštenosti, životare i maštaju svi ti fizički prelijepi i naizgled bogataški obučeni mladi ljudi; zapravo, uglavnom *posh sređene* djevojke koje viđam svuda po gradu. Izgledaju poput celebritija odbjeglih sa stranica svjetskih tabloida. Mladići pomno rade na uvećevanju mišića, djevojke na uvećavanju usana, grudi, produživanju noga štiklama, mada - bespotrebno - sve su već visoke, dugonoge, lijepe, impresivno lijepe, nezaboravno lijepe, moćnih crta lica, gustih, dugih kosa boje tamnog meda ili čokolade. Volim način na koji se smiju, glasno, zabacujući glavu i tu dugu kosu. Oduševljava me lokal-genetika. Osjećam povezanost, korijene; srećna sam zbog toga, mada se nadam da ja neću doživjeti potpunu transformaciju na prelasku iz mladosti u starost koja se ovdje iz nekog misterioznog razloga događa. Plašim se toga što je baka rekla 'Bijeda'. Kao da je rekla 'vjekovna bijeda'; kao da je to u našim genima. I tužna budem, jer sada znam koliko sam zapravo duboko ukorijenjena tu, i kako se to od mene tajilo; kako sam iščupana iz ovog tla, da me niko ništa nije pitao. Je li to dobro i prihvatljivo, ili se imam pravo još neko vrijeme duriti?

Ponosna sam, zapravo, narcisoidno sam zadovoljna što sam dio ovog plemena Crnogorki koje, ograničene dokazivanjem na ovako malom prostoru, nisu ni svjesne dimenzija svoje moći; ili jesu, ali na neki naopaki, agresivni način. Uglavnom - nisu svjesne na pravi način. Ne koriste moć na dobar način, kao da se međusobno stalno takmiče, mada se strastveno i vole, ali svejedno - trka je to, životna trka - ali kako su i mogle drugo naučiti živeći u tako ograničenom prostoru? A opet, da nije tako, ne bi bile pleme; ne bi se toliko trudile, jer samo se plemenice toliko brinu o izgledu, da nikada ne budu uhvaćene u slabosti, a slabost je ovdje - prosječnost fizičkih atributa. Spopalo me razmišljanje o tome, kao što vidiš; i tezu bih pisala... No, možda se tako samo branim od stvarnosti koju sam tek nedavno otkrila.

Devetnaest godina nije malo. Mogu se nositi sa ružnim vijestima, razočarenjima. Ali dozvolite mi period ljutnje, ti i tvoja žena, moja majka, jedina osoba na svijetu koju istinski voliš - ti, za koga sam mislila da smo neraskidivo vezani posebnom ljubavlju proizašlom iz zdravog, divnog odnosa oca i kćeri.

Ti voliš samo Valle Black. Volio si je i kao Valentinu, zar ne?

Zbog nje si odlučio i mene voljeti. Dopusti mi da budem razočarana i ljuta. Ne piši pisma puna panike, kritike i samosažaljenja, kao da sam JA nešto kriva! Dobro sam, nije me niko silovao, oteo, pljunuo, ranio. Samo mi treba malo vremena.

Pisaću ti više za koji dan.

N. N.

Hey, P.S.

U svemu ovome preskačem vijest da mama nije dobro. Možda uopšte nije dobro. A možda je samo anemična. Ne paničim, nemoj ni ti; ali volim da si u toku.

Ona se stalno budi s glavoboljama. U početku sam mislila da joj je to od noćnih jecanja. Više ne plače noću dok misli da ja spavam, ali glava je boli, po čitav dan čini mi se. Kada sam je pitala, rekla je da je najjače boli ujutru; da se probudi s tupim bolom 'duboko u mozgu, koji kao da mora nositi u rukama, koliko preteže'. Blijeda je, u zemlji gdje su svi već preplanuli. Modrice od bockanja još joj ne prolaze. Malo je kao napuhnuta, ali, znaš, to joj čak dobro stoji; nježnija je tako. Stalno se smrzava. Traži da se uključi grijanje, čak i sada, kad se i zid se u našoj sobi osušio. Baka i deda to naravno ne uključuju, to što oni nazivaju grijanjem, tu neku peć u hodniku. Isključuju joj grijalicu u kupatilu kad se tušira. Onda se deru jedni na druge, i mama se hvata za grlo dok se dere, kao da nema snage ni za šta; vrati se u krevet, pokrije se s jorganom i ćebetom i trese se ispod. Ne znam je li od plača ili zime. Ili oboje. Ništa ne jede. Kad kažem ništa, mislim ništa. Samo pije kafe i čajeve. Ali te jutarnje glavobolje, i to loše raspoloženje. Istražila sam. Ne zvuči dobro.

Buditi se s glavoboljom, onom tupom unutar lobanje, nije dobar znak. Svi to kažu. Idemo na magnetnu. I to joj je Mima odmah završila: 'Magnetnu kod najveće stručnjakinje.' Nadam se da će sve biti u redu.

Što je najgore-najbolje: pored svega, ona preslatko izgleda. Doktor Čupko svoj je dio posla odlično odradio.

Ne znam koliko si u toku i obavještava li te ko o čemu. Osim mene. Nemoj se još pakovati i dolaziti. Magnetna je već sjutra - javljam ti odmah dijagnozu.

Uglavnom, na malo vedriju temu da pređem: ovaj se jezik, ovaj se teški jezik, prosto lijepi za mene. Ako ništa drugo - znaću, kada se vratim, a valjda ću se vratiti, jezik i dijalekat koji veoma mali broj ljudi govori i razumije.

Mama će valjda biti dobro. Skoro da bih se počela moliti za nju. To si i htio: da je zavolim, da brinem o njoj. Kako ti nju voliš!

Pomalo te razumijem; sve više te razumijem. Ali u glavi mi je haos i i dalje sam ljuta zbog toga.

Dragi Oče,

Dramski početak. Mislim na ovo 'Oče'. Kako drugačije da ti se obratim? Dok sam mislila da si mi otac, bilo mi je okej s vremena na vrijeme da ti kažem 'Gidi'. Ali sada, to bi zvučalo kao da se inatim, kao da sam mladi cinik - što ti prezireš. I dalje mi je stalo do tvog mišljenja; i dalje ne želim raditi stvari za koje si mi znao reći da zaslužuju samo ignorisanje i prezir. Oooohhhh. I dalje mi je bolno duboko uzdahnuti. A znam da to pomaže u svim situacijama.

Mama. Dakle, donekle možemo objasniti njeno nenormalno ponašanje protekle godine u Londonu.

Hašimoto sindrom koji će vjerovatno izazvati ranu menopauzu.

Duplo ludilo.

Ništa strašno, ali nezgodno za nju i ljude koji je okružuju.

Ipak, mnogo bolje od galopirajućeg tumora na mozgu, čega sam se ja intimno plašila.

Doktor - koji puši za stolom u ordinaciji, i pacijente mazi po licu i kosi jer je to navodno bitno za dijagnozu - iznenađen je da mama nema otečenu štitnu žlijezdu, da joj je kosa gusta i naizgled zdrava i da je mršava; ali ona ništa ne jede i njena je kosa griva koja možda i opada ali se to ne primjećuje.

Ovako, izgleda da smo došli na vrijeme, prije nego joj se uveća srce i pluća napune vodom. Od sada pa do kraja života - samo pilulica ujutru, čak i to neka neznatna doza, pretpostavljam nekog hormona, da pazi šta jede i da redovnije vježba. Pffft. Pa to svima treba. Uključujući i pilulicu ujutru.

Mima joj je odmah donijela bocu nekakvog 'eliksira mladosti s Tibeta' - bijeli luk, đumbir i limun. 'Da proslavimo Hašimota,' rekla je.

Mama sada to pije svakog jutra, čim otvori oči.

E, da. I Mima naime ima istu dijagnozu - Hašimoto. I rana menopauza. I ne samo Mima. Mnoge, prilično mlade žene ovdje. Tako Mima kaže.

Zašto? Pitala sam zašto. Možda su neprecizne te dijagnoze, rekla sam. Onaj je doktor stvarno čudan, više kao neki vrač.

Sad mi na sva pitanja odgovaraju normalno, od kad sam otkrila, njihovom nepažnjom, da mi ti nisi otac, dok još nisu znale da sve razumijem. Dakle, kada sam pitala zašto je taj Hašimoto i rana menopauza česta pojava ovdje, Mima mi je iznijela svoju ludu teoriju koja otprilike glasi da su im muškarci 'svašta uvalili' dok su bile mlade i sad to tako plaćaju. 'Odhodale smo ti mi svakave bakterije i viruse, a nismo ni znale da ih imamo,' rekla je Mima. 'I, naravno, hormoni su nam otišli u ... da ne kažem šta. U *kurac*, eto,' ipak je rekla. 'Sad je to kao svima nama bio neki veliki stres, rat, bombardovanje, uranijum. Što znam. Prije bih rekla da je seks bez zaštite.'

Ooo-keeej. Zamisli. Ipak, previše iskren odgovor, ne misliš li? Ja zapravo više i ne mislim da je komunikacija ovdje pre-otvorena. Navikla sam. Navikla sam na šokantnu otvorenost korijenskog mi mentaliteta. Šokantno otvoreni jednog trena - puni laži i obmana već sljedećeg trena. Idealni za rad u tajnim službama, pomislio bi neki fini Englez, poput tebe. Ali ne, sve ostaje na lokalnom nivou, kako teritorije, tako i kore mozga. Nemaju ti oni ovdje 'veću sliku'. Zato se živi od trena do trena. To mi *trenutno* prija; to mi *trenutno* treba.

Rekla sam Mimi da vjerujem kako je rašireni Hašimoto ipak zbog hormona u proizvodima od kravljeg mlijeka koji se ovdje jedu u velikim količinama. Još uz pušenje... Ali, ne diraj im u cigarete!

'Hm', rekla je Mima. 'Ma, kakvo pušenje. Pušenje je super-super anti-stres. Može biti to s kravama i hormonima. Baš ću s ovim mojim prijateljem doktorom popričati o tome. On je ekspert, mada, jes-jes, malo je krejzi.'

Mama je, znači, dobro, u suštini. Možda ona ima ranu menopauzu jer joj je moj pravi otac 'svašta uvalio'. Pored toga što joj je mene uvalio.

I, napokon, evo ti kako je tekao taj famozni razgovor od prije nekoliko nedjelja kada sam saznala Veliku Istinu.

'Dobro je što si našla tog tvog muža, što je Ninu i tebe izvukao odavde', rekle su joj prijateljice za stolom kafića tog dana. 'Oni kriminalci što su te...znaš...oni su ti sad zakon odvje. Napunili su se para i glavne su face. Ne bi ništa mogla napravit. Ne znaš koji je od njih otac?'

Sve mi je bilo jasno, iako sam se kao dopisivala s grupom londonskih prijateljica. Ove mamine mislile su da ih ne slušam i ne razumijem.

Pogledala sam u mamu. I ona je gledala u mene. I znala je da znam. Zatvorila je oči uz bolni izraz lica. To je bio znak prijateljicama da su pretjerale s brbljanjem. Sve smo za tim stolom sve skužile u tom trenu. Ja sam se zamalo onesvijestila.

'Idemo, draga', rekla mi je mama.

'Ne, ne idemo,' rekla sam.

'Ja ne mogu ostati tu,' rekla je.

'A ja ne mogu ustati,' uzvratila sam. ' Kako si dođavola mislila da ću ustati posle ovoga? I praviti se da je sve u redu? Kad ste mi to planirali saopštiti, tata i ti?'

'Nikada,' rekla je mama.

Odgurnula sam sto od sebe. Drugarice su se usplahirile. Ostale su bez riječi, duboko su disale i pomjerale glave brzo i nesigurno, poput ptica; oči im se nisu vidjele iza tamnih naočara, ali vjerujem da su bile iskolačene.

Mima je podigla ruku; konobar se stvorio pored stola. 'Još dva kapućina,' rekla je. 'I četiri kamparija s pomorandžom. Brzo.'

Niko se nije bunio. I tako su me napile.

Popila sam nekoliko kamparija s narandžom. Otupile su oštrice (boli?). Spustila se lijepa, nježna noć. Ostale smo u kafiću. Plakale smo. Smijale smo se. Čak igrale uz muziku. Nenormalno dobro igraju ove žene ovdje. Došle su i njihove mlađe sestre i rođake; svi su svima rođaci ovdje; ili komšije. Opet smo se smijale; grlile i ljubile jedna drugu.

Ujutru sam se probudila i odmah se sjetila istine. Ti mi nisi otac; dijete sam nekog lokalnog kriminalca, ali ne zna se kojeg!

I evo, opet mi suze teku. Boli me to, BOLI ME TO, čovječe!

Razumijem da se mama još liječi od toga, ali zašto mi ti nisi to rekao?

Imali smo mnogo prisnih zajedničkih trenutaka, ti i ja.

Čak smo i *joint* zapalili zajedno, pred onaj koncert

u Albert Hallu, da mi pokažeš da to nije nikakav štos. Zašto me na taj način, kulturno, inteligentno, zabavno, nisi uveo i u tu istinu, da mi je pravi otac neki glupi Crnogorac?

Mama neće da priča o tome. Ona bi sada pričala o Jeromeu i držala mi glupe lekcije o ljubavi. Bla bla bla. 'Nemoj biti bijesna na mene i tatu jer si zapravo bijesna na Jeromea,' govori mi. Ovo 'tata' ona misli na tebe. 'Jerome nije tvoj život. On je bio samo uvod. Tebe čeka mnogo više. Pusti Jeromea iz sebe. Neka živi pored tebe kao tvoja prva ljubav, a ne u tebi kao da je dio tebe. Jer nije.'

Pitam je ko je njena najveća ljubav. 'Reći ću ti jednom, uskoro, ne još,' kaže. 'Je li Storm?' pitala sam.

'Ma, kakav Storm? Jednom ću ti pričati. Ni ja još ne znam. Ti me zapravo pitaš je li mi tvoj pravi otac barem bio najveća ljubav. Kad shvatim, reći ću ti. Biće teško i tebi i meni. Ali hajde da zajedno slavimo ovaj put. Da slavimo dok gori ova prskalica, onda ćemo o logorskoj vatri.'

Odjednom je postala istočnjačka filozofkinja. Pa, drago mi je da je barem ona na putu oporavka. Jer, tako mi govori. Da budemo obje zahvalne. Da smo obje na putu oporavka. Da slavimo prskalicu. A onda ćemo se grijati uz logorsku vatru.

Okej, Oče. Ovo je istina: udaljavaš se od mene, ponekad. A zatim, opet mi budeš po sred srca. I tada *dominiraš*, kako vole reći ovdje.

Nikoleta.

LJETO.

Hey,

I, pitam se, pitam se: šta ti je napričala mama?

Žena ti se ne javlja mjesec-dva, onda ti digne frku kad se njoj digne poklopac. A ti joj nakon svega slijepo vjeruješ i, poput psetanceta, slijediš njene komande. E pa sad baš neću da se vratim u London. I kome da se vratim? Ocu, kažeš? Misliš - tebi? Šta, ti si mi opet postao otac? Ti mi oduvijek jesi otac, jedini za kojeg znam? Kako to ide, stari druže? Nisam znala da to ide tako lagano, ej.

Nek ti se ona vrati, ludača. Evo je, pjeni i vrišti po stanu.

'Nećeš biti poput nas, ne dam!' Dere se dok ovo izgovara. To misli na sebe i njene prijateljice.

Odjednom joj ne valjaju ni njene prijateljice!

'Tvoje su prijateljice moji idoli,' kažem ja. 'Svašta o svemu znaju. Na sve reaguju kako treba. Imaju *coolness*, i *joie de vivre* u isto vrijeme.'

Ona odgovara da se to meni samo tako čini. 'Nijedna od nas nije završila fakultet,' kaže. 'Mi samo lupetamo. Nas je ulica svakodnevno kalila. Sve što znamo pokupile smo s te ulice koja nije jedna velegradska ulica, koja je džada. Onda je poneka od nas počela da čita na svoju ruku, ali sve ti je to bez strukture, nemamo stijenu u sebi. Nismo vrijedne visokog obrazovanja, razumiješ li me? U nama, umjesto te vrijednosti, stoji istina da nismo stabilne, nismo izdržive, da smo lijene, nepouzdane. Mene su malo izvukli Gidi i London, ali i za to sam morala

290

platiti cijenu.'

Čuješ ti to, ona te možda i voli?! Možda je napokon shvatila da si ipak ti njena životna ljubav.

I još mi govori da budem stijena o koju će se lomiti talasi; da me samo visoko obrazovanje može takvom napraviti. A ovdje, kao, vidi da ću potonuti ako mi previše Crne Gore uđe pod kožu. Ovdje, kaže, ja stičem utisak da se po ulicama i podrumima zgrada može naučiti sve što o se o životu treba znati.

Znači, nakon što sam danima slušala priče s njenim prijateljicama o njihovoj mladosti, koja se odjednom iz 'pih zemlje, vucaranja po ovoj rupi od zemlje' preobratila u prelijepu, bezbrižnu mladost, bila sam mami dobra ovdje.

Onda, kad sam počela izlaziti s ovim dečkom, Filipom, koji je skroz okej faca, studira medicinu, i još radi dok studira, i uostalom - upoznala sam ga kad je mama bila u bolnici na snimanjima i ispitivanjima, jer on trenutno radi kao medicinski tehničar - kada sam, dakle, počela izlaziti s tipom koji nema veze s njenom prošlošću, ona se sjetila da bi me držala uz sebe! Odjednom je oprhvala odgovornost i panika, i žena hoće napokon da bude autoritativna majka kćerki od punih 19 godina! Ma nemoj. Dobro je da nije počela da mi kupuje pelene i bejbi hranu. Jer to nikad prije nije radila - sam si to znao reći. Mada, kad bolje razmislim, ne znam kako ti to možeš znati, to za pelene i bejbi hranu, ako si nas 'isčupao iz govana' kad mi je bilo već tri-četiri godine - ne znam tačno koliko, tri ili četiri, jer, zaboga, svima je neprijatno da uđu u detalje oko 'tih godina'. Navodno je mama imala veliku ljubav i on je ubijen, a prije toga uvalio joj je mene. Ali - ko je čovjek, ima li ime? E, ne bi ona još o tome. Ali bi da me kontroliše, i špijunira. I ne sviđa joj se moj dečko, alergična je, kaže na njega i njegovo društvo. Alergična je na tetovirane mladiće, narkomane i dilere na mršavim motorima. Naša slatka, bezgrešna Valle Black. I sad hoće da me 'pod hitno' vrati u London.

Filip je potpuna suprotnost tipovima narkomana i dilera. Samo, eto, jeste, ima tih par tetovaža - o-o, mama će na njega baciti balkansku anatemu. Inače, sam zarađuje za život, kupio je sebi stan, putuje svuda od svojih para; nježan je, voli dobru muziku, filmove, čita, govori nekoliko jezika - i sve to uprkos činjenici da su mu roditelji prilično neškolovan par skoro nemuštih ljubitelja svoje loze koju prave u nekom selu Crmnica. Filip izgleda poput lijepih Arapa, pune usne, maslinast ten, visok, divan, sportista, sada više iz hobija, ali prije studija i nešto profesionalno je radio, možda skijanje, trčanje, boks - ne znam, svašta mi je nabrojao. Baš je otvoren, priča o sebi normalno, u početku su mi njegove priče zvučale poput hvalisanja ili onih 'preko trnja do zvijezda' bajki iz pripručnika za samopomoć. Sada mu vjerujem; vidim da je nakupio dosta života za svoje godine.

Dobro, našli su nas u 'podrumu'. Zapravo je to jedan privatni klub ovdje. Ali nisam šmrkala kokain. Pušila sam i pila sam votku, i to razblaženu domaćim sokom od šipka, ali nisam uzimala kokain. To mama misli jer sam noćima dolazila kasno kući, ona kaže 'u zoru', ali nije baš tako. Uostalom, ko ljeti, u ovoj vreloj klimi, ide rano na spavanje? Mislim da ni baba i deda nikad ne spavaju. Noću puše na balkonu i nijemo posmatraju požare koji divljaju po okolnim brdima, pojačavajući utisak da boravimo u paklu vječnog ognja. (Zaista, London se doima tako dalekim sada - kao da je na sasvim drugoj planeti.) Pokušala sam - sada sam i samoj sebi komična zbog toga - da pokrenem neku akciju gašenja tih požara, jer, vidjela sam, niko se i ne pomjera da ih pokuša ugasiti, samo glavni dnevnik na TV-u monotono započne vijestima o površini brda koju je požar zahvatio. I dok sam tako ukućane histerično pokretala na akciju, baba je odmahivala rukom i pušila. Na kraju je viknula 'Neka! Neka!' što je ovdje, mada ima negativni prefiks i zvuk, neko kao pozitivno umirivanje pomahnitale osobe. Zamolila je majku da mi objasni da se to požari 'glume' jer će na izgoreloj površini nići nove zgrade. I sad sam ja tu problem? Shvataš? A ludilo oko mene. Morala sam pronaći društvo vršnjaka, barem to.

I dobro, dođem kući poslije ponoći, pusti me piće i onda moram da popijem bakine pilule za spavanje. Nisam pila po 10 miligrama - i to laže. Kao prvo, bakine tablete za spavanje su od po 3 miligrama. Skrckala bih možda jednu, jednu i po među zubima. I još ti kaže da baka zna tačno koliko je u svakom trenu u kutiji bilo tih njenih bromazepama, lorazepama, čas kaže jedan naziv, čas drugi. Nemoguće da zna tačan broj, jer, gledala sam i sama, baka to non stop krcka među zubima, kao da su grisini. I mama joj ih krade. Ovdje se to kupuje kao u supermarketu, i to za euro dobiješ pedeset komada. Zašto bih krala bakine? I šta će mi kokain? Ja sam okej. Mami bi trebalo malo trave ako ćemo pravo, da prestane biti takva *bitch*.

Čovječe, upadoše ona, Mima i onaj ludi Mimin muž,

majstor Zorro, u taj, kako ona kaže, 'podrum', taj mali klub u jednoj zgradi u centru grada, gdje se sluša dobra muzika, napokon, ne ovi domaći šlageri na koje se ne primam, a koji se svuda puste, prije ili kasnije, i umrtve me. Uglavnom, ovaj moj dečko i njegovo društvo dolaze u ovaj klub da se opuste poslije posla. Vrućine ne jenjavaju, u ovom je klubu fino, svježe, to je kao ono members-only, za ljude koji prepoznaju prave stvari.

Baš mene briga uz šta se ko opušta, shvataš? Moj se dečko opušta uz mene, i ja uz njega. Šta hoće sad ova baraba od majke, i njena banda? Upadoše, kao stari razbojnici, ovaj Zorro poče da viče, da prijeti zvanjem policije; ja sam u zemlju propadala. Ostali su se smijali.

Okej, možda je bila dobro prošla ponoć, šta ja znam, ali niko u Podgorici ne spava ljeti, barem ne sigurno prije svitanja, vjeruj mi. Nemoguće je to, osim ako ne spavaš pod klima uređajima, a baba i deda nemaju to u stanu, nego prave takozvanu *promaju*, ali i to je neprijatno, barem meni i svima, pretpostavljam, koji nisu navikli. Za pravljenje te promaje sva vrata u stanu ostaju otvorena; meni je to neprirodno.

Ali, svejedno. Hoću samo da kažem da, umjesto što s majkom i njenim drugaricama, ili s babom i dedom, provodim vrele sate do svitanja uz kartanje i priče o prohujalim vremenima, ja sada, s momkom koji mi se mnogo sviđa, i s njegovim društvom, malo starijim od mene, tri-do-pet godina starijim, sjedim u njihovom klubu. Šta tu ima loše? Kao i u Londonu, neki od njih su *high*, neki su *down*, neki, kao moj Filip i ja, samo su zaljubljeni.

I onda tu upada majka s bandom, jer je navodno taj klub otvorio kriminalac, diler kokom, koji truje svačiju djecu, samo svoju drži daleko odatle. Neki bliski prijatelj crnogorskog vladara, vođe, predsjednika, premijera, ne znam šta je. Ovdašnji je vladar pravi Fidel of Montenegro, uglavnom, a neki njegovi bivši telohranitelji i kriminalci, sada su ugledni biznismeni koji u drogu i trgovinu drogom uvlače sve pripadnike 'nižih klasa' - ovo su ti sve mamine dijagnoze. To s tom politikom i ogovaranjima vlasti s gostima kod babe i dede, po stanovima, inače je sada mamina glavna razbibriga.

'Ništa se nije promijenilo od kad sam ja bila tvojih godina,' rekla je. 'Zapravo, sad je još gore!'

Drala se kad su upali u klub.

'Jadnici!' vikala je. 'Pustili ste skotovima da vam umrtve mozgove! Jadnici! Mi smo se bar nekako borili, suprotstavljali. Vidi vas. Ništa nemate, a mislite da vam je svijet pod nogama. Mislite da uređujete politiku Rusije i Amerike, a ne pitate se ništa, ni oko odluke kad ćete na ve-ce. Jadnici!'

Opet me bilo sramota kao onda na Stormovoj izložbi. Tvoja žena stvarno nije normalna. Skidam ti kapu kako si izdržao s njom.

'Mama!' viknula sam. 'Filip je sportista, studira medicinu, planinari, skija, skejtborduje.'

'Dušo,' rekla je mama, obraćajući se toboš meni dok joj je pogled kružio po svima nama, poput pogleda učiteljice, 'izvini, ali *mi* znamo sve ko je ko ovdje, u našoj zemlji. Filip je žicar, anonimus. Nemoj da si na majku. Ona je nekad za glupake govorila da su *misteriozni.*'

Mima se tu bukvalno presavila od smijeha.

'Pa, da,' rekla je mama suzdržavajući smijeh. 'Neka ti Mima kaže. Svi su ti momci isti. Njihovi su životi jednostavni.' I onda je počela - kunem se - kao da repuje.

'Oni: jedu, piju, seru, voze bez dozvole, borduju, jebu, lažu, prde, jebu, lažu, seru, seru i seru.'

Tako nešto. Mima se nadovezala, opet kao u stihovima. Zapisaću ovdje što sam zapamtila, da ne zaboravim jer jednom ću to iskoristiti, sigurna sam.

'Kada se ujutru probude,' rekla je Mima, 'u glavi im je zbrka jer ne znaju šta su. Jesu li: hipsteri, hipici, gej, mačo, subverziva, alternativa, mejnstrim, političari, aktivisti, endži-ooo, muško, žensko, pas, mačka, vojnik, špijun, debeovac, ili samo - prosječni crnogorski provincijalac?'

Tu se čak i majstor Zorro zarumenio od stida i rekao Mimi da se smiri.

Od njhovog ću repovanja sklepati pjesmu, jednom, kad me prođe šok. Ne pjesmu o Filipu jer on, moraš mi vjerovati, on nije takav - ali ovi su rep-stihovi idealni za jedan ludi hit *made in Montenegro.*

Trojcu Apokalipse upad je uspio, barem za sad, dok im se neko za to ne osveti. Svi iz kluba razbježali su se, a Zorro je jednom od momaka, jednom Nebojši, rekao da kaže ocu da ga je 'Zorro pozdravio.'

'Znaš li ti, seljačino, ko je moj otac? Jesi li svjestan uopšte s kim se kačiš?'

'Znam, mali, zato ti i kažem da pozdraviš oca od Zora iz *Građevinske.*'

Taj je Nebojša počeo da urla: 'Seljačine svuda oko nas! *Achtung! Achtung!* Oni ne znaju s kim imaju posla!'

Vidjela sam da je čika Zorru bilo neprijatno. Shvatila sam u trenu kako se izokrenulo to društvo od Zorrove do Nebojšine generacije. Nebojša mu je na odlasku pokazao srednji prst. Zorro je tada skočio na njega i opalio mu šamarčinu.

'Završićeš u zatvoru, pederu stari', rekao je taj Nebojša i ja sam zaplakala.

Sve se to dogodilo zbog mene. Zgrabila sam Filipa za ruku. Ruka mu je bila hladna. Ledena. Ohladio se od mene. A ko i ne bi? Mama me odvukla od njega. 'Znam ja', zašištala je prema Filipu, 'dobro znam takve kao ti. Student medicine, *my ass*.'

'*Pardon your French*', rekao je Filip uz osmijeh.

'Studiraš ti sve što treba za češljanje droge, mulac jedan.' Otkud mami ovaj užasni sleng? 'Samo se od toga ovdje živi, gradi, borduje i putuje.'

Dodala je to 'putuje', jer zna za naš plan da poslije ljeta zajedno odemo u London, Filip i ja.

Neću još da se vratim. Vratiću se poslije ljeta. Sada sam zaljubljena. Luda majka mi brani izlaske. A tebi piše gluposti. Ne uzimam kokain, i eto. Reci joj da me ostavi na miru, inače ću svejedno pobjeći s Filipom na more čim on uzme odmor.

Niki.

Dragi tata-Gidi,

Jutro je čarobno. Malo sam spavala, ali nije važno. Mama je još u krevetu. Odakle početi?

Prvo: prije dva dana, kaže meni mama da glavnog 'uvoznika droge' (njen izraz) poznaje odavno. Uvijek je bio čudovište. Kaže da se plaši se da će to čudovište baš meni - ako sazna čija sam kćerka, i da sam tu - s posebnim guštom naškoditi. Uvaliće mi speed da ušmrkavam, u najboljem slučaju. Navući će me, uništiti. Šta smo postigle onda, šta? Ništa, Niki, shvataš li? Moraš mi pomoći da -

'Mama,' prekinem je. Želim joj reći da nema šanse to da se desi, jer ja ne koristim drogu; i da je zbog Hashimoto sindroma sklona promjenama raspoloženja i ispaljivanju umišljenih budućih tragedija.

'Ćuti i slušaj me sad!' poviče ona. Taj kriminalac, kaže, koji je sada čak i neki savjetnik za obezbjeđenje u vladi - sarađuje sa savjetnicima iz drugih zemalja, povezan je dobro, svašta može napraviti - on dakle oduvijek i iz dna duše mrzi nju, a mrzio je i mog *pokojnog pravog* oca.

A-ha!

Eto, upravo kao što sam ja tebi to saopštila iznebuha, tako je i ona meni to rekla prije dva dana, ujutru, uz kafu, bez ikakvog nagovještaja da ću baš toga jutra čuti priču o svom pravom ocu. I, naravno, bez pitanja *kako se ja osjećam u vezi toga*? Želim li ja slušati o tome u tom trenu? Ili sam možda imala neke svoje planove? Na primjer, s Filipom? Otići s njim na more recimo...

Nije to nju briga. Ona je za tu temu bila spremna baš

tog jutra - prekjuče. Nas dvije međusobno ne pominjemo Filipa. Ona ne bi ni znala da s njim idem na more.

Baka je tu moj saučesnik, i čuvala bi mi leđa, jer baka voli Filipa, mada vjerovatno samo zato što Filip radi u bolnici i studira medicinu (i ne sluti da bih išla motorom, pa još na dvodnevni koncert na plaži.)

Iskreno, od mlađe sestre jedne od maminih drugarica čula sam da Filip više ni ne studira medicinu; čak i da ne radi u bolnici - navodno su ga izbacili odatle jer je krao i kopirao recepte. Pitala sam ga o tome.

'Ljudi su ovdje ljubomorni na svakog ko pokušava napraviti nešto od svog života,' rekao mi je. 'Mene glupe priče ne interesuju, ne trošim vrijeme na njih. Gledam svoja posla, imam svoje planove i projekte, ne zavisim od vladara, a to ovdje niko ne vari. A ovi ljudi iz kasabe, kad ne mogu prodrijeti do tebe, bacaju se svom snagom na izmišljanje sranja o tebi.'

Volim ga i vjerovaću mu - za sada. Lijepo mi je s njim; ni mene te priče ne interesuju. Ako dođe sa mnom u London, sve će to biti neki njegov prethodni, lako zaboravljiv život.

Imamo mamu kao dokaz da se tako može, barem neko vrijeme živjeti novi život u novom okruženju.

Natrag na prvobitnu temu.

A-ha trenutak oko mog pravog oca dogodio se, dakle, prekjuče. Ukipilo me to. Mama je još samo dodala, na engleskom, između gutljaja kafe: 'Upoznaćeš sjutra i svoju drugu baku. Idemo kod nje na ručak.' Jedva da sam uspjela ustati od stola, otići u sobu, nazvati Filipa i reći mu da malo stavimo na *stand-by* planove oko odlaska na more, nešto je iskrslo, nešto prilično važno.

Jer. Koliko god da obožavam biti s Filipom, u meni je proradila radoznalost jača od svih zemljotresa ljubavi - radoznalost oko moje druge polovine i ko mi je nju dao. Nevjerovatno koliko je jak taj nagon da moraš spoznati sebe kroz svoje pretke. A zašto? Pa zar nisam pripadnica generacije skoro potpune individualizacije? Šta će mi još korijena? Imam tebe kao Oca od kad znam za sebe; i volim te, poštujem te, ponosim se tobom. Imam mamu koja mi je stvarno majka i znam njenu stranu porodice. Šta će mi neka baba još u životu? Čak ne ni pravi otac, nego njegova majka, jer on je ionako mrtav, ne samo za mene, nego za čitav svijet. Čitava je ta priča ledila svojom mračnom stranom, koja se mogla naslutiti iz mnogih maminih poteza i komentara, iz njenog ponašanja. Svejedno, htjela sam da mi se nabaci što više detalja, pa da složim slagalicu na svoj način i tako 'posložena' da idem dalje, u život. Ljepše je u život ići posložena, nego ovako, napola, pa hramlješ, i ljudi vide da nešto fali.

Juče, odmah posle prve kafe, Mima nas je vozila do moje druge babe. Mima nema vremena za gubljenje. Uzela je slobodan dan 'od života', kako ona kaže, i planira posjetu 'toj ženi', samo ako se posle toga negdje sastavi staro društvo i 'nagrde se dok se ne ukoče'. To je u dijalektu nešto kao 'onesvijestiti se od pića'.

'Ne može se više podnijet ovo ropstvo', kaže Mima. A ja mislila ona ima sve posloženo baš kako je htjela. Nema. Zapravo, Mima često svog dobrog Zorro-muža koji se svuda i svima nađe pri ruci, ne može 'očima viđet'. Predosadan joj je. Naporan je, kaže, kao svi Crnogorci. Kaže, sve su to mamini sinovi. Navikli na paženje. Po čitav dan nešto traže: sok, čaj, brufene, telefon, seks. 'Moram da se ukočim noćas *neđđđeee*, čuješ li Vanja?' (Mama je ovdje za svakog Vanja, mada to vjerovatno znaš.)

Druga baba živi na selu blizu Cetinja, stare crnogorske prestonice. Tako mi je Mima predstavila taj gradić.

'Pijemo li kafu na Cetinje prvo, da se osvježimo?' pitala je Mima.

'Posle ćemo tamo, baba živi prije Cetinja. Skreneš desno malo prije.'

'Znam, draga,' Mima se smije. Onda meni kaže. 'Tvoja majka mene uči gdje se skreće. K'o da ja ne znam. Ona je pobjegla odavde, ostavila meni da skrećem s puteva.'

Volim Mimu. I nju bih dovela u London. Sve bih ih dovela u London, da žive zajedno sa nama. Ne mogu više da zamislim onaj život nas troje u kućerini. Pa vas dvoje kad vam ja odem na fakultet. Tužno je to, znaš i sam. Žalio si se na to. Usamljenički je to život.

Nego, skrenusmo desno prije Cetinja i evo nas ispred babine kuće, u lijepom malom voćnjaku, prijatne temperature - pravo osvježenje posle podgoričkog kuvanog asfalta i disanja kao u pećnici.

Babina je kuća isto mala, prizemna, ali slatka, kao iz slikovnica, vidi se nedavno okrečena, u bijelo pa s tamno zelenim ramovima oko tamno zelenih prozorskih škura. Kućica odiše srdačnim pozivom da joj se dođe u dužu posjetu.

Baka je bila spremna, znala je da dolazimo. Mama mi je šapnula: 'Sredila je sve od prošlog puta. Zbog tebe.'

Baka je odmah otvorila vrata. Mama je uzviknula: 'Ah, kako ste se podmladili! Sve za unuku.'

Baka je imala svježe natapiranu frizuru, reklo bi se i svježe ofarbanu kosu u neku nijansu bakra, karmin boje mesa na usnama, u crnoj haljini i sa debelim zlatnim lancem oko vrata, sa kojeg je visio zlatni privjezak u obliku pume.

Izašla je iz kuće, poljubila majku, upoznala se sa Mimom i onda uzela moju glavu u ruke, gledala me u oči i privila sebi na grudi. Ja sam zaplakala, a i ona je. 'Isti si otac,' rekla mi je. I tako smo stajale neko vrijeme.

Čula sam Mimu kako kaže mami: 'Ja ću ostati tu u vrtu, prijatno je tu.'

Baka druga, tako je prozvah u tom trenu, i ja ostale smo zagrljene. Ona me još i ljubila po tjemenu; bilo mi je drago da sam tog jutra oprala kosu, da joj nisam došla preko volje, jer njoj je ovaj susret očigledno bio jedan od najljepših i najvažnijih životnih trenutaka.

'Sjete vi tamo,' rekla je baka mami i Mimi. 'Ja i Nikoleta idemo unutra da vidi gdje joj je otac odrastao.' Meni je veoma glasno rekla: 'Tata. Tata. Tvoj,' uprla je kažiprst u moje čelo. 'Dođi.'

U sobi mog oca bilo je hladno. Prošla me jeza. Kao da se sve to nekome drugome dešavalo. Duhovi, pa stvarnost njegovog kreveta, zauvijek pospremljenog, reklo bi se. Na polici iznad kreveta nekoliko knjiga, neke figurice. Ništa naročito, osim njegove slike u ramu skupog izgleda.

Nadam se da ti ne smeta ovo što pišem. Ti si i dalje moj pravi otac. Ovo je moj korijen koji tek sada upoznajem. Iz više razloga, i na više nivoa, interesuje me kakav je bio moj biološki otac.

Dakle, imao je nadimak Ziko. To po nekom fudbaleru. Pravo mu je ime bilo Jovan, kao John. To je ime dobio po nekom njegovom đedu. I njegov otac, moj drugi deda, umro je mlad, od infarkta. Moj je otac poginuo u Italiji u saobraćajnoj nesreći, malo prije mog rođenja, skoro kao i njegov otac, koji je umro ubrzo poslije rođenja moga tate. Mnogo preranih smrti ima u ovoj maloj zemlji. Tužno je to. Baka druga dugo je živjela sama; sada živi sa sestrom koja je ostala udovica. Čini mi se da okej živi. Ne izgleda bijedno.

Moj je otac bio lijep. U očima mekani izraz dobrog momka. Vidim sličnosti između nas: ista boja očiju, skoro zelena; usne imam više njegove nego mamine, pa i uši, i osmijeh. Čudno, do tog sam trena mislila da sam ista ujka-Dragon, a nalazila sam kod sebe i tvoje crte. Mislila sam da imam tvoje uši, tvoj osmijeh, tvoju visinu, tvoje čelo, ruke, stopala. Kako je to moguće? Bila sam sigurna da sam sve to, i još mnogo fizičkih i psihičkih osobina, od tebe naslijedila. Možda mi je to sada najteži dio suočavanja s istinom: sramota me što sam dugo živjela u zabludi. Ne svojom krivicom, ali ipak. Kao da jeste bila moja krivica. Kako to da ništa nisam osjetila, ništa nisam vidjela? A, kao, pretendujem biti nekakva umjetnica. Možda čak imam i karakter biološkog oca.

U njegovom osmijehu i pogledu, sudeći po fotografijama koje mi je baka pokazala, bilo je uvijek tuge, na svakoj slici izraz kao da je znao da neće dugo živjeti. Ja sam isto tako melanholična, zar ne? Moram to promijeniti; ta je slutnja poput opijata, stvara ovisnost.

Pitala sam baku čime se bavio, je li studirao. 'Šta je radio? Student?' - tako sam pitala.

'Ne,' rekla je baka. 'Export-import.'

Znači neki trgovac je bio, već tako mlad.

Grudni mi je koš mogao eksplodirati zbog neke čudne mješavine ushita i tuge. Nadala sam se da me mama i Mima neće brzo odvući odatle. Htjela sam doznati što više kroz što manje pitanja. Znala sam da će odgovori na pitanja o ocu biti kratki, uopšteni, možda i neiskreni. Htjela sam sve to zaista duboko osjetiti.

'Ajmo sad da pijemo domaći sok,' rekla je baka, brzo i naglo, kao da želi izbjeći nadolazeću, oštru bol prisjećanja. Savila je dlan tako da joj je palac stao između kažiprsta i srednjeg prsta. Uperila je to u mene. 'Šipak,' rekla je. 'Sok od šipka. Babin.'

Okrenula se prema mami koja je prilično skrušeno stajala na sred kuće, pored okruglog, drvenog trpezarijskog stola.

'E, hvala ti za ovo,' rekla joj je baka. 'Znala sam, kad si bila prošli put, tačno sam znala da ima još nešto.'

To 'nešto' sam ja. Ova baka reče da me osjetila još tada; osjetila je da dio nje još negdje postoji. Gledala me pogledom punim nježnosti, kako me nikad niko do tada nije gledao. 'Ostavljaš li mi je?' pitala je mamu.

'Od sad ste i zvanično baka i unuka pa se dogovarajte same.'

'Ti dođeš nama u London?' pitala sam je.

'Srce moje,' rekla je baka. 'A kako ću ja stara u London?' Kažiprstom mi je opet kucnula po čelu. 'Ti dođeš nama svako ljeto, a ja ću viđet za London i *matrake*.'

Izašle smo pred kuću. Mama je baki pričala o tebi, o našem životu u Londonu. Uglavnom o tebi. Baka je klimala glavom odobravajući mamin izbor. 'Dobar čovjek,' ponavljala je. Ti si bio dio tog dana, te posjete. U prednosti sam nad ostalima: imam dva prava oca. Nadam se da se ne ljutiš zbog toga.

Vidjela sam Mimu kako šeta oko voćki u vrtu i plače. To mi je bilo smiješno. Mima nam je prišla. 'Kako je bio lijep Ziko,' ponavljala je. 'Šteta, šteta.'

'Važno je da nam je Nikoleta srećna,' rekla je baka.

Mama je bila čudno mirna. Nije plakala; nije se ni smiješila. Samo je bila tiha čak i dok je pričala, kao što rekoh, na neki čudan način. Možda opet taj njen Hašimoto.

Ručale smo kod bake. Musaku od tikvica, uz salatu od paradajza i krastavaca iz njenog vrta. Onda, njen sir, njen džem od smokava, obavezne priganice i med. Takve ukuse još do sada nisam osjetila.

'Mmm, djetinjstvo,' ponavljala je Mima dok je jela.

Mama opet ništa nije jela. Probala je od svega po zalogaj, kao ptica.

'Mama, jesi li dobro?' pitala sam je. 'Uradila si pravu stvar,' rekla sam joj. 'Sve je ispalo savršeno. Mnogo te volim, i srećna sam.'

Ona se nasmiješila i poljubila me. 'Ti si divno dijete, Niki,' rekla mi je.

Onda je Mima imala monolog. Toliko je trajao a baka i mama nisu je prekidale da sam morala mamu pitati da mi malo prevede. Mima je pričala o ljepoti življenja na takvom mjestu na kakvom baka živi. U svom vrtu, daleko od ludila savremene, podijeljene Evrope i ostatka svjeta.

'U ovom vrtu nema klanova, nema podjela,' rekla je Mima. Rekla je da ni mama nije toga potpuno svjesna jer ne živi u glavnom gradu male zemlje gdje svi imaju velika ega i velike misli ali ništa više od toga. Osim jakih izjava i ustoličenih mišljenja ništa nemaju, pa moraju biti ulizice i zavisiti od volje gospodara; svi su po nekakvim klanovima a gospodar se smije svemu tome i kad se sjeti baci im po kosku da glođu. Kao imperator gladijatorima u areni. Samo što su za ove naše gladijatori bili gospoda. Imali su muda, mjesto u društvu, misiju. Ona, Mima, priznala je, i ona pripada nekom glupom klanu na poslu gdje skakuće oko šefa koji je 'direktni isprdak od gospodara', tako mi je mama prevela. A njen Zorro, Mima je pričala, njen Zorro i dalje glumi opoziciju i pokret otpora i neće da popravlja ništa kod *de-pe-esovaca*, to su ovi iz vladajuće stranke, ili kad im je prije popravljao, namjerno bi im još više ukenjao kvar, dok ga nisu provalili. Sada ga niko ne zove da popravlja, a najbolji je majstor za sve. Sada ga zovu samo istomišljenici koji *'gaća na guzicu nemaju'* i niko mu naravno ništa ne plaća. Žive od Mimine plate, a do kad? Mima misli da će joj Zorro svojim glupim opozicionarenjem uništiti i njenu reputaciju na poslu, i šta će onda? Njih dvoje mogu i u kombiju živjeti, ali što će s djecom? I opet je plakala, Mima, i ponavljala da je kod bake u vrtu najljepše i da bi ona isto najrađe pravila džemove i sokove i sireve i kolače.

Mama je pitala može li se tu šta uraditi.

'Može', rekla je Mima. 'Ostani u Londonu, neka tebi i Nikici tamo bude dobro, da našu djecu odavde izvlačiš, da imamo gdje da ih šaljemo.'

'Naravno', rekla joj je mama. 'Naravno.'

A baka joj je rekla da joj se može pridružiti i ona i koja god Podgoričanka hoće, da kod nje ima mjesta za sve žene koje bi nešto pravile. Pa će se one tu za svašta organizovati. Mima se smiješila kroz suze.

Kada smo odlazile, već je bila noć. Nisam mogla tada ostati kod bake, ali rekla sam joj da ću uskoro doći na nekoliko dana. Filip mi odjednom nije bio tako važan. Ni odlazak na more s njim. Bila mi je važna baka druga i neki osjećaj za pravog oca koji se budio u meni. Osjećaj koji tebe ne isključuje, samo uključuje još nekoga. Osjećaj od kojeg rastem.

U autu, na putu za Podgoricu, mama je rekla na engleskom - što znači da rekla je to prvenstveno meni: 'On je mrtav, zaista mrtav.'

'Zar si do sada u to sumnjala?' pitala sam sa zadnjeg sjedišta. 'Jesi li mislila da ćemo i njaga ipak zateći u bakinoj kući?'

'Ne,' rekla je mama, sasvim tiho. 'Tek sam ga danas u sebi sahranila.'

Well, that was weird. Čudno i tužno.

Srećom, Mima je rekla da ćemo na Cetinje ići sledeći put jer ako sada odemo nema šanse u Podgoricu da stignemo na vrijeme za 'kočenje od alkohola.' 'A moramo otići na Cetinje ovoga ljeta,' dodala je Mima. 'Cetinje je ljeti gospođa žena, kraljica.'

'Okej,' rekla sam, priželjkujući da se kasnije te noći i mama 'ukoči od alkohola.' Trebalo joj je to.

Mislim da se jeste sinoć 'ukočila' jer još nije ustala iz kreveta.

Neka spava, naša izmučena princeza.

Volim te,
Nikoleta

Dragi moj tata,

Šta kažeš na ove stihove dolje?
Imam ih na oba jezika. Imam i note. Vidjećeš:
jedna toplokrvna *Americana, made in Montenegro*.
Kombinacija Joni Mitchell i, možda, Suzanne Vega. Ili
Aimee Mann. Ono, kantautorsko cviljenje o ljubavi, ali
meni se sviđa. Mislim da će i tebi.
Jedva čekam da te vidim.
Ti si genije. Želim da pričamo o svemu.
Ova mi je luda zemlja bila prava renesansa i pros-
vetljenje.
Kao da me napunila mješavinom ljubavi i iskustva.
Volim mamu. Volim tebe. Volim svoje crnogorske kori-
jene i svog mrtvog biološkog tatu. Sve je kako treba biti.
Nadam se da ne zvučim surovo.
Volim i Filipa, ali ga ostavljam tu. *Ghostiram* ga,
moram priznati. On zaista: spava, jede, laže, vozi, bordu-
je, leti zmajevima, duva, šmrka, bolesno laže, prije svega,
mislim *bolesno* u smislu da mu je potrebna pomoć. I to
će biti song, jednom, ubrzo. To više poput Jessie J. Kakva
medicina i projekti? Ma, dosta o njemu sada.
Ipak, ostaće mi u srcu. Tu sam ga sahranila, što bi
rekla mama.
Za sada, evo ove pjesme:

Ljubav Novog Doba
Volim te. I ostavljam te.
Volim misao da tvoje lijepo lice
Moj je lampion iz mračnog srca

Stražnje zemlje.
I ostavljam te tamo.

U toj zabiti, i u suštini,
I ti si uvijek sam.
I sanjariš o meni:
Sunčana, dijete sreće,
Vječito proljeće.
Ne, to nisam ja,
Ali to ti neću reći.
Nikada.

ref.
Volimo ideje jedno o drugome.
Zbog mene lažeš, izmišljaš svoj život
Jer, sve što od drugih znam o tebi
Ne slaže se s tvojom
Predstavom o sebi.

Prelazim preko svega,
iskrenost je precijenjena stega,
u ljubavi barem.
Lažem i ja:
da uvijek sam radost,
hrabrost, seksualnost,
da sam vječna, nepobjediva.
Ko može takav stalno biti?
Ja - skoro nikada.

I lažemo se tako, dok smrt nas ne rastavi.
Kažu, nije to put prave ljubavi.

Ko to određuje što ljubav jeste
što ljubav nije?
Naše ideje o ljubavi
slađe su od svake teorije
Novog doba, joge i spoznaje.
Ovog jutra
Koje još ni svanulo nije,
A opet tebi pripalo je.

ref.
Volimo ideje jedno o drugome.
Zbog mene lažeš, izmišljaš svoj život
Jer, sve što od drugih znam o tebi
Ne slaže se s tvojom
Predstavom o sebi.

(šapatom?) Nije važno. Volim te. I ostavljem te.

Valle

DREAMLAND

Uzela sam jednu finu dozu plemena.

To mi je trebalo. Onda, prije, prije bijega, to nisam dovela do kraja. Sada znam da nema kraja, i ne treba ga biti.

Čak se kod plemena i liječim od ovog Hašimota. Pleme ima dobru stranu da još uvijek više vjeruje klasičnim doktorima nego psihoterapeutima. Zbog simptoma koje sam imala: nesanica, jutarnja depresija, popodnevna agresija, loša cirkulacija, bezvoljnost, opadanje kose i uopšte, skup simptoma zajedničke odrednice 'ne znam da vam objasnim' - zbog toga, naime, u Londonu prvo završiš kod porodičnog doktora koji te tajno šalje psihijatru. Psihijatru daš pravo malo bogatstvo i na antidepresivima si, dok ti se stvarna bolest toliko ne pogorša da završiš u hitnoj. Tek te onda ispitaju kako treba.

U plemenu ti prvo srede da preko reda odeš kod 'najvećeg, svjetskog stručnjaka za te simptome'.

'Stručnjak,' upozorila me Mima, 'izgleda kao da je

malo blesav. Žena ga izluđuje, stara nimfomanka, ali što to nas briga? Ne brini, sve prati, sve zna.' Nedostaje mi Mima.

Odmah su mi vadili krv za najkompletniju moguću krvnu sliku, briseve k'o od šale, slali me na magnetnu i ultrazvuk. Pomenuh li da treba veza za to? Svako ima neku vezu. Ja imam svoju Mimu, a Mima zna svakoga u plemenu; visoko se kotira, ima tu svoje prominentno mjesto plemenskog P.R. maga.

I tako, stručnjak je odmah iskopao Hašimota. Kaže, mnogo žena to ima i nikada ne sazna, dugo se pitaju šta im je, onda se naviknu, ostaraju, umru. Ja sam svojeg Hašija otkrila na vrijeme, ne poodmaklog, i zato samo pilulica dnevno, Eutyrox, sitna doza. Mima isto to uzima. 'Eutireks je kralj,' rekla mi je. 'Kao prekidač. Diže cijeli sistem za nedjelju dana. Mislila sam da ga proslavim, ali onda sam shvatila da je svaka druga žena na njemu. Čudo, vidjećeš.'

Zaista, odmah mi je mnogo bolje. Nađoh spas u bolesti; ili barem u dijagnozi - da, da, nisam ni prva ni poslednja koja u tome pronalazi spas. Dijagnoza me premjestila u drugi ugao gledanja na živote onih koje volim i moje mjesto u svemu tome.

Vratila sam se u London.

Šta je London?

London je Gidi, njegova kuća, njegovi prijatelji i njegove veze. London je nesanica, ludilo, ona lijepa i strašna riječ LONELY. LONELY LONELY. Usamljenost. Ljepotica od riječi kojoj dobro stoji drama i krv-crvena boja kojom zamišljam da curi po zidovima soba u velikoj kući, gdje obitava usamljena žena-djevojčica koju niko nije ozbiljno shvatao jer ona sama nije još sebi i drugima znala reći: 'Hoću to, neću to.'

Godinama mi je u Londonu bilo teže nego dok sam sama s Nikoletom živjela i radila u poslijeratnom Dubrovniku, gdje sam sebe proglasila protjeranom Hrvaticom iz Boke.

U Londonu sebe ni za što nisam proglasila; samo sam utihnula. I brata sam dovela; nije pomoglo. Jeste njemu, nije meni. Nema veze, htjela sam živjeti kroz druge ljude.

Kada sam išla po njega u Crnu Goru, da ga dovedem sebi i Gidiju u London, posjetila sam Zikovu majku. Sjećam se toga kao veoma tužnog perioda mog života. Tuga je potrajala.

Sada imam Hašimota, ali nemam tugu. Nemam je. Prizivam je, navikla sam da mi je blizu, ali ne može se na silu ni tugovati.

I sada, nazvala sam je čim sam došla u Crnu Goru. Stari dobri broj, samo produžen još jednom cifrom, dvojkom. Nije se iznenadila, i odmah je znala ko sam, na početku mog ekspozea. 'Svega se sjećam,' rekla je. 'Znaš li da sam čekala da se opet javiš? Lijepa ka' glumica. Voljela moga sina. A nešto mi prećutala.'

'Jesam,' priznala sam. I ispričala joj o Nikoleti.

'Prvo da se ja malo sredim, psihički,' rekla sam baki. 'Pa ćemo doći nas dvije do Vas. Vjerovatno sledećeg mjeseca.'

Baka je sve shvatila i strpljivo čekala. Toliko mudrosti u tom strpljenju. Tada sam još mislila da zna za Zika i London, pa da zato može čekati i ne zvati, ne požurivati susret, ne pitati za razloge, šta je tolika frka pa se moram 'srediti psihički' mjesec dana?

I prošlo je više od mjesec dana prije nego što sam je opet nazvala i pitala je: 'Može sjutra?' Odmah je rekla: 'Može kad god 'oćete.'

Sada znam da je i njoj taj mjesec dobro došao, da se i ona sredi, ali više fizički. Da sredi sebe, kuću i dvorište. Kakva žena. Njena kućica prije nije bila ovako slatka kao ovoga ljeta. Kada sam je ono davno posjetila, sve se raspadalo, odzvanjalo tragikom, smrću. I baka je imala lice zborano poput tankog lista papira zgužvanog u šaci. Sada su i kuća i ona bile mlađe, svježije.

'Da nije i ova baba bila kod Čupka?' šapnula mi je Mima kad je vidjela.

Ko zna? Ništa me više ne bi iznenadilo. Mislim da joj je Ziko ostavio dovoljno novca da lijepo živi; možda joj i dalje šalje, nekim tajanstvenim putevima.

Baka u saradnji s komšinicom koja ima kravu i koze, pravi sireve; od svojih voćki pravi džemove, malo manje slatkog. Prodaje to, ali više iz ljubavi to radi, rekla je Nikoleti. Naučiće je svemu, obećala joj je. 'Samo mi ti dođi.'

Čitav je crnogorski poduhvat najviše dobra donio Nikoleti i baki.

Za Nikoletu bila je to istina koja čovjeka prvo svojim neugodnim bljeskom oslijepi a onda, nakon što se navikne na mrak, stekne predodžbu i saznanje o stvarima koje su u životu najvažnije. Prostor, mjesto u prostoru, opasnost, sigurni kutak, buka, tišina, pravi tonovi, mirisi i ukusi svega, a najviše ljudi.

Baki smo život produžile, sama nam je to i rekla. Čekaće ljeta kada će joj Nikolina dolaziti. 'I tako ću još mnogo ljeta dočekat,' rekla je. 'Ne mislim umirat dok ne vidim da si postala svjetska zvijezda. I udala se, a bogami, i praunuče ovđe da mi dovedeš.'

I tako, 'London nigdje neće pobjeći,' baka je rekla; 'Što žurite?' pitala je.

Nikoleta je odjednom shvatila da je tek sada dovoljno snažna da ide dalje. Dalje u svijet. Dalje i od Londona. Ona definitvno hoće u Kaliforniju. Ode dijete i od nas, dragi moj Gidi.

A Gidi i ja ostaćemo tu, u velikoj kući na Eaton skveru. On nam sada pravi zdrave čajeve i sokove od celera, đumbira i sezonskog voća. Ni on više ne pije svoje crne čajeve. Ne puši. Plaši se smrti, skorog odumiranja mozga. Svi žele što duže da žive. Nikoletu da vide u punom sjaju. Svi, pa čak i ja.

Ali jedno pitanje ostaje: gdje je moj Ziko?

On je sada samo moj Ziko. Niko drugi na ovom svijetu ne zna da je živ, ne zna njegovu prošlost. Ja znam oboje. Da, rekla sam Nikoleti da sam ga sahranila, napokon u sebi. Ali to je bio osjećaj u bakinom dvorištu u Crnoj Gori; u dvorištu gdje je rastao i on. Tamo ga zaista više nema.

London je druga priča. Ovdje ga opet osjećam, Zika; osjećam kao da ga moram vidjeti i pričati mu o Crnoj Gori, grliti ga, ljubiti. Ljuti me taj osjećaj. A ne smijem ponovo potonuti. . . u ludilo? U iluziju?

Zato se držim doze plemena koju sam uzela. Neću više u sebi ubijati autentičnu strast, humor i umjetnost koju sam dobila mjestom rođenja. Folklor u nama. Pa kakav je, takav je. Da, to sam gušila, odrekla se svoje prošlosti. Tako sam i sama umrla.

Nije samo Ziko bio 'oštećen,' kao što je rekao za sebe,

i za Storma. Oštećena sam bila i ja. Otišla sam natrag, u rod, što se kaže, i izlliječila se, malo se sastavila, zalijepila. Sada živim za sebe i Nikoletu. Uz zahvalnost, poštovanje koje imam prema Gidiju. To je moja volja za smislom.

A šta može biti Zikov smisao? Za šta on živi i dalje? Da, on mora ostati oštećen; jer njegov je smisao njegov posao. Ne ja. Ne njegova majka. Ne znam sluti li, zna li da mu je Nikoleta kćerka. U svakom slučaju, ne želi to. Samo posao, koji je na neki način i njegova patnja i odrađuje je dostojanstveno, unutra je srcem i dušom. Ako ostane bez posla, možda će se ubiti. To je Ziko sada. To je Toby, mada se po tom njegovom novom imenu ne bi to dalo naslutiti. Čuješ, Toby?! Kako god, ne smijem ga opet vidjeti. Ne treba mi to. Iako je on moja veza s plemenom, folklorom i pravom ljubavlju - sada sam ja srećnija od njega. Ja sam na svjetlu, on je u tami.

Dovraga, srećnija sam čak i od Storma!

Storm. Do juče je izgledalo da mu je svijet pod nogama, da sam bila iskorišćena pa odbačena starija žena na njegovom putu ka zvijezdama. Mislim da me Ziko osvetio. Nisam imuna na vjerovanje, prisutno kod većine žena, da će me, kad dođe stani-pani, zaštititi i osvetiti moj tajanstveni vitez. Ta nada teško umire.

Stormu su pronašli zamotuljke koke u onom Mini Morrisu nebo plave boje. Uhapsili su ga, novine su plamtjele tom viješću; ipak je pušten, ali zauvijek označen kao 'loš momak umjetničke scene'. I dalje se dobro prodaje, kaže mi Laureen. Ali ja znam da njemu to nije bitno. Ima neki kultni status među umjetnicima; nešto kao Kejt Mos njegovog svijeta. Njemu je to neinspirativno; ne *rajca* ga. On je htio dupli život, tajne projekte, blještavu

tajnu, poput jedinstvenog ukradenog dijamanta sakrive-
nog u neuglednoj kutiji na nekom starom tavanu. Sada
svi znaju da je 'loš'. Kupiće njegove radove jer su dobri,
ali neće ga u svoje privatne krugove. Znam ja kako to ide.
Neće ga blizu svoje djece.

'Hej', rekla mi je Laureen. 'Zar nije uzbudljivo tražiti
neko novo lice? Idemo, akcija.'

'Idemo, ruke gore', rekla sam joj.

'O-o-pa', povikala je Laureen. Zarazila sam je Crnom
Gorom.

Samo što mi je žao malog Jeromea. Priznala sam to
Nikoleti. Smijala se. 'Treba li da te tješim?' pitala je.

'Treba.'

'Onda mi vjeruj', rekla je. 'Jerome je Jerome. On nije
Storm, i biće u redu. Storm je brbljivac i narcis. Jerome
to dobro zna. Izvući će se on. Poput stijene je. Ima
staru dušu. Uvijek sam ti govorila da je talentovaniji od
Storma. I jeste: jači je i talentovaniji.'

Onda mi je rekla da se nada kako sam u sebi sagorela
muški rod jer žene postanu ono što stvarno jesu, najbolje
od sebe, kada muškarce sagore u sebi. Kada ih izmjeste
iz sebe. Kada shvate da im ne moraju biti gnijezda. To
je, kaže, ona od mene naučila: i Jerome i Filip sada žive
'pored nje, ali ne i u njoj'. Valjda sam ja i samu sebe tome
naučila.

Ona naravno ne zna za Zika, da je i on tu, pored nas,
i zove se Toby. To je činjenica koja samo mene grize.
Moram ga još jednom vidjeti; oprostiti se od njega.
Zaokružiti smirenje jednim pitanjem i, nadam se, odgov-
orom. Imam previše godina za produžetak bunila i neiz-
vjesnosti.

Želim mu još i reći da sve sam shvatila. Uvijek ću ga voljeti. Oboje možemo ići dalje, svako svojim putem; i da nikome o njemu neću pričati, neka bude miran oko toga.

U POETRY CAFEU ...

...u kasno proljeće, kada je London najljepši, i pun obećanja za sve uzraste, dok mi Milena, a.k.a. Millie Corrado, šturim informacijama dovršava priču o Valle Black, ja kao da vidim tu još uvijek mladu gospođu kako, skoro dvije godine nakon što se na klupi u *John Keats* kvartu uvjerila da to pored nje stvarno sjedi Ziko, odlazi u ružno naselje poslednji put, rizikujući da je tamo vidi i Storm, i pomisli da je ludača došla tu zbog njega.

Nije došla zbog Storma - skoro je sasvim zaboravila na umjetnika. Sada ona ima novi projekat. Vjerovatno i Storm ima novi projekat - taj dečko stalno ima neke nove projekte; oboje, i Storm i Valle, ovoga će puta pažljivije odabrati svoje projekte. Svako iz svojih razloga, nijansirano različitih, ali oboje će, u suštini, birati po savjesti.

Misao o Ziku ne da joj mira. Jedna misao, poput liska dima cigarete, svuda je prati. Misao o ljubavi. Na kraju, o čemu drugom?

Ne bi tu priču ostavljala nedovršenom. Kako nastaviti život nagađajući? Nekome bi bilo dovoljno saznanje da sa njenom ljubavlju dijeli isti grad. Nekome bi bilo dovoljno imati povjerenja u slučaj i sudbinu - da će se opet jednom sresti.

Njoj to nije dovoljno. Ona mora znati. Mora znati. Šta tačno? Je li je volio? Pa jeste, sam joj je toliko puta rekao da je obožava. Ali ona želi više i od toga. Razbistri to sebi, Valle. Šta još hoćeš od njega? Da te zaprosi? Ne. Ti od njega tražiš cvijet njegove tajne, i njemu samom nepoznate: hoćeš li mu do prave pravcate smrti ostati broj jedan. Kako sebično. No, tako je kako je. To mora znati. Je li mu najvažnija, i hoće li joj, kao takvoj, dati još jednu šansu za završetkom kad i kako ona to bude htjela?

Zato jednog dugog proljećnog dana, poslije posla, poslije kratkog pića s društvom, lijepo obučena i sigurna u sebe, ona odlazi u *John Keats*.

Zikov je motor tamo. Na njegovom su prozoru još uvijek nikada razmaknute narandžaste zavjese.

Ona ga zove ispod prozora.

'Ziko! Ziko! Ziko!' Zna da se u stanu čuje sve izvana.

Niko se ne pojavljuje na prozoru.

Valle pomisli da počne zvati: 'Toby! Toby!' ali ne usudi se.

'Ziko!' krikne još jednom. Zatim s igrališta pokupi nekoliko kamenčića i baci ih u staklo.

Zavjese se rastvore i na prozoru se pojavi mlada žena, oskudno obučena - u bijeloj je trik majici ta djevojka, bez brushaltera. Valle vidi: to je ona njegova crnkinja. Ima divne mlade grudi, napete bradavice, i drzak izraz lica. Valle ustukne. Djevojka otvori prozor.

'Taj tip kog zovete više ne živi ovdje,' vikne djevojka prema Valle. 'Sada ja živim tu.'

'A on, gdje je?' Valle je uporna. 'Motor mu je tu.'

Mlada žena samo se smiješi, nadmoćno, s tog ružnog prozora.

'I motor je sada moj. Ostavio mi ga je. On je, šta ja znam, najčešće u Škotskoj, u Africi, ne zna se njemu, to vam je đavo pravi.' Djevojka se počne glasno smijati. Valle zna da je Ziko u stanu iza nje; njene su riječi bile upućene njemu.

Samo jedan trenutak ona pomisli da bi mogla viknuti: 'Znam da si tu,' na njihovom zajedničkom jeziku.

Umjesto toga, Valle kaže djevojci na prozoru: 'Ah, okej, hvala.'

Još ne odlazi, njih dvije gledaju jedna u drugu sve dok Valle ne odmahne rukom, okrene se i ode. Isprva, ležerno hoda, onda se zapita koga ona to hoće impresionirati, koga? Ziko je, na kraju krajeva, sam sebi na prvom mjestu. Tako je za njega bolje i lakše. Pa dobro. I ona će to odabrati. Odjednom joj sine: pa, da, njen je brat Dragan bio u pravu - Ziko je lagao da ima natprirodne sposobnosti! Kao, u njenom su se prisustvu gasile, ha. Dragan je rekao da se to ne događa. Naravno, Ziko je sve smislio da joj te lažne vizije ne bi morao dokazivati. U stvari, on je obični špijun iz kvarta. Mali policijski doušnik. A zašto je lagao? Da bi je impresionirao. Zato joj se i 'pokazao.' Uvijek ista priča: impresionirati ženu lažima o sopstvenoj jedinstvenosti. Žena: idealna publika za ljekovitu samopromociju. Ona sada, napokon, mora shvatiti da je nešto više od onoga što je sebi dopuštala biti. I mora sama sebi pokidati niti koje je ograničavaju.

Valle počne ubrzavati korak, sve više, do trčanja.

I trči, koliko se na štiklama može trčati, ali može Valle, još uvijek može - oslobađajućim trkom napušta to ruglo od kvarta.

'Koja je ovo ludača,' mlada žena s prozora kaže nekom iza sebe, još uvijek gledajući kroz prozor u Valle za kojom se vijori njen dugi svileni šal drečavih boja. 'Je li povjerovala, šta misliš?'

'Ma, nemam pojma,' odgovara joj tip koji ustane s kauča i priđe prozoru. To je Ziko, da, koji gleda za svojom Valentinom. Gleda i ćuti. Mlada žena gleda u njega, pa u nju, u tajanstvenu drugu ženu koja se žurno udaljava. Opet u njega. Mlada je, a ipak zna da ne treba ništa da kaže, ne još; pustiće svog Tobija prvi da progovori. Mlada je, a ipak zna da je ovo nešto veće, starije i ubitačnije od njenih modernih, ulično-suvih komentara. Ovo je priča s neke druge ceste kojoj ona ne zna ime, ni adresu, i kojoj nije dorasla.

'Mislim da neće više dolaziti,' napokon kaže muškarac kada je Valle potpuno nestala iz vidokruga. Kada joj se više ni šal ni kosa nisu vidjeli; ništa.

Možda je Ziko znao, običnim muškim instinktom, da će se sresti još i treći put, kada ponovo bude vrijeme za susret. Najsigurnije je, ipak, da je samo htio udovoljiti sebi s onom koju u tom trenu ima pored sebe, pa će kasnije razmisliti o ovoj što je zamakla za ugao ulice, nestala kroz kapiju naselja.

'Stalno nešto petljaš,' prošapuće djevojka.

'Navuci zavjese,' kaže muškarac.

'Slušaj, ko ti je ova? I zašto te zove Ziko?'

'Neka Latino *posh* lujka,' odgovori joj muškarac. 'Vidiš i sama.'

'Moraš mi reći više od toga.'

'Bila je prije s onim Stormom, pa sam je malo tješio.'

'Još mi reci. Pričaj mi o njoj. Iako vidim da si je volio, i već mi ta priča teško pada.'

'Pa čemu onda ta priča, ljubavi? Ne valja se ni oko čega mnogo trošiti, a naročito ne oko prošlosti. Dođi ovamo,' muškarac potapše mjesto pored sebe, na kauču. 'Čeka te još posla.'

'Oh, Toby. Nepodnošljiv si. I nezasit si, znaš?'

'Ne, ne znam ti ja ništa,' kaže muškarac. 'Dođi ti da mi pokažeš.' Duboko uzdahne i opet se zagleda prema prozoru dok djevojka spušta glavu u njegovo krilo.

Ovako sve završava:

Nevjerica, šok, neko ode od nekoga, barem je jedna maska pala i nešto se ukazalo, nešto manje veličanstveno od zamišljanog. Svakog učesnika igre, jednom, kada je ta igra okončana, očekuje kakav-takav početak. Nova faza možda je samo mala varijacija starije faze; možda je veliki iskorak u novo životno doba, u nove odgovornosti. Nikome nije ni teže ni lakše. Počeci ne treba međusobno da se takmiče. Život ne treba da bude turnir. Može igra, ples, ali ne turnir. No, biće to opet ako se ne nauči živjeti korak-po-korak.

U pravu je bila Laureen, šefica od Valle: korak-po-korak u svemu, najbolja je metoda. Jer, kada napokon upoznaš sebe, znaš da:

Duša sebi bira društvo
I zaključa brave svoje
Preuzvišenoj većini
Nedostupna tad postaje.
　　　　E.D.

Hvala
Onima koji su 'Gospođu Black' čitali u ranim
fazama, s ekrana, hrabrili me i savjetovali:
Andrina, Sekica, Lilly, Tina, Balša i Olja S.
Pipi, hvala na odličnim sugestijama, od
naslova do naslovne.
Saša Cimpl, hvala na detaljnom čitanju i
iskrenosti.
Blažo, hvala na saradnji i strpljenju.
(A, ti: Želja da te u luci stalno čeka brod,
zahtjevna je varijanta sna o slobodi.)

Made in United States
Orlando, FL
17 March 2025

59568310R00184